李金山 著

晋军新方阵·第三辑

黄雀鲊

山西出版传媒集团
北岳文艺出版社

图书在版编目（CIP）数据

黄雀鲊 / 李金山著 . —太原：北岳文艺出版社，2016.5
（2023.6 重印）
（晋军新方阵·第三辑）
ISBN 978-7-5378-4754-4

Ⅰ.①黄… Ⅱ.①李… Ⅲ.①散文集-中国-当代
Ⅳ.①I267

中国版本图书馆 CIP 数据核字（2016）第 091765 号

书　　名：黄雀鲊
著　　者：李金山
责任编辑：王朝军
书籍设计：张永文

出版发行：山西出版传媒集团·北岳文艺出版社
地　　址：山西省太原市并州南路 57 号
邮　　编：030012
电　　话：0351-5628696（发行部）
　　　　　0351-5628688（总编室）
传　　真：0351-5628680
承 印 者：山西万佳印业有限公司

开　　本：890mm×1240mm　　1/32
字　　数：237 千字
印　　张：9.125
版　　次：2016 年 5 月第 1 版
印　　次：2023 年 6 月山西第 2 次印刷
书　　号：ISBN 978-7-5378-4754-4
定　　价：48.00 元

本书版权为本社独家所有，未经本社同意不得转载、摘编或复制

总 序

潞 潞

《晋军新方阵·第三辑》即将付梓出版。

在山西文坛,"晋军"之称谓始于 20 世纪 80 年代,一批文学新锐随着改革开放的时代潮流走上文坛,他们跃马扬戈、左右奔突,使文坛瞩目。其时不仅山西,而是整个中国都处于文学的黄金时代。我也有幸被时代的大潮裹挟,成为当年"晋军"中的一员。时隔三十年,山西省作家协会推出《晋军新方阵》系列丛书,再度为山西澎湃的文学浪潮推波助澜,沿用"晋军"这一称谓,其意无疑是想展示今日山西作家、诗人的阵容和实力。山西文学院具体承办这项工作,正值我在文学院任职,参与了这套丛书一至三辑的运作,这在我的文学生涯中自然是一件幸事。

《晋军新方阵·第三辑》与《晋军新方阵·第二辑》的格局大致相同,收录了四部中短篇小说集、三部诗集、三部散文集,而《晋军新方阵·第一辑》收录的是十部中短篇小说集。山西号称"文学大省",确实如此。不管文学如何被边缘化,这块黄土地上永远有人做着文学梦，永远有人孜孜不倦地写作着，也许是《诗经》以来的文学传统使然，也许生命个体需要这样的表达和抒发。《晋军新方阵》只是从他们中遴选出的一小部分，"冰山"的绝大部分仍掩藏在生活深处，有待于今后不断发掘和显示。

对于本辑作品，虽然我在编选过程中已经阅读，但由于文学的内涵和外延日益变得复杂，作家本身的内心和面孔也游移多变，一一谈论他们大概是件费力不讨好的事。尽管如此，我还是愿意表达阅读中一些明晰的感受。

首先，这是一些非常热爱文学的作家和诗人。为什么这么说？真正的文学有自身的逻辑和规范，它排除各种功利的实用性，只对那些纯粹的作家和诗人敞开。我认为眼前这些作品是纯粹的文学，他们不是拿文学说事，不是把文学作为工具的。他们不期待用文学来获取任何功利，不在于一定要有"专业作家"的头衔，而在于你对于文学的态度和认知。他们的作品是对其身份的有力确认。

其次，不管小说、诗歌还是散文，从内容到形式都不再囿于山西这片地域，他们的文学观念是开放的，美学追求是高品位的，用某一种风格来界定他们早已经不适用了。即使那些描绘黄土地上人与事的作品，也表现出了人的想象力的丰富性、表达方式的多样性。山西曾经有着优秀的文学传统，但他们的创作已经在继承传统的基础上超越了传统。山西作家的创作不仅是山西的文化财富，更是对中国当代文学的贡献。

还有一点极其宝贵，那就是我在这些作品中看到了可能性。可能性是最吻合存在的表述。存在的丰富性、神秘性、不确定性，或许只有通过各种各样的可能才能显示。一段故事没有结局，一些面孔若有若无，没有答案，无需答案，没有判断，无需判断。生命的存在不正是由各种可能性构成的吗？阅读中，我对山西作家和诗人的敬佩之情油然而生，他们用一只手抓住了生命和文学这两个世界，并预示着文学未来的可能。作者有作者的可能性，读者有读者的可能性，我们只有充分地理解、感受，探寻形形色色、无穷无尽的可能性，文学才会进步，才会繁荣，才能表现我们这个色彩斑斓而又变化无穷的充满了诗一般魅力的时代。

是为序。

2016年6月1日

李金山　男，1973年生，山西夏县人。1997年毕业于吉林大学哲学系。现供职于山西省作家协会创作研究部。中国作家协会会员。作品包括文学评论、散文、小说、传记等，散见于《黄河》《山西文学》《都市》《山西日报》《山西晚报》《太原日报》《太原晚报》《燕赵都市报》《羊城晚报》《深圳特区报》等报刊；出版有《司马光：自信不疑的保守派》《李鸿章："裱糊匠"的慷慨与悲凉》《重说司马光》《禹都沧桑》等。

目录

001 / 静庐记
004 / 九只堂记
006 / 快意浮生
012 / 对门的韩先生
016 / 莲花池
023 / 伞
028 / 海的片断
034 / 东北
042 / 我在 1976 年的生活
048 / 回望票证年代
053 / 儿、女
060 / 女儿
064 / 名字

076 /	愁
078 /	桂林二章
085 /	尾巴电影
089 /	两岁记趣
092 /	刘班长
097 /	鹳雀楼
106 /	我有一个梦想
112 /	醉游西湖
115 /	亲爱的，我的老师们
125 /	头发危机
127 /	两条红鲤鱼所处的经济链条
130 /	停电真好
133 /	想象力
135 /	我们家的"西学家"
139 /	黄雀鲊
142 /	太原面食与宋代汤饼
152 /	茄瓠
155 /	御宴
158 /	夜宴
165 /	宋朝的新年
170 /	上元狂欢夜

178 /	东坡肉
183 /	中秋夜玩月
186 /	宋朝的大白菜
203 /	清徐的葡萄熟了
213 /	寒食
220 /	七夕
231 /	烧羊
241 /	黄柑
248 /	春韭
262 /	黄金鸡

274 /　　　后记

静庐记

静庐者,我在作协之办公室也。

据说山西省作协的所在旧时曾是一户富商的宅第,一座传统的四合院落。院内一幢坐北朝南的三层青砖小楼,历经岁月的剥蚀,唯余素净。我的静庐就位于小楼二层的东南一隅。

名其静庐,因其静也。

其一,虽然作协地理上距离闹市不过咫尺之遥:往南府东街,往西五一路,虽都算不上太原市顶繁忙的街道,但也车流如织,人流似梭。然而要到达作协所在的南华门东四条,不论从哪一条街道进来,都至少要拐两道弯。就这么东一拐,西一拐,便甩掉了几乎所有的闹市喧嚣。所以静庐虽紧邻闹市,却不觉其闹,所谓"结庐在人境,而无车马喧"是也。

其二,作协这一片属居民区,本就没什么大的动静,无非鸡鸣狗叫,孩哭婴啼,自然是一派清净了。

其三,四合院,传统的内敛结构,加之院内梧桐参天,藤萝匝地，市声都被拦截在了四合院外、梧桐树巅。

其四，静庐独坐，就常常会想：这静庐会是富商当年的书房吗？当年的富商会有我今天这样如水般的平和心境吗？"吴宫花草埋幽径，晋代衣冠成古丘"，富商和他当年的脚步早已被时间深一层浅一层地掩埋。逝时无声，顿觉心静。

其五，也许总还会有些许的市声尾随了人的脚步溜了进来吧，却终被我邈远的心境挡了驾："心远地自偏"么！

静庐不过三人、三椅、三桌，三人皆是素心喜书喜静之人，桌上、几上、案头无不是书，有事便做事，无事便读书，"奇文共欣赏，疑义相与析"，自有一份情趣在里头。待到中午，家远而不归，静庐便是我一个人的静庐了。阳光款款地照着，白云悠悠地停着，书可圈可点，人可仰可卧，困了，便以书遮脸，盈盈地入梦，梦里依然是我的静庐。

静庐奇静，便有雀儿在朝东的窗户外筑了巢，静庐的主人为了不惊扰雀儿，将雀巢所在的窗户一角换作了毛玻璃，更将可以开闭的窗扇移走换了整片的固定玻璃，这样雀儿便安心地做了我们的邻居。从此，雀儿晨起便啄窗告以将作，暮归便啄窗知以将休。雀儿也是有心的吗？为了感谢我们这些邻居的善举吗？

静庐读书，读累了，身后的一扇门随手可开。门外是一方几与静庐等大的露台。步上露台，天地洞然，豁然开朗，与现代楼房阳台的感觉绝不可同日而语。舒展舒展筋骨，呼吸呼吸新鲜空气，顿觉神清气爽，耳聪目明。露台外，不知何年何月哪位前辈手植的两株山楂，彼此依偎着，如今已经越过露台，悠悠地向天空伸着。眼下季节正值盛夏，被夏日鼓舞的树叶油绿油绿。花已落尽，新萌出的果儿三五一簇，坠斜了枝头。阳光明媚的时候，树上便停了雀儿，却往往是只闻其声，难觅其踪。偶有从树丛里探了头出来，眼睛一律清清爽爽的，样子机活灵动,见有人来,并不就惊走。撮起嘴来逗弄它们,它们也叽叽喳喳,也是在逗我了?其中的哪一只或许就是我东窗外的芳邻吧,可我终是无法相识,它能认识我吗?它是在向它的伙伴介绍我这个芳邻吗?……

私撰联曰:

  露台闲语新添邻,
  静庐贪看未见书。

我爱静庐。

2003 年 6 月 24 日于静庐

九只堂记

夏天一个闷热的晚上,躺在竹席上,我就一身一身地出汗,翻过来又翻过去,怎么也睡不着觉。窗是关着的,不敢开。因为我知道,窗纱破了一个洞。但实在是太热了。蚊子不至于就找见那个小小的洞吧?其实我也知道,这不过是对自己一个善意的欺骗,现在的蚊子已经进化得可能比我还聪明。只是,实在太热了,鱼与熊掌不可得兼,我选择了凉快。于是开了窗户,风徐徐而入,清爽就扑进来,抚过我的全身,身上的汗一下子就全收了,酣然入睡。

蚊子们还是找见了那个洞口。睡梦中我已经听到了蚊子的嗡嗡声了,不知有多少高智商的蚊子穿过了那个小洞,侵入我的寝室。但我拥着惬意的凉爽,舍不得起来。与这爽快比起来,蚊子的叮咬完全可以忽略不计了。又想,让蚊子全都来叮我吧,为了妻儿的安宁,蚊子们,你们都来吧,就让我承担了这所有的叮咬吧。想着,顿时就有了佛以身饲虎的悲壮……但蚊子不理会我的盛情相邀,也不愿意成全我的悲壮,因为耳边只有蚊群的嗡嗡嘤嘤、嘤嘤嗡嗡,终没有一只蚊子落嘴在我的身上……那边一声长叹，显然妻子无法对蚊子的叮咬忽略不计，接着她跳了起来，两眼朦胧，摸索着按开了日光灯……

半夜开灯是我睡觉最大的忌讳，认为要减寿的。我知道饲养场里动物们是不分昼夜地照着灯光的，我还知道饲养场里的动物们是短命的，我还知道……我蒙着头不愿起来，却终拗不过妻子以武力推行的命令：我可以忽略不计蚊子的叮咬，我可以忽略妻子的命令，但我绝对无法忽略不计落在我背上的旋风脚。于是只好不情愿地揉揉眼睛，加入了妻子与蚊子们的周旋，不情愿地与蚊子们追逐，不情愿地与蚊子们搏杀。墙上三只鼓鼓囊囊的蚊子，显然已经酒足饭饱，那都是妻儿的血啊！对蚊子的仇和恨就像笼屉里的蒸汽一样一团一团地往上升起来……有一个词叫什么来着？对，同仇敌忾，我和妻子现在是同仇敌忾了，我们要联起手来，我们就是蚊子的黑风双煞，或者是鸳鸯双雄，反正一句话，蚊子们的死期到了。噼啪之声过后，我们的双手沾满了阶级敌人的鲜血，那不是别人的血，那是我们一家老小鲜红的血啊！可惜呀，实在是可惜呀！我的双眼像雷达一样扫过整个房间，确信没有了，便关了灯，重又躺下。

可是刚刚入梦，又被妻子喊了起来，如此反复数次，睡意全无。无事可做，就那么在黑暗中大大地睁着眼睛，计算起蚊子的数目来：三只，六只，六三得九。

"那就叫九只堂吧！"妻子笑。

"什么九只堂？"

"就是有九只蚊子的一间屋子呗！"

好，有九只蚊子的屋子，遂记。

2003 年 8 月 19 日写

快意浮生

周日无事,锁了门去郊野闲步。经过菜场的时候记起该捎上点菜蔬回去,用零钱买了黄瓜,再要买些别的菜时,却无论如何找不见出门时带在身上的那张人民币大钞,于是怀疑是掏零钱时带了出来,便翻回头去问摊主,摊主死活不承认。"哪有捡了钱还承认的?!"心想,"他手里攥着的那张怎么看怎么像我丢的那一张?!"于是我就成了那个丢了斧头的人,摊主的神情在我的眼里也完全符合捡了我的大钞的神情了。罢了,罢了,全当捐给了希望小学。可心里总也放不下,于是又怀疑是丢在了闲步的路上,路上曾几次掏兜子。沿着走过的路径,一路去找,终还是一无所获。怕是早被人捡了去了。出来时的闲散心情消失殆尽。想了法来安慰自己:全当自己花了,或者幸亏只丢了这么一张,幸亏……花了怎么不见东西?丢一张还不够,还要丢多少?心情沮丧到了极点,悻悻地上楼,悻悻地开门。开了门我就看见那张大钞正稳稳地躺在茶几上呢!心中狂喜,赶紧关了门,放声大笑,所有的好心情又都回来了。

听说可以贷款，于是和妻子决定买一套属于自己的住房。心想将来的住房位置要好，价钱还要低。从此和妻子从城市的东头看到西头，从北头看到南头，不是价钱偏高，就是位置不好，反正总不能满意。凡是有住房的地方几乎都看遍了，好像每天的时间除了必要的吃饭睡觉、上班下班之外，都用在了看房上。好容易相中了一处房子，交了钱，拿了钥匙，又开始装修。从这一天开始，找瓦工，找管道工，找木工，要水泥，要沙子，要木头，要PVC，诸如此类的琐屑事情，简直没完没了，从早到晚，耳根再无清净的时候。挖空了心思都是为住房的装修打算啊！可离完工的那一天，似乎仍是遥遥无期。时间久了，倒以为命该如此劳碌了。可忽然有一天，装修就完了。所有工匠都走了之后，打开电灯扫净地，擦干净玻璃挂上画。朋友们来祝贺，济济一堂，谈笑风生。

住房贷款终于还完，无债一身清。

在乡间拥有一套自己的房子，不用太大，四五间足矣，房里也有暖气，而不是蜂窝煤炉，还要有太阳能热水器，而且关键的，房子前要有院子，闲时可以种绿豆荚，也可以种紫茄子。

书房前有空地一方，手植幼松数株，三秋五载之后，绿便昂昂扬扬掩过了窗户。夏日，清风徐徐，窗前有绿意摇曳，顿觉清凉；冬日寒风啸呼，又可于书桌前听松涛隐隐。

吃过饭，无事可做，就开始收拾旧箱子，翻出小学时候记的日记。

闲来无事，一个人躺在席子上，望窗外蓝底的天上，白云变幻，或如白驹，或如苍狗。

每日早起，听窗外的麻雀们叽叽喳喳，又喳喳叽叽。

家居东山，夏日早起，路上行人稀少，跨上自行车，撒开车把，从山坡上风驰而下。

闷热的夏日午后，一场实力相当的羽毛球赛之后，买来绿皮红瓤的大西瓜，打来井水镇了，分而食之。

蜗居顶楼，夏天，屋子无遮无拦地暴晒在太阳地里，一天下来，屋顶和墙壁都吸足了炎热，人住在屋里就活像洗桑拿，汗是一身一身地出，减肥效果肯定是不错，但像我这样的穷人哪有肥可减！空调是买不起的，只有电扇，电扇也不敢自专。正惶惶无主，不知所之，突然电光一道，接着响雷阵阵奔涌而来，凉风也跟着徐徐飕飕，转眼已能听到雨水管里的哗哗声了，这时身上的汗也止了，焦躁的心情也平复了。

夏夜溽热，枕席之上，有如药膏，辗转难眠。开了窗，有风徐徐，顿觉惬意。可偏偏有蚊子乘隙来骚扰，嗡嗡嘤嘤，嘤嘤嗡嗡，时东时西，时有时无，数次闻声拍打，嗡嘤之声终是不绝于耳，心下不胜其烦，又实在不愿开灯与蚊子决战，索性充耳不闻吧，又索性决心以身饲蚊吧，顿觉有了佛的悲壮。然而蚊子怎就会解了我的意？终是担心着妻儿，于是下一狠心，跳起来按开了灯，啪啪啪数声，一番战斗，灭蚊九只，从此耳根清净，酣然入睡。翌日晨起，研墨展纸，名居室曰：九只堂。

苦夏难挨，约三五好友进山避暑，一路上绿荫蔽日，泉流淙淙，索性将脚放进溪流，感觉丝丝清凉从脚心入，经腿，经臂，渐渐弥漫全身，夏好像已是另一个世界的事情了。

夏夜，某山中旅店，一场透雨刚过，停了电，微醉中与三五文学同道，于摇曳的烛光中闲谈对文学的恨、对文学的爱。

秋天，与家人一起到郊区的村庄采摘桃子。

秋天，在老家，听窗外石榴崩口或者苹果落地的声音。

冬去春来，看柳丝冒出嫩芽。

饥肠辘辘时吃刚出锅的质地松软的馒头和刚泼好的油辣子。

看稚儿执我之手呵呵而笑。

下班之后，爬了长长的陡坡回到家，已是汗流浃背、人困马乏。稚儿见我入门，喜笑颜开，招手相迎，锐声喊我"爸爸"，疲乏之意顿解。

俗语云：有苗不愁长，看小儿如夏日的丝瓜秧，随风上蹿。

初为人父，照顾小儿没什么经验，偶染微疾，便以为天塌地陷，束手不知如何应对，连夜急急住进儿童医院，从此这检查那检查，输此液打彼针，每日四五百元的医药费，只奇怪病却未见好，反而又感染了别的疾病，且愈来愈重了。眼见得昔日嬉笑可人的小儿一日日地消瘦下去，整日整夜地哭闹，我的心都碎了。终一日，医生说，出院吧，回家静养。于是回了家，一天天过去，小儿竟日渐恢复了。

星期天逛旧书摊，碰见一本好书，心中窃喜，可脸上却不露声色，装作不经意地问价格，摊主恰恰是个不识货的主，最后以极低的价格成交。

家庭和睦，父母安康。

回老家过年。

每月10日发饷的时候。

买彩票，中了正好可以还上贷款的十万八万。

做小学生，很冷的冬天的早晨，上最难熬的数学课，恰好有烤红薯的甜香气味从教室一角的炉子坑洞里，不绝如缕地飘出。

高中的时候，上晚自习，以要求严格闻名的班主任背了手板了脸，在教室里踱来踱去，学生们个个忍着笑佯作苦读，突然不知哪儿出了故障，停了电。

在东北的大学校园里，下了晚自习，于教学楼的灯光下看鹅毛般的大雪落在身上。

豪雪过后，打雪仗，你将雪撒了她满头满脸，她又将雪灌了你一脖领子，你追我赶，叽叽嘎嘎，女的全然忘了淑女的腼腆，男的也乐意忘了男女的授受不亲。

做学生,每日打铃放学的时候。

大学毕业,年届而立,婚姻大事当头,而红颜知己难觅,恰经人介绍,识得一可心女子,正若痴醉,不料女子嫌贫爱富,随一大款而去。正郁闷无可排遣,忽一日,邻居大嫂拉了我的手说,有个好姑娘早就想给你介绍呢……

十年未曾谋面的老朋友,不知道从哪儿就突然地冒了出来,笑盈盈地站在我的面前说:"老兄别来无恙?"

在单位里,常常谨小慎微,别人伤害了自己,也不好发作出来,怕影响了以后的人际关系。时间久了,就觉得压抑得很。这时候,就请伤害过自己的人去喝酒,喝得多了就醉了,或者也没有醉,只是感觉醉了而已,反正就有了胆量,就无所顾忌了,毕竟谁会把人的醉话当回事呢!所以就骂他个痛快,把所有的不快通通地发泄出来,心里就舒畅了,就不觉得那么压抑了。

清晨醒来,隐约听见家人叹息,说某某人昨天晚上去了,急忙叫来询问,原来是本城中一个绝有心计的人,一辈子最擅长的事情就是把最小的权力发挥到极致。

推开窗户,把不知道从哪儿混进来的苍蝇放出去。

有穷朋友来借钱,碰巧我有别的客人在场,自然是难于启齿,于是顾左右而言他,就是不提借钱的事。我瞧出他的窘来,拉他到没人的地方,悄声问他需要多少,然后跑进去如数拿了给他。

路遇一老乡,摇过手抹过泪之后,问老家哪乡哪村。他问:"在哪儿上班?"答:"作协。"又问:"一个人?"答:"好多人。"作别之后一路纳闷:作协怎么会是一个人?恰好路过一家鞋店,忽然顿悟:作协,做鞋。哈哈!

从居住得很腻了的城市回到家乡,听街道上的妇女小孩嘴里令人心醉的乡音。

坐火车正赶上车上人多,别说座位,就是走廊里的站位也是紧紧巴巴的,还要提着行李。就这样从某站一直站到了某站,里程大约也过了一千公里了吧。手里的行李越来越重,更糟糕的,开始晕车,四肢发麻,心里发慌,整个人都快要崩溃了。这时,我旁边座位上的老兄,开始收拾行李。

生了痔疮,关起门来,烧了热水,洗个淋漓痛快。

手上有了手气是个高兴的事,脚上有了脚气可就没那么惬意了。逢到热天,更是奇痒难耐,可当着客人的面如何能挠!真如万蚁啮心,如坐针毡,芒刺在背。等到终于送走了客人,急急甩脱鞋子,抓挠个够。

"非典"过后,摘掉让人窒息、能把脸捂出痱子来的十八层口罩。

"非典"时期,每天枯坐一室,即使万不得已出门,见了熟人也只能道路以目,亲友只有通过电话来联系,晤面是绝对不敢的。与人交流的欲望膨胀到了极限,终于一日,"非典"结束了,急忙找来三五意气相投的朋友相聚一起,把多少天积攒的话一股脑地倾倒出来。

"非典"过后,又是"禽流感"肆虐,走动自然是可以的,这一点比"非典"强。但嘴上受限制,为了保命,吓得鸡呀鸭呀等等,反正和禽类沾边的东西一律都不敢吃了,到后来发展到所有的肉都给禁了,正好,实践做一个素食主义者的夙愿。

观王羲之《兰亭集序》。

读范宽《溪山行旅图》。

躺在床上翻金庸的武侠小说《笑傲江湖》。

2003 年 8 月 9 日写,2004 年 2 月 20 日增

对门的韩先生

韩先生者,韩石山也。

因为三个方面的优势:天时,定时地参加同一个沙龙的聚会,虽然我仅仅是跑跑龙套;地利,办公室脸对着脸,虽然他是主编;人和,我和他是同一个地区的老乡,他人也很随和,虽然我们的年龄相差甚远,名气就更不用说了。所以,我有足够的时间和机会,关键是不知天高地厚的自信,对韩先生做近距离的、深入细致的观察和研究。

韩先生讲话的腔调。韩先生讲话的腔,是临猗县普通话腔,既临猗,又普通,不用解释了吧。这种腔的好处有二:其一,山南海北,特别是一直生活在家乡土地上的那些老乡一听就能听出你是老乡来,认为你离乡虽然这么多年,但仍然坚持着家乡的口音,这就叫不忘本,这就是一种品格!这种品格对韩先生这样名满天下的人来说,就尤其可贵。其二,不是老乡也不要紧,大致的普通话,传情达意肯定不成问题,最妙的是,听起来还有一种难以言说清楚的特殊味道,让人想起伟人们留在纪录片或者电视上的神奇口音。总之，它既通俗又高雅，既有地域性又不失国际性。韩先生讲话时的调，是抑扬顿挫、时高时低、时疾时徐的诵读文章的调子，有如做时事方面的报告，当然他是不可能做这类报告的，你就是听上个把小时，也不会觉着累。想来是当年做中学语文教师时练就的本事吧，当时，怎么讲才能让学生上课不打瞌睡才是韩先生首要研究的课题。

韩先生走路的姿势。有一段时间，我对韩先生走路的姿势非常着迷，着迷到，他在前边走，我就在后边跟着看。通过多次的观察我就发现了韩先生走路的重要特点：头略略向前倾（大家都知道，这是常年伏案的结果），以一个恰到好处的角度，这个角度增一度减一度都不行——再大上一度，会让人误以为是晚上睡觉的时候落了枕；再小上一度，那是他多年前的角度，那时候他的名气还没有现在这么大。背稍稍有些曲，这个曲好就好在这个"稍稍"上，曲得多了会让人担心——这两天韩先生是不是得了腰椎间盘突出症！曲得少了，那是青年时代的韩先生啊，那时他刚从省城著名的大学毕业，正意气风发地登上汾西县某间教室的讲台。步子迈开了，是微微的外八字，左一撇，右一捺，优雅得像韩先生写在宣纸上的书法。韩先生常常一撇一捺地从作协二楼的编辑部出来，经过我们的理研室门口，我就跟上去，沿着扶梯下到一层，又从一层到了院子，从院子出去就进了家属楼，进了家属楼我就不敢再跟着了，因为韩先生回家了。反正有空我就揣摩、练习，练习、揣摩，结果后来朋友见了我就问：是不是着凉或者中风了？我赶紧打住，没有学成韩先生优雅的步态，却步了两千年前那位到邯郸城商务旅游捎带观光的年轻人的后尘，哈哈，哈哈！

韩先生的笑。路遇韩先生，永远是他笑嘻嘻地主动向你打招呼（没有看见的不算，韩先生近视），即使像我这样一个初出茅庐、寂寂无名的文学青年，也不例外地享受到了这种好待遇（简直受宠若惊）！

韩先生的脸上永远是阳光灿烂、春光明媚。光从韩先生的表情判断，如果你投资股票，你会误以为天天牛市；如果你做生意，你会误以为日日利好！要是这样做决定你就惨了，你就赔大了（但是不会有人这么做决定）！总之，从表情上，你绝难把他与"酷评家""文坛刀客"（凶神恶煞、青面獠牙、以笔为刀、刀刀见血？）这样的角色联系起来，但，那是事实！起码是众人口中的事实。到最后你不得不佩服韩先生的深藏不露，只好回过头来再仔细想想韩先生牙齿的雪白和眼镜后边眼睛的形状，才隐隐觉出些应该有的"狠"来。

韩先生的包。韩先生应邀出外讲学，是要带包的。一个黑色的皮包或拿在手里，或夹于腋下，不是暴富的农民手里那种——那种太大、太新、太扎眼、太俗不可耐；也不是冥顽不化的老夫子手里带长江大桥图案或者不带的那种——那种太过时、太顽固、太落魄、太潦倒！韩先生的皮包，颜色是淡淡的亚黑色，有深度而不招摇；款式也是内敛的风格，但绝不缺少时髦的因素，与韩先生的气质配合得恰到好处，庄重而不古板，古雅又不失现代，让人觉得那是韩先生不可或缺的一部分。这样一个包拿在韩先生的手里有如锦上添花，既显出与时俱进的时代精神，又不失一脉相传的儒雅之气。

韩先生好出惊人之语。有一次谈到买书，韩先生就说："我是真心喜欢书呀，见了书店就想进，见了好书就想买，但是——我舍不得花钱……"一次在某大学讲演完后与中文系的老师同桌吃饭，老师中博士、硕士居多，韩先生开口说的第一句话是："能与各位硕士、博士同桌吃饭，真是让我荣幸之至啊，因为我只不过是一个本科生啊……"在山东大学演讲，他这样开头："山东大学请我这样一个人来讲学，是很有眼光的，是划得过来的。你们平时见的都是真正的学者，真正的教授，像我这样从野路子上来的学者，轻易是见不到的……"某次作家作品研讨会上："这几位年轻的作家我都比较熟悉，某某，有来往；某某，是老乡；某某，是女同志……"

韩先生好唱跑调之歌。不是说韩先生故意要把调唱跑了，哗众取宠，而是他实在找不准那五个音任何一个的位置，而他又实在太爱唱歌了。韩先生的酒量大家都是知道的，等到酒过数巡，韩先生就要来唱几句了。听过几回我就发现，韩先生的跑调不是普通的跑一跑就了事，而是所有的调都要跑，而且是义无反顾，一往无前，绝不回头！要是作曲家听到他的作品被韩先生如此演绎，我看非得活活气死过去一回，但是韩先生绝不给他们这样的机会，因为他老人家选中的歌曲一律年代久远，曲作者百分之百已经作古！韩先生唱歌是边舞蹈边唱歌，所以虽然跑调，但现场那个气氛是绝对的好，曲正词严的效果是比不了的。

韩先生的小气。韩先生从文数十年，著作的宏富我是深深知道的，但同时韩先生的小气，我也是心知肚明的。我读过韩先生发表在《山西文学》上的所有文章，包括简短的回信，甚至是韩先生函授班的招生简章（因为《山西文学》每期是免费赠送的），其中当然包括那篇著名的《我的小气》。但是，韩先生的书，除了书目清单以及清单所列之书的封皮，内文我是一本也没有通读过（在书店里一连几小时地来回翻阅，恐怕是要被老板撵走的），因此至今引为憾事。

连日阴雨，枯坐无事，记下对门韩先生有趣之处若干，供韩先生一笑，也供诸君一笑。唐突之处？呵呵！呵呵！反正就在对门，要过来也不费什么事。

2004年6月30日于韩先生对门

莲花池

故乡在我的记忆里,已经化作了一汪清清浅浅的池水,它 N 次出现在我的睡梦中,闪闪地发着亮光。

故乡是晋南的一座小城。

和许多北方县城的命名习惯一样,我们的小城也把县政府所在地的这个镇叫作城关镇。县政府的停驻应该使这个镇的居民近水楼台、领风气之先地获得外面世界的信息,又使这个镇的居民因为信息的先机而优先富裕起来。这些都是信息时代的常识。但在我幼年的岁月里,信息在经济生活中的价值几乎为零,外面世界的信息只是作为农闲时节或者茶余饭后的谈资,在人们的口头流传,土地还是人们维持生活的可触可摸的物质基础。实际上,我们不过是一群生活在小城里,谈论着外面世界的传统农人。

那一年,好像是商量好了,四面八方的水赶集似的同时汇集,在小城出现,水汩汩地从地下向上涌,地里的庄稼成片成片地发黄,成片成片地死去,房屋的墙皮成片成片簌簌地往下滑落,墙上的裂缝像天空中奔突游走的闪电……小城人惊慌失措了。人们像许多电影里看到的场景那样,跑去问小城中年龄最长的老人。这个老人一样的须发皆白且日渐稀疏;深深的眼窝像淤满岁月的泥潭,目光呆滞又空洞,而不是幽深如水;嘴唇因为牙齿的脱落而整体难看地塌陷。他的岁数连他自己也搞不清楚,因为他的思维有些糊涂了。面对人们焦急的询问,他只是含混地呢喃:三十年一小潮,六十年一大潮。"潮"在家乡话里是潮湿的意思。地势较高的房子里,地面就已经潮得像蓄满了水的海绵,稍稍一踩,就会湿津津地渗出水来;地势稍低的人家,水早已冒出了地面,只好垫几块砖头在水里,进进出出,像走在泥沼里;地势更低的地方,干脆已经有了池的模样……这哪是简单的潮湿啊!这天杀的水什么时候才肯退去呢?问题再次被七嘴八舌地提到了老人的面前,老人似乎对人们深沉的焦虑根本无动于衷,他还可能对什么有动于衷呢?他已经太老了。当人们渐渐失去耐心开始离去的时候,老人吐出了一句浑浊不清、渺如尘烟的话:该来则来,该去则去。该?这个"该"是个什么时候呢?再问,仍是那么一句;再问,老人不知道什么时候早已沉沉睡去了。人们只好失望地回到自己的生活中去,在煎熬中等待着这个"该"的时候自己到来。

　　生活在悄悄地起着变化。以前打水是要用辘轳放下十几米的井绳去才能完成的;有一天人们无意中发现,站在井沿上一弯腰就可以把水提上来了;再过几天,连井沿也被淹在了水下,索性腰都不用弯了。这可算是"潮"给人们带来的所能见到的唯一一项便利。但很快,这项便利给人们带来的欣喜就被更大的忧虑淹没了——因为日渐深起来的水更让人忧虑,它已威胁到了人们住房的安危。

　　与大人们的愁眉不展比起来,孩子们是始终快乐的,庄稼和房屋,那都是大人们操心的事情。小孩子们只是嫌水太浅,还是太浅,天天地盼呀盼的,是希望哪一天水足够深了,好去游泳。水就在大人们的焦虑和儿童们的期盼下日渐深了起来。后来，几乎所有以往的麦地、菜地、空地，都汪汪泱泱地涨满了水，日渐涨起的池水就是免费的戏水乐园啊！数十亩的池水理所当然地成了孩子们放学以后伸腿展脚的广阔天地。

　　学校的敲钟人刚刚敲响第一声放学的钟声，孩子们就已经蹦出了教室，一路地狂奔，一路地打闹，一路地尖叫，没有多少时间他们就成群地出现了池边，飞快地甩脱挎在屁股尖上的书包和套在身上的汗津津的衣服，彻彻底底，一丝不挂地像鸭群一般扑棱棱拥进水里去。农田原本就高高低低，地势高的地方，水刚刚没过膝盖，地势较低的地方，水已经到了脖颈，深的地方居少，浅的地方居多，所以其实大部分的戏水只是在水中漫步。这样的漫步是深一脚浅一脚的，孩子们就这样深一脚浅一脚地嬉笑追逐在落日余晖映照下的金色水中，满脚的黑泥，全然地不管不顾。但就是这样的追逐，这样的不管不顾，正好可以洗去孩子们身上经年的污垢，然后空前卫生地回到家里去。偶能游泳，姿势也与美无关，是无法归进蛙泳或者蝶泳任何一个类别甚至两个类别边缘的"狗刨十四式"，都是背着大人在水库里练就的本事。

　　自从"潮"来以后，水所淹没的区域，所有原来的植物似乎都已经消失了，水面一片沉寂，人们似乎也已经习惯了这种沉寂。但就在第二年的春天，某个清冽的早晨，春雾氤氲的水面上有葱绿的尖角慵懒地探出，再过数日，化作巴掌大小的圆形，碧绿，优雅地浮在静静的水面上。当然最早发现的还是孩子们，但很快全村的人就都知道了。有孩子把那种神秘植物完完整整地呈现在了人们的面前，但在场的人谁都不认识，终于有未在场而后来到的见多识广的人说那是莲叶：莲菜的叶子，底下的是莲子，可以吃的。那么是谁种下去的莲子呢？所有的人都摇头，看来没有人撒种是肯定的了，无法预期收获的播种当然是没有人去干的。那么那莲子是上次"潮"的遗物了？从此，孩子们的水中漫步有了新的目标：寻找莲叶和莲叶下边的莲子。虽然莲子放在嘴里一嚼，会夹着青泥腥涩的味道。孩子们毁灭性的行动并没有影响到莲叶在水面上扩展的进度。后来不仅满池碧叶，而且有好看的粉色莲花渐次开放。一汪碧水，数茎莲花，人们很自然地想到了那个现成的名字：莲花池。这个名称在小城中是早就有的，只是现在人们才明白小城中为什么会有这么个名字了。转眼进入盛夏，有风吹过，莲叶婀娜。人们对"潮"的好感也第二次蔓延开来。

青蛙是司空见惯的，所以蝌蚪在水中的出现并没有引起人们太多的好奇。但细心的孩子们紧接着发现，一种不同于蝌蚪的生物与蝌蚪一同游走在水中。刚开始，那种生物是少量的，但渐渐地，它的数量就和蝌蚪分不出高下，想要数清已经完全是徒劳的了。重又请来那位有识之士，他说，那是鱼。那又是谁撒放的鱼苗呢？所有的人又一次都摇头，看来那鱼苗也是上次"潮"的遗存了。那是多么不可思议的事啊！鱼苗和莲子能在土地里潜伏上几十年，其间还要经过无数次的刀耕和火种。感叹之后，孩子们要做的第一件事情就是用旧纱窗做成了渔网，网上几条，放进家里的瓦盆，朝夕有空的时候就看着。等到鱼儿渐大，经济观念较强的人们便从外地贩来了鱼钩和鱼漂。离家不远的苗圃里生长着上等的鱼竿（竹子），再随手挖上几条蚯蚓，齐了，钓鱼去喽！夏天，天很热，孩子们都坐在高高的土堰上，背心裤衩，手里攥着鱼竿，眼睛注视着鱼漂，旁边是搁蚯蚓的小盘和装着几条小鱼的水罐，当然还有在一旁静静守候的年幼的弟弟或者妹妹。没有一丝风。突然，有支鱼漂急速地向下了，鱼咬钩了！那个鱼漂的主人理所当然地猛蹿了起来，但他会告诫自己：镇静！镇静！同时尽量慢地往回收线，鱼就出水了。好大的鱼啊！究竟有多大呢？野生的，有一顿没一顿的，能大到哪儿去？顶多不过半斤八两，但在孩子们成人后的记忆里,那就是"大"鱼了,尽管他们以后见到过很多在分量上远远超过它的鱼。那个孩子被这突如其来的巨大惊喜震呆了,用变了调的声音叫唤弟弟或者妹妹来帮忙,因紧张而不听使唤的手僵僵地把鱼从钩上拽下来放进了罐里,弟弟或者妹妹便跌跌撞撞地捧着鱼罐奔回家去,然后把它变成一锅美味的鱼汤。这孩子是不喝的,尽管他很想尝一尝,他会说:"你们喝吧,我饱了。"其实饱不饱已经不重要,关键是这一锅汤使他获得了前所未有的成就感。

"潮"所溅起的恐慌渐渐地平息了。现在人们不知不觉地开始接受了水的存在——既来之,则安之。再盖房子的时候,就把房子的地基搞得高一点。

俗话说,靠山吃山,靠水吃水。有了水,乡人中经济思维较发达的,已经在试验种水稻了,生产队里也开辟出一小片水域来试验性地种上了莲菜,更有人想到了养鸭。鸭雏买回来了,先像养鸡一样,圈在鸡棚里,与鸡们同吃同住,待遇稍有不同的,就是每天额外地给它们端盆水来让它们扑腾扑腾。等到渐大,主人们就想着该让它们接触一下水了,毕竟鸭子是水里的动物嘛,而且这"靠水吃水"是怎么说的呢!前几日尚好,把鸭子们赶进水里,到了晚上,一声呼唤,乖乖地都回来了。可日子一久,路遥知马力,日久见鸭心,鸭子还是和水的感情深,而且酷爱自由。先是少数鸭子离家出走,到后来干脆是集体逃亡。水面阔大,深度不足两米的水似乎也无力浮起即使是最轻的船只,况且人们根本也没有造船的经验啊,即使造好了船,谁又会行船呢!就算会行船,那么大的水面,船能赶得上熟识水性的鸭子吗?对所有的这些问题,人们的回答都不肯定,所以造船的想法只好不了了之,最后只好望鸭兴叹,或者望池兴叹了——反正是没办法了,随它们去吧。从此,就有了这群"野"鸭子。

鸭子渐长渐大,开始生蛋了,也许是怕人偷袭,也许鸭子本来就是这种习性——南方不是有"水扁"的说法吗，听说指的就是鸭蛋，沉在水底的鸭蛋。看来把蛋生在水里原本就是鸭子的天性。从水底捡鸭蛋，主家没有那么大的人力物力，捡也捡不过来呀，况且主家也不止一家，又况且脱了裤子下水那都是孩子们的把戏，大人们怎么好意思！反正鸭蛋就成了无主财产，因为鸭子都成"野"鸭了，鸭蛋还能是谁的呢？白白的鸭蛋那么可爱地躺在池底，捡鸭蛋就成了孩子们一项乐趣无穷、回味无尽又回报颇丰的水上娱乐活动。

大自然真是奇妙无比，等到莲叶婷婷、水草丰美、鱼儿跳跃的时候，远方真的野鸭不知怎么就得到了这个讯息，知道在遥远的北方有它们五百年前的一群本家在一池水里占水为王。于是它们就三五成群地从不知多遥远的南方还是北方赶来了，赶来与它们的本家会合，或者是投靠。它们降落在池中，休息它们因长途跋涉而困倦不堪的翅膀，洗去一身的尘埃，在与本家们一番亲密的接触后，最终两个鸭群汇为一群。紧接着，似乎野鸭又将这一喜讯告诉了它们的天鹅朋友，于是硕大而优雅的白天鹅也从天而降，与野鸭比邻而居。内陆的人们见到这种场面，稀罕得不得了，孩子们更是欣喜若狂，欢呼雀跃。

从此，因水而起的这处美景更加完备了。

听说县里的头儿们已经在筹划着将早些年因水干池枯而移往他处的那通古碑重新移回；又听说附近的警校提出了建一座水上公园的设想，而且还拿出了细致的规划图纸……

后来，我上了大学，离开了那群鸭，离开了那池水，离开了我们的小城。

我已经很多年没有回到我们的小城了。

上个月我和年迈的母亲在电话里聊天，聊着聊着就聊到了莲花池，母亲笑了笑，叹口气，轻轻地说："潮，早退了。"

放了电话，"潮"水却从我的心底涌起，汪洋恣肆，淹没了我的记忆。我似乎隐约地听到年轻的母亲在村头喊我的名字了,她的声音在黄昏的莲叶上跳去跳来,最后就落在了我的耳朵里。而我,却躲在莲叶的下边嘿嘿嘿嘿地笑……

2004 年 7 月 1 日于作协

伞

1

早晨睁开眼睛的时候,有"吧嗒——吧嗒——"的声音隐约传来,循着声音望向阳台,是雨水从房檐上掉下来砸在窗台上。不知道昨晚什么时间开始下雨的。

临出门的时候,向窗外望了望,大致估了估雨点下落的频率,相信从单元门跑到公交车的站点,不至于淋得像只掉到汤里的老母鸡。如果那样,我会选择再等一会儿,等雨的频率降下来,然后再出发。

生活中我是一个简约主义者,简约的原则就是能空着手办到的事情,我绝不会让东西把手占着。譬如今天中午我决定在外边吃饭,而家里的饭桌上有昨天余下的一只桃子可以作为午饭后的果品,这时候我会选择在早上出门前就把它吞下去,而不是带着直到午饭的结束,我会想,反正都是今天的节目。

其实家里恐怕也没有一把伞，虽然我根本就没有找。

车一直不来，等着的工夫，我才发现，不带伞的我是多么另类。穿得很少，淋湿的头发和衣服，使我所追求的简洁生活无疑变得可怜起来，站在候车亭下，像站在尴尬耸立的丛林中！对自己的标榜产生怀疑了吗？是年龄的关系吗？一个已经突破三十岁大关的男人。

是不是该准备一把伞在家里呢？抵挡岁月或者人们的目光？

坐在车上，我搜索着关于伞的记忆，似乎已经很多年没有打伞了吧。我曾长时间快乐地以为，城市里的雨是用不着一把伞来应付的。城市的雨天，没有泥泞的路，雨更洗刷了令人生厌的城市污垢。从家到办公室的路程不算很长，雨也总不会很大，即使偶尔很大，我也有足够的时间和地方躲避。所以有雨的时候，我常常是穿着以动物的皮革制成的鞋子，轻巧地在一摊雨水与另一摊雨水之间的空隙间跳来跳去，迅速地跳到办公室、单元楼或者其他什么目的地，皮鞋光亮如新。顶多是以文件夹象征性地挡一挡雨，或者站在某个商店橱窗外边的屋檐下，乐观地等待一场雨的过去。

如此，我确是有很长时间没有打伞了。

雨点渐渐在车顶上汇集，终于漫下来，掩过玻璃，然后顺着车身滑下去，最后滴落在城市雨天湿漉漉的马路上，迅即被后边赶上来的轮子轧得粉碎。更多的雨点落在树叶上、草地上、楼顶上、广场上，当然还有行人撑起的绚烂或者朴素的伞上，车声嘈杂，我们听不到它们在完成坠落的一瞬所发出的声音。

2

乡村的雨天是没有这么喧闹的。

乡村的雨天甚至可以用寂静来形容，时间似乎因为雨而变得凝固。无数的雨点从灰蒙的天空中无声地坠下,落在屋顶上,在屋瓦上聚集,然后沿着屋瓦的凹槽缓缓地、无声地响应着地球引力的召唤,到达滴檐的尖角,然后轻轻地落下,掉在窗前的地上,溅起来,重又落下,"吧嗒——吧嗒——",这个声音透过窗户,传进屋里,落在六十六岁母亲的耳膜上。这时候,母亲会从床上坐起来,望望七十岁的父亲和窗外,问:"响檐了?"响檐了就要穿雨靴,打雨伞了。

我在乡村打雨伞的那段时间,雨靴是哥哥姐姐穿小了退下来的,到了我这儿,里边的衬布破了,卷起来,露出冰凉的胶皮;雨伞是用牛皮蒙制而成的庞然大物,很粗的把柄,超出了我一只手的把握能力。当时母亲还年轻,父亲也年轻。我现在可以看到,母亲帮我穿上雨靴时,眼里闪烁着浅浅的笑意。父亲等在一旁,手里倒提着那把雨伞,一点也不费力。少年的我接过父亲递来的雨伞,也接过父亲身体里奔突的力量。然后,背上松垮的书包,跨出门,到很远的地方去上学。雨天,我常常用干瘦的肩膀扛着那把巨大的雨伞,双手发酸地攥着它的把柄,往返于学校的课桌与家里的饭桌之间。路泥泞不堪,人脚踏出的脚窝蓄满了雨水,新的脚踏上去,雨水被挤出来,充实到其他的脚窝里,新的脚窝很快蓄满新的雨水。泥泞死命地拽住我落下去的脚,我不得不吃力地轮番将它们从泥泞里救起,然后跨出去,再次被泥泞俘虏,再次救起。我听到了我的喘息,脚隐隐约约感到了寒冷。泥泞使我的往返变成了艰难的跋涉,肩头的雨伞像孙大圣骗来的芭蕉扇,变得越来越重却不知如何变轻。这是我好多年以后想到的比喻。天是阴沉的,无数的雨点落下,无数次地击打我肩上的雨伞,"沙沙沙沙",像黑暗里蚕吃桑叶发出的声音。头顶是牛皮伞遮挡出来的一片淡黄的天空,我因此而感到些许的暖意。

3

后来,渐渐长大,读到了戴望舒的《雨巷》,雨雾迷蒙的深巷,淡黄色的油纸伞,我吃惊,雨天竟然可以变得这么富有韵律!因为诗人的诗情还是心底燃起的爱情?

不过,雨天确乎是情人们的节日,这样的节日当然不可以少了雨伞。白娘子与许仙的相会是在雨天,不过雨是白娘子变出来的,白娘子把袖子一挥,天就开始下雨,许仙便无辜地撑起伞,白娘子把自己淋在自己挥起的雨中(苦肉计?),在风雨如晦的孔桥上,等着许仙和那段浸透磨难的凄迷爱情。干旱的季节,除了农民伯伯以外,情人们大概是最盼望雨天的人了,男青年常常锲而不舍地关注着天气的变化,好容易盼来了好雨的预报,心中暗喜,于是郑重其事地用固定电话而不是手机短信与女朋友约会,然后精心地修饰自己的仪表和心情,再然后兴冲冲地出门,伞当然只能带一把。到了老地方,终于长出一口气,因为令他惊喜和放心的是,女朋友没有带着那把多余的伞。接下来呢,就是从公园的南门逛到北门,又从公园的东门逛到西门,耐心地等待着那场预报的好雨的来临。但左等不来,右等还是不来。就在他快绝望的时候雨终于下起来了,他如释重负,但要装作无辜。男女授受不亲,伞只有一把,于是郑重地开始让伞,他让她打着,她又让他打着,一场最和平、最浪漫的拉锯战并没有能够持续多久,因为雨已经开始下了。那场拉锯战的结果大家都是知道的,两个人顺理成章地在风雨中撑起一把雨伞。伞下仍然是你让着我,我让着你,心都是扑通扑通。

4

　　曾听过这样一个故事，两个人的婚姻到了崩溃的边缘，手续都递上去了，正在调解的阶段，但两个人依旧生活在一起，因为还有孩子，他们决定暂时瞒着。一天，一场突如其来的暴雨（好雨知时节！）将妻子困在了工作单位的楼前。屋檐下的她孤零零地望着硕大的雨点发呆，发呆的状态下她开始想，想在这个偌大的城市里，在暴雨骤来的时候有谁会在乎她？想来想去，结论是没有人在乎她，因为她正要和那个在乎她的人离婚。她越想越悲伤，越想越凄凉，到后来干脆呜呜咽咽哭了起来，蹲在地上。同一时间，接完孩子的丈夫，决定站好最后一班岗，或者根本就是潜意识里的习惯，根本用不着决定。总之，他一如既往地提起湿淋淋的雨伞重又走进混乱垂下的雨幕，去接他曾经美丽、现在可爱但很快要离他而去的妻子。美好的结局大家都能猜到了，两个人和好如初。一把雨伞拯救了一场濒临崩溃的婚姻。

5

雨一直在下。
车窗外是行色匆匆的行人和伞下一片行走的晴空……

2004 年 7 月 8 日写

海的片段

1

现在是 2004 年 7 月 22 日晚 9 点 15 分,在北方城市太原,我坐在六楼窗口的灯下,开始写海。

窗外是层层叠叠的窗户,亮着灯或者没有,我知道越过它们,就是这座北方城市明亮的夜空。在强大的明亮面前,黑暗似乎只是点缀。这样的情景,人们习惯上会称它:灯火的海洋。

以前我是半个农民,有一年端午节后的一天,我拄着锄把伸直腰杆,嘴角因为腰的酸痛向耳根咧了一下,我把右手握成拳头捶捶腰,然后腾出左手,抹一把额头的汗水。这时候,我感觉一阵风从我的背后升起,掩过我的头顶进入邻村的麦田,接着麦田里腾起一阵剧烈的金色起伏,将风传出很远。如果语文老师在场,他会激情迸发地大喊:"啊!金色的麦浪!"麦浪起伏的场所应该是麦海了,但我没有听他这么喊过。

如果我还是一个农民，也许我这一辈子也不会离开我们的村庄，像村里很多人那样。也就不会看到海和描写到海，我是指真的海。但是高考改变了我的命运，像你们都知道的那样。所以下边我要写到真的海。

2

那是北方夏日的一个午后，我站在渤海的海边，我背后的这座城市叫秦皇岛，不远处就是著名的北戴河。太阳好像刚刚还很烈，但似乎很快就黯淡了。和我站在一起的还有我的一个校友。他毕业分配在了这个城市，以后他将在这个城市里工作、生活、结婚、生子，而我还要回到遥远的我现在所在的这个城市，我只是做短暂停留，停留是为了看海。

他终于办完了事，于是我们急不可耐地跑到了这个城市所毗邻的海边，因为我们都生长于内陆。这儿其实是个游泳场，不远处拦着网，竖着的牌子上写着：小心鲨鱼！偶尔有很小的风，因而浪很细。实际上被网着的这块水面没有给我海的感觉，我觉得网的外面才是海，那里有鲨鱼，鲨鱼会一口咬断你的脚脖子！像电影里放过的那样。海应该是危险的和令人恐惧的。

人很多，游泳场像个露天的澡堂，本地人口头上都把它称作：海滨浴场。

我们下到水里。水很浑，被人们的臭脚踏得四碎的海草碎片升起又沉下。脚下频繁地碰到内陆人称为贝壳的东西，但是形状没有早些年内陆市场上用来装雪花膏的那种优美，想来想去，就用歪瓜裂枣来形容眼下的它们吧，也不知道什么原因。那个校友会游泳，狗刨式，在北方小泥潭或者水库里自学成才的大都是这种姿势：头努力地向上仰着，两手和两脚在水下急速地向后划水，缓慢地行进，样子就像刚学会爬行的婴儿。我没有自学成才，所以只好在海水里走来走去，当然只能是缓缓的。我跟在校友的后边，他游不多远，就慌忙站起来，呼哧呼哧地喘气，我就哈哈大笑，笑他的狗刨和滑稽，他就谦虚地笑，腼腆地笑。他的笑充实了我的自信，我于是憋着一口气，放平了身体，试图展示一种完美的泳姿，但结果是很快地没在了水下。我手脚并用地划水，以为过了很长时间，并以为游出了很远，但站起来才发现，与原地不过咫尺之遥。

憋着气，闭着眼睛，水下不辨方向，我和校友之间渐渐就有了距离，而且我离开岸边越来越远。

阳光变得黯淡，但海水依然温暖，我一会儿站起，一会儿潜下；一会儿潜下，一会儿站起。

当我又一次想要站起的时候，却突然发现，海水淹过了我的头顶，而我并没有向着海的深处游（后来才知道那是因为涨潮了）。现在我是在很深的海里了，我急速地想。海水淹没了我的头顶，恐惧一下子攫住了我，慌乱中已经灌了几口海水下去，海水又咸又苦又涩，而且肮脏。可是我没有办法。我想到了死，平生第一次想到了死，我想我真够倒霉的，大学毕业第一天就被淹死在这秦皇岛外的海里，我可真够冤枉的！我没有想到同样淹死在海里的还有著名的聂耳。我想活，我想喊，但不知道什么时候游泳的人已经变得稀少而且遥远，我估计我的喊声只有被自己听到，他们的嬉笑变得虚幻。我再次能够浮出水面的时候，短暂地看到了我的校友，也很遥远，但我还是看清了他，认出了他，他还在刨一阵，歇一阵；歇一阵，刨一阵。我想大笑，但我的笑很快就被淹在了水下。我想只有自己可以救自己了，于是我不再慌乱。我发现在水下憋不住的时候，喝下一口水可以缓解肺部的压力，于是我就喝下水；我又发现，在水下用力蹬地，可以使我暂时地浮出水面，于是利用浮出水面的机会，我大口吸气，而当再次沉下的时候，我努力向岸的方向前进。我不断地鼓励自己：今天你能到达岸边！不知道这样挣扎的过程到底有多久，也许只是短短的十分钟、半个小时，但我的感觉像是过了千年。终于，再次站在海底沙地上的时候，不需要蹬地头就可以露出水面。我没有欣喜，只是如释重负，像完成了一件异常艰难的工作，长长地吐了口气，疲惫地向岸上走去。头很晕，很恶心，想要呕吐，但终于没有吐出来。招呼校友上岸，没有跟他说今天我差点送命。

3

我曾在另一个夏初再次来到渤海的海边，但这次背后的这座城市叫大连。

我在这个城市里转悠了一天之后，没有像往常一样回到我暂时寄居的同学家里，我决定就在这个城市的某处，露天地等到天亮，天亮之后去看海。

海边的初夏仍然冷，而我却错误地以为白天晒得我脱皮的阳光起码可以使夜晚温暖。

当夜幕缓缓降临的时候，我像这个城市中一个无事可做的闲人，在临近海边的一个小区开始闲逛。我凑在人群中看当地人赤着脚摇着扇下象棋，听他们用方言争论每一步棋的对错和香臭；或者看他们在树阴下使劲地甩扑克，互相用粗话骂骂咧咧开着玩笑。时间在一点一点地过去，下棋的人终于打了哈欠，甩牌的人也伸了伸懒腰，提起棋袋子收拾扑克陆续散去。夜幕渐深，楼房窗户的灯光一个接一个熄灭，终于一个不剩。

现在，我似乎看到了当时的我。凉亭里只剩下我一个人，除了路灯，一片黑暗。楼房挨着楼房，窗户邻着窗户，表情木讷，像人睡着之后的酣态。我感到了困倦和寒冷，于是竖起衣服的领子，想以此减少热量的散失，然后在凉亭的长凳上躺下来，努力地想睡着……但寒冷还是把我叫醒，我只得站起来，走向草地，开始练武，低声地呼喝，猛烈地挥拳或者出脚，身体因为运动而暖和起来，于是停下。冷很快又袭上来，我又练武，终于实在是累了，但又不敢不动，所以只好四处地走动。四下里没有一个人，只有昏暗不明的路灯和浑浑噩噩的植物。冷，还是冷，越来越冷，我紧了紧衣服，继续行走，不敢停下。海上的风吹来，带着潮湿而尖刻的寒冷，刺骨！我现在开始恨海，开始恨自己这个愚蠢的决定。在经过一个停车场的时候，脚步惊醒了守护者的警惕和不真实的咳嗽，我走过他，没有想要停下来，甚至没有想到取暖。我越来越不敢想到海，包括恨。海现在是黑暗的和阴冷的意象。我不敢想到海……

夜色在一点一点艰难地退去，天空变得灰黑，星星稀少，闪闪烁烁。我无意中已经走到了一个叫作"星海公园"的门口，走进公园的大门，没有人向我收票。在海边，我坐下来，面对黑暗中的大海，近处和远处没有分别。海上没有一丝灯光，只听到风卷海水的声音："哗——哗——哗——"

身后有人吭哧吭哧地走近，路过我的时候，我感觉到沉重。在不远的地方，他们将肩上的东西重重地卸在海里，"嘭！"沉闷但没有惊起什么，因为四周一片黑暗。仔细看，大概是用木板和橡皮轮胎扎成的筏子，他们坐上去，向海的深处划去，背后是这座晦暗的城市和昏睡的人们。他们是去捕鱼的。白天吃到的本地人叫作"牛舌头"的鱼，就是他们这个时候打上来的吧，我想。对他们来讲，海就是他们的麦田了，我又想。

暗终于完全退去，天空终于亮起来，海边巨石的轮廓开始清晰，终于细节分明。我站起来沿着海走动，看海从晦暗中显现。远处一老妪向我走来，走一段就停下来，捡起什么，又捡起什么。走近了才看清是海带，长度超过我的身高，内地是没有见过的。一定是昨夜涨起的潮水送上来的，我想。

　　在堤坝下，我看到粗大的管子，城市的污水正从那里源源不断地进入海，发出剧烈的声响。刚才天黑的时候我就坐在那里，我还以为那是海特有的美妙声音！望一眼不断溅起的污浊泡沫，我一阵恶心，匆忙逃开，向公园的大门走去，路过公园里晨练的人们，没有人注意到我的表情。

2004 年 7 月 22 日写

东　北

雪·风

十月初，山海关内的树叶还懒懒地待在树上，怀疑地观望着秋风，东北已经开始下第一场雪了。从西伯利亚来的寒流，首先照顾了它的紧邻。

雪花闲闲散散，不紧不慢，从不知道多高的高空告别了云层，然后一路上一边望风景，一边晃晃悠悠地向人间飘来。它们的不经意、它们的悠闲，让人觉得它们似乎一直就在左近转悠，只是今天才有心情找上门来的亲戚。然而它们就以这样的一种闲散姿态宣布或者告知了长达五六个月的冬季的开始。

正如第一场雪所标定的基调，冬季是个悠闲的季节。农人们收起地里的冬白菜，削去蓬蓬的顶子，然后将它们码到马车上，运进城里家家户户楼道拐角的酸菜缸里，或者楼前楼后深可及丈的菜窖里，之后就开始钉钉门窗上的油纸、整理整理房顶的屋瓦，准备好过冬的火炭，炒好地里收获的葵花籽，就再不出远门了。袖起手来，东家走走，西家串串，唠唠闲嗑，打打麻将，安闲地享受着冬的悠闲，耐心地等待着新的播种季节。

　　冬季的东北是雪的世界。

　　寒流一阵一阵地涌来，雪就一场接一场地下，永远是不紧不慢，一副打持久战的样子。

　　这时的地，积累起厚厚的冻土层，来承接雪的来临。关内的雪往往还没有下到地下，就悄悄地化为一缕水蒸气，挥散在空中，而东北的雪不会，整个的冬天，东北的雪是不化的。东北的各个城市都有个特殊的机构——"扫雪办"，不要以为这又是一个可有可无、专门设置来供养冗员的所在，它有它实实在在的职责，就是在每一场雪之后，尽快地清除道路上的积雪，保证道路的畅通。一场雪覆盖了上一场雪，下一场雪又覆盖了这一场雪，都是原封不动，一场接一场的雪在大街小巷堆积如山，他们就用铲车、卡车把它们运到郊外，卸下，然后再运，清理工作的繁重一点不比盖起数座高楼逊色。东北纷纷扬扬、汪洋恣肆的雪赋予了这个机构存在的必要性。但我们还是看到道路上积雪成冰，冰越来越厚，清理的速度永远无法赶上雪积累的速度。他们总想运走全部的雪，但实际上只能是部分。雪招呼也不打一声，半夜、凌晨，任何时候都会下起来，彻夜不停的车辆和零下三四十度的气温将雪变成了冰，坚硬似铁。车流在白天川流不息、滚滚如潮，冰越来越坚硬，期望雪能融化而撒上去的盐巴像撒进菜里的调料。在自然面前人的努力有时候会显得微不足道。这样的冰要等到来年的三四月份才肯缓慢融化。

　　坚硬而光滑的街道上，车流不舍昼夜，司机们早已习惯了冰上摩擦力小到零的行驶，他们知道在车子向右或者向左滑出的时候该如何打方向盘,该不该踩刹车,该踩到什么程度。坐在车里,感觉车子左一滑,右一滑,好像就要撞到道旁的树干或者电线杆了,但终于没有。车子就这样趔趔趄趄亦步亦趋、一半是走一半是滑地在布满冰层的街道上飞驰,你担心地尖声嘶叫或者疯狂发汗,而司机只是憨憨地笑笑:"不四(是)本地银(人)儿吧?"然后继续专注开他的车。

　　冰上的女子,是冬天鲜艳的风景,雪白的世界衬托着她们,让人想到王子与公主的童童。寒冷使这儿的树笔直而颀长,寒冷也使她们具有了这种性质,她们修长而舒展,长发飘飘,或者短发齐颈,生动的表情与雪相映成趣。她们着风衣和及膝的皮靴,鞋跟绝不会因为冰的无处不在而矮半分,行动也不会因此而迟缓。实际上她们行走如飞,好像并不担心滑倒,想来冰雪已经使她们习惯于这种如飞的行走。行走的速度使她们的秀发飘起风衣飘起,让人想到身轻如燕的飞天。飞来飞去的她们就这样点缀着东北冬日的大街小巷,暖和着寒冬和不得不忍受寒冬的人的孤寂的情绪。

　　东北的雪在下之前是要酝酿的,灰白的云汇聚,汇聚成淡淡的墨色,然后延展,终于遮盖了整个的天空。一阵若有若无的风刮过,雪于是开始下。刚开始是有节制的,腼腼腆腆,掖掖藏藏,渐渐地就忘记了拘谨,激情似乎被什么东西点燃,变得热烈,最后竟雪片连着雪片,雪团抱着雪团,连片成团地往下拥,迫不及待,热烈如火焰。在建筑物投射出来的温暖的灯光下,雪落在发梢上,落在眉毛上,落在额上,落在鼻翼上,落在唇上,融化为水的一瞬,使人产生快感,想笑。脚踩在新鲜松软的雪地上,咯吱咯吱,咯吱咯吱,又想笑。人的热情莫名地被鼓舞,在拥挤的人流里就想要大笑出来。又想大醉一场,然后倒在雪地里,让雪覆盖自己的脸,慢慢地体验融化。还想……只是偷偷地抓一把雪在手里,不动声色地用另一只手搂了同伴的肩,然后将那把雪放进他脖子。同伴当时就气得要晕,脸成了猪肝色，但很快就大笑起来，掬起一捧雪，一边骂一边呵呵呵呵地疯跑着来追……

雪有时候也会变得狂暴，这时有大风和雪一起落下，雪团或者雪片和着粗粝的狂风，裹挟着大地和大地上光秃的树木，屋顶和屋顶下电视里关于暴风雪的预报，忽上忽下，忽左忽右，像一个醉酒或者狂怒的莽汉，漫无目的地乱挥，奔突冲撞，不轻易歇下。这种天气人们会蜷缩在屋瓦下，抱着火炉，战战兢兢地入眠，在梦里梦到暴风雪的呼啸和它的结束。

黑　土

在住地的窗外，我发现了大片的大豆和高粱，歌里说东北漫山遍野都是这两种庄稼。风时起时落，庄稼富态地摇晃，像满脸幸福等待分娩的孕妇。豆荚张开了嘴巴，豆子摇摇欲坠，那是农民们冬季来临之前的最后一料庄稼。

农民们完成了秋收之后，黑色的泥土露出来，起初湿润，油而且滋润，好像攥一把在手里就可以攥出滴滴的油脂来，然后逐渐变得干燥，黑色也日日地减淡，增加了太阳的颜色。

黑土的颜色使我惊讶，因为此前，在我有限的知识里，土地是黄色的，不论是我挑水走过的小路，还是亲手撒下种子的自留地。"面朝黄土，背朝天"描述了我祖父的一生，也描述了我最早的一个祖先的一生。黑土或者红土，地理课本上是讲过的，但我总认为那只不过是说说而已，不会想到它的真实，就像电视剧里死死活活的爱情，我不会想到它会真实地出现在我的身边。但现在，黑色的土地在我的眼前成为真实，而我已经不用像我的父辈那样面对它，只是在纸上写下它。

黑土辽阔，内地以亩、分、厘来计算的土地，在这里，要以垧来度量,一般一垧合十五亩。内地常常因为一分几厘的地畔之争而大动干戈,在这里那是完全可以忽略不计的零头的零头。土地影响了人的性格的形成,人的性格逐渐具有了土地的属性:胸怀宽广,粗犷直爽,当然还有那首红遍大江南北的《东北人都是活雷锋》所唱的乐于助人。

辽阔的黑土地肥沃而多产,古老的传说喜欢把大地认作是阴性的,是女人,在东北,土地常常被比作一位黑黑的嫂子。没事的时候,我们常常相约去城市的郊外散步,在刚刚收割过的黑土地上或者落满厚厚松针的树林里,我们无目的地漫步和谈论,想象她的妖娆或者朴实,想象她的笑容和忧愁,她是个健壮却不乏温存与妩媚的女人。

白桦林

蓝色天空下的白桦树常常使我感动,它们使我想起恋爱以及一切与恋爱有关的温暖的事物。

那时候我遭遇了初恋,可惜被我暗恋的女子却并不知道,我在白桦林里走来走去,苦苦地思索向她表白的办法。当面?那太唐突了,而且我肯定会脸红脖子粗,语无伦次,甚至浑身颤抖,最后不等我说明白,自己就先晕倒在地了。我只能用文字写下对她的爱恋,于是我用最心爱的圆珠笔,将心仪的女子的姓名和想对她说的话,写在洁净的白桦树上,然后想,如果有缘,她就会刚好经过这棵树,并且刚好因为什么原因或者根本就没有原因地停下来,然后看到这些文字。

在秋天晴朗的日子里,我愿意久久地躺在白桦林里金黄的落叶上,头枕着双手,想树干上的文字和那个女子看到之后的羞怯的表情。顺着树干望天上的白云和风，天空愈发的辽远，我忽然想所谓的秋高气爽，只是因为白桦树干的修长。

街心广场

东北多宽阔的街衢，走在街上，一个巨大的街心广场就突兀地出现在十字路口，起初总认为那是一种不适当的奢侈和不便，但时间久了就发现，它原来就是东北的交通警：不论哪个方向来的车子，也不论你要去往哪个方向，只要围着广场这么一绕，都能有条不紊地找到各自的方向，谁也不妨碍着谁。据说这是从苏联学来的经验，所以广场的名字就多叫作"斯大林广场"，但苏联解体后，大多都改作"人民广场"。

广场上多有纪念碑，是关于苏军烈士的，他们在半个多世纪前的那场战争里为帮助中国而牺牲。外地人常喜欢在纪念碑下留影，然后想象1945年的那场战争和碑上的俄文名字所代表的英雄的样子。

广场上树木葱茏，绿意参差。绿意参差中常有一群老人聚集在那里唠嗑，想来以前都是惯于热闹的人们，一辈子都是几十、几百人地在巨大的车间里劳作，可以大声地讲话，讲女人，讲荤段子，讲一切想到的话；但现在不能了，退休在家，枯坐在四堵墙壁之间，吃喝都很好，儿女都很好，但就是觉得不得劲，于是就走到这里来。老人们互相大声地说话，说厂子现在的不景气，说小布什打萨达姆还不是为了石油，说国家的困难，说比起六十年前现在的困难不算个啥。说起儿子就来气，就说这王八犊子……这么说说气息就通畅了，脑子就活泛了，就怎么都觉得得劲了……

朝鲜族冷面

在东北城市的街头闲逛，肚子饿了，如果不想花很多钱进富丽堂皇的大馆子，那么就在地下的人防商场吃一碗朝鲜族冷面吧，三块钱。

冷面，当然特点是冷，面是冷的，汤也是冷的。

面是提前熟好的，样子和粉条差不多，但听说是用米粉做成的，吃的时候用冷水一泡就行；汤也是提前一次熬好多，凉了存在一口特制的大瓮里，随吃随舀；一束冷面浇上一勺冷汤，再放上一撮味道独特的朝鲜族小菜甜白菜，一碗朝鲜族冷面就好了。这是一般的吃法，考究一点的应该把甜白菜换作三片酱狗肉。

我常常喜欢到住地附近的屯子里去吃冷面，那里有一位朝鲜族老阿妈开的家庭馆子。冬天去的时候，冷就有点不堪，零下三四十度的气温，这一碗冷面再一下肚，估计整个人都要结冰了。于是要求老阿妈用炉子把汤热了，然后把面放进去也热了，这样的一碗热冷面端在我的面前，温度是好多了，但吃起来的感觉已经完全没有了冷面的口感和风味，不仅仅是温度。

冻……

东北冬天的气温一般在零下20度至零下40度之间，天下地上天然地就是一个冷藏箱，人们利用这个便利的条件，制作出冻豆腐、冻梨，还有冰糖葫芦。

将做好的豆腐放在手推车上，浇上水，出门往菜市场去，水一边滴一边就结成了指头形状的冰，接着豆腐的表层结冰，然后逐层深入，到了菜市场，冻豆腐也就做成了。东北的冬天最好的菜就是土豆、白菜、猪肉、粉条做成的大烩菜，最难忘其中冻豆腐的筋道和它绝不同于普通豆腐的味道。

　　冻梨的做法就是把梨埋进雪地里，一半天之后想吃了就取出来几个，这时的梨已经变成了深褐色，洗干净了，放进凉水里泡上一泡，等梨里边的冰开始融化、但还没有完全化成一摊水的时候，拣一个出来，一口咬下去，一半是梨一半是冰碴子，牙齿随之一软，眉头跟着一皱，但一种异样的甜混合着冰凉立刻就弥漫了全身，不知道是冰使甜更甜还是甜使冰更冰。东北的冬天因为天气的苦寒，所以房子的密封都是很好的，窗户的玻璃都是双层，暖气使室内的空气变得闷热而干燥，人们便吃雪糕或者冻梨来解渴。

　　冰糖葫芦里的冰糖，在别处只是指一种白色透明的结晶物，而在东北才真正有了温度的含义。冰糖葫芦往往是随做随卖，新鲜的糖汁附着在鲜红的水果上，很快凝固成冰，咬一颗在嘴里，酸、冰而且甜，这是在别处不可能尝到的味道。在冰天雪地的纯白的世界里，串串鲜艳的冰糖葫芦招惹着人们的目光，挑逗着人们的食欲和激情。

　　我那时候很穷，曾经买了两串刚做好的冰糖葫芦想要送给心仪的女孩子，期望以此迷住她多愁善感的心并使她联想到恋爱的甜蜜。但在她的楼下，左等她不来，右等她还不来，加上心情紧张，我就想先把属于自己的这串吃了吧。可一开始就停不下来了，最后竟鬼迷心窍地开始大嚼属于她的那一串。等到她终于出现在我面前的时候，那串鲜艳的冰糖葫芦只剩下可怜的最后一个水果了。当然，大家都知道，我的初恋告吹了，因为在冰糖葫芦面前我没有控制住自己的食欲！她认为在我的眼里，她还不如一串糖葫芦的魅力。她说："那可是个涉及原则的价值问题！"

2004 年 8 月 6 日 16 时 58 分于作协

我在 1976 年的生活

被母亲喊醒的时候,我正在做着吃苹果或者猪头肉的美梦。那些年里,我经常做关于吃的好梦。我不情愿地从四处开花的被窝里坐起,套上白底蓝道子的海员短袖套头衫和记不清什么颜色的短裤,然后昏昏沉沉地走出父亲新油漆的黄白相间的鲜艳的门,来到 1976 年新鲜的阳光下。我在西墙的墙根蹲下来,想要仔细回味一下梦里的好。1976 年 9 月清晨,微微冷冽的空气立即包围了我缺乏营养的瘦小的身体,我感到了冷,于是瑟缩成一团,用手臂搂紧了手臂。母亲匆匆的身影从门里追出来。那年月她经常是匆匆忙忙的。她把我从地上提起来,声音仓促地说:"来,把这个戴上,毛主席逝世了!"一边说一边往我细瘦的右臂上套一个用黑布和白线刚刚缝制的崭新的箍。那一年,我差一个月零十四天满五岁。毛主席,我知道那是我家正房墙壁正中挂着的两张相片中的一个,每天喝饭(晋南把吃饭不叫吃饭而叫喝饭,因为常常是流质的饭食。毛主席教导我们:忙时吃干,闲时吃稀。但我们好像并没有忙的时候,虽然母亲常常很忙)

前，母亲都要率领着我们兄弟姊妹四个，向他们鞠躬，然后坐下来给我们念一个红皮小本子上的话，再然后才能喝饭。

　　1976年，我生活于其中的那个行政区叫城关公社，它是临近县政府所在地的一个公社。公社下边是按地域划分的许多生产大队，每个生产大队又以分工的不同划作许多生产小队，生产粮食或者蔬菜。生产粮食的就是粮食生产小队，生产蔬菜的就是蔬菜生产小队。为便于管理，每个生产小队都编有序号，有点像电影上常常听到的部队番号。我母亲所在的这个小队的编号是24，它属于南关生产大队，专门生产蔬菜。俗话说：靠山吃山，靠水吃水。这句话所说的好处体现在蔬菜生产队就是蔬菜丰收的季节每家可以分到一定量的蔬菜，比如西红柿、黄瓜收获的旺季可以分西红柿和黄瓜，而秋末可以分到很多过冬的大白菜。因为白天要上工，所以1976年分西红柿和黄瓜也是在一个晚上，像之后的许多年一样，地点就在队长每天派工的地方。场子上亮着瓦数很大的电灯，电线从远处的马房牵过来，灯泡就架在三根棍子支成的架子上。很大的秤，两个人很吃力地用肩扛起筐挂在秤钩子上，另一个人一边移动硕大的秤砣，一边看秤上铜色的星星点点所代表的数字，并把它们锐声喊出来。分到的人家再组织家庭成员把它们搬运回去。人影在灯光里晃来晃去，热烈的气氛在灯光所及的空间里弥漫冲撞。我和队里的很多孩子在场子里穿来穿去，你撒了我一脸的草屑，我扔了你一身的烂泥，然后是互相追打，叽叽嘎嘎。有小孩子发现将要被分的蔬菜并没有人看管，就偷偷地潜过去，摸上一根精瘦的满是刺的黄瓜或者很小但很红的西红柿，然后又原样地潜回来向大家炫耀。接下来潜来潜去成了比赛。摸回来的东西在裤子或者衣袖上蹭一蹭就放进嘴里，很起劲地嚼，在那个年代，对孩子们来说这都是很美味的东西。

　　土地是生产队集体的，1976年，三十二岁的母亲和许多人一起在生产队的编制里劳作，我也因此在生产队的编制下生活。她们在队长的分配下浇地或者锄草，摘西红柿或者拔葱。每天早晨队长要敲一个挂在一棵很高的树上的铁钟，钟一敲，队员就要上工了。母亲在那一年里常常急急地对兄姊们说："我要上工呀，你们赶紧吃完去上学啊！"对我的吩咐则是不要下水库，不要骑邻居家的猪，或者不要撵邻居家的鸡。然后手里拿块没来得及吃完的馍，匆匆地跑去上工，一边跑一边吞咽。母亲上工去了，兄姊上学去了，学校的幼稚班要等到六岁才能上。于是1976年的我叫上我的堂妹一起，伏在集体的黄瓜或者西红柿田外的草丛里，屏声息气，趁看菜的年纪很大的哪家大爷上茅坑的工夫猫腰蹿进地里，摘上几根黄瓜或者几颗西红柿，然后又很快地原样蹿回来，找一个很大的树阴，慢慢地享用一个上午或者下午。

生产队生产的蔬菜，平常的时候只能卖给菜业社，然后队员们再和别的队的队员们一起到社里去购买。1976年，我家兄弟姊妹四个，只有母亲一人挣工分，父亲虽然在外工作，但工资也不多，所以家里总是很拮据。因为孩子多（那时候国家政策鼓励人们多生育，生育子女越多越光荣，孩子多的母亲被称为英雄的母亲，但是英雄的母亲也常常是忧愁的母亲），又都正值生长旺季（部分的原因可能是经常处于饥饿或者半饥饿状态），食量都大得惊人，所以母亲常常为一家人的吃饭问题发愁。她有时愁眉不展地望着几个孩子如狼似虎地吞咽，可当我们抬起头来，她却爱怜地笑笑说："你们几个能把我给吃了！"我很要强的母亲因此只好背着人每天下午去买菜业社五分钱一堆的处理菜，甚至去捡拾菜业社卖剩下没人要的菜叶子。

在生产队劳动，你的工作量由记工员记录，按劳动的轻重记一个两个或者半个工分，只要记工员来的时候你在，你就能和别人得一样的工分，所以有人就想尽办法地在记工员不在的时候不在：一上工就钻进茅房，等到记工员快来的时候就出来；他一走又蹲进去。如果这项工作是一个人做的话，这个人就会想尽办法少花力气，工作完成的质量不在他的考虑范围之内，因为记工分是以时间论，而不是以结果论。不满五岁的我那一年的某个上午蹲在地边看着龙娃浇地，龙娃是邻家的孩子，比我要大十岁。地里的菜苗因为时间的阻隔而显得模模糊糊，忽隐忽现。我蹲在那里，龙娃也蹲在那里，他让铁锨的把儿靠在自己的肩上，空着的两只手一只捏着自制的劣质烟卷在吸，另一只随手捡起土块扔打菜苗。水已经到了渠口了，他并不急于起来，一边眯着眼睛很神秘地问我父母之间的事情，一边低低地狎笑。等到水到了他的脚下了，他才懒懒地站起，把水顺到第一块地里，然后很快地在每一块地的地堰上挖一个缺口。这样他就可以整个上午一动不动地等着所有地块灌满水。这使当时不满五岁的我惊奇不已，我想如果这样的话，我也可以上工了，我甚至连铁锨都不用，刨坑挖泥那是我当时的强项。但是十五岁的他在那个上午就可以以一个社员的身份挣到一个工分，而将满五岁的我却只能白白地等来肚子的再次饥饿。挖完了缺口的龙娃又返回来坐下，水在缺口之间任意地流溢，缺口越来越大，有的已经消失。

　　队员的收入是以工分的数量来计算的，一个工分的价值要看小队年终的总收入，总收入除以工分数，就是每个工分的价值。如果年景不错，而队长又不是很贪心的话，一个工分能值四角五分或者五角；而年景差一些，队长家里又正好要起五间大瓦房，每个工分就只能值一角五分或者五分，甚至是负值。每年算工分的时候，恐怕是母亲最难堪的时候，那些年里我家好像经常欠着队里的口粮款。那种感觉大概和我后来上学时哪门功课考了鸡蛋回家面对她的时候差不多。1976年的年末，我坐在母亲的身边，远处的高台阶上，队长正在念着每一家的收支情况。母亲是躲在最后的。未满五岁的我还无法体会母亲的心情，我只在她身边安静了一小会儿，然后就开始在人群里跑来跑去，和别的孩子捉迷藏或者追打。场子上的大人们出奇的安静，他们都在焦灼地等着队长念到自己家长的名字和名字后边那个扣人心弦的数字。当我跑到队长站着的那个台阶底下的时候，队长像烂棉花套子似的声音正好落进我的耳朵："赵冬青，结余五元。"我远远地看见母亲通红的脸终于如释重负，那感觉大概就像我的"鸡蛋"得到了她的赦免一样。

工分和工资不够用，于是母亲开始养猪。可怜那个年月人都缺少油水，哪有油水给猪吃。所以那猪在1976年总是瘦瘦的，毛很长，有点像我；又因为饥饿，总是在圈里跑来跑去，所以愈发地攒不下膘。时间一月一月地过去，它的个头在长，毛也在长，只有膘没长，用现在的话来说就是一直很"骨感"（希望没有亵渎了这个美丽的词和为这个词所标榜的内容而刻苦奋斗的女性）。但兄弟姊妹开学在即，收书本费、学杂费的班主任不能等。于是某一天母亲很早就起来，给这猪美美地喂了一顿恐怕是那一年里唯一的一顿饱食，我想善良的母亲大概是想让它美美地去赴死，不要做个饿死猪，同时更实际的可能是希望因此能增加点它在秤上的分量，能"达标"，这样人家才会收。母亲让我帮着在猪的后腿上拴上绳子，然后从院里的桃树上折下一根树枝，估摸了猪厂（专门宰杀生猪的国营厂，那时候任何私人是无权宰杀生猪的）要开门收猪的钟点，提前赶着它向收猪点走去。到了猪厂后门那条长长的巷子（猪厂在后门收猪），却发现已经排了很长的队。可那门却是久久久久地不开。烈日炎炎，人开始出汗，更要命的是猪们开始大团大摊地屙尿。我家的也不例外。我和我的母亲急得几乎要掉眼泪。等到那门终于开了，母亲已经知道肯定是没有希望了，但还是硬着头皮盼望着那个万分之一的意外会出现。秤当然是不会有万一的，我看见过秤人在说出"不达标"那三个字的时候在偷笑，看来迟迟不开门可能正是他的计谋。

　　因为父亲在外边工作，所以在某些方面我们家在生产队里是领先的。比如在父亲和母亲结婚的时候我家就拥有一台在队里绝无仅有的"红灯"牌收音机。那个匣子一扭开关就能收到很远地方人的讲话或者唱歌，人们对此惊叹不已，常常有很多人一起到我家来围着听它。每当这时候，父亲母亲总是笑脸相迎，端茶倒水，我想那个时候恐怕是父亲母亲的虚荣心得到极大满足的时候。但收音机也给我的父亲母亲带来了麻烦，因为那个时候有收音机的人家必须到公安局登记备案，理由是便于监控。据说那时有人半夜里偷听敌台，里通外国。1976年的父亲又给了人们一个惊喜：他从县里的供销社花了二十五块钱（那几乎是他一个月的工资）买回一座逢整点就会当当响的钟表。之前我们的计时工具是香炷、日头、星星或者鸡棚里的鸡叫。比如蒸馒头，母亲会点上一炷香，香燃尽了，母亲就知道该熄火了；或者是夜里起来，母亲从窗户里望望天上的某颗星星，就知道现在是半夜了或者三更五更了；又或者听见鸡叫，母亲就会对兄姊说："鸡叫二遍了，该上学了！"1976年，在我家钟表代替了香炷，代替了日头、星星，也代替了鸡棚里的鸡叫，那一年它们在计量时间的意义上都光荣下岗了。

2004年10月26日于太原

回望票证年代

说一对山里夫妻头一次进城，决定开开"洋荤"，要去照相馆照张合影。到了照相馆的门口，女的害羞不敢进，怕进去行止不当招人笑话，就叫男的进去问。男的进去，问："这儿是照相的吗？"答："是，照几寸？"男的一听就愣了，慌忙退出来对女的说："叫你进城多带点布票吧，你就是不多带，看，照相也要布票。人家问'照几寸'呢。"女的掏出身上的布票，一数，总共二尺，说："那咱就少扯些布，照一尺二寸吧。"男的说："既然来了，要照就多照些，布下次再扯吧，干脆照它个二尺！"于是两人进去，说："照二尺。"开票的一听就乐了，说："最大的八寸，不照二尺。"……

这是贾平凹在他的小说《商州》里面讲的一个故事，里头讲到了布票。经过那个年代的人对那种长方形的花花绿绿的布票都不会陌生，布票的使用是当时人们日常生活中的基本常识。这种常识的指向还包括棉花票、线票、粮票、豆腐票、糖票、花生票、鱼票、肉票、工业券（买自行车）等等，可以说凡是日常生活所及，都会有相应的票、本或者证、券。那个年代留给人们的记忆就是买什么东西也得带着票拿着本。物质生活极度匮乏的年代，人们的票证生活却空前地丰富起来。据说那时候我国的经济是"短缺经济"，就是生产的东西不能满足人们的需要，没办法，僧多粥少，只好凭票购买，有票的先买，没票的，对不起，靠边站，即使你手里有钱。所以在某种意义上，票证的重要性甚至超过了钱币；当然这并不是说当时人们手里有多少钞票。这个时期大概从20世纪50年代开始，一直延续到大约20世纪80年代才结束。

在票证流行的年代里，排队购物是人们典型的日常生活场景，因而在人们的脑子里就形成了这样的固定链接：排队—紧俏物资。所以那时候人们看见排队是很亲切的，往往是一见排队，二话不说，赶紧先排着。这样，有时候可能就要闹笑话。有一次，我的老丈人出外办事，当时他一个人在外地工作，还没结婚。他看见一条好长的队，男女老幼都有，就马上断定是碰到紧俏物资了，于是赶紧站到了长龙的尾巴上。因为兴奋，而且那个年代也确实很少有人们不需要的紧俏物资，所以也就一直没问问到底排的是什么队；买了的也是用纸包着夹在腋下或者抱在胸前，也看不见到底是什么东西。他就那么一门心思地排着。好长的一条长龙啊，从最后望过去，最前头的人都是小的了。他就这么老老实实地排在最末一位。从早晨排到中午，又从中午排到了下午，眼看太阳都要偏西了，还是有很多人在前边。七八个小时地那么干站着，又没东西吃，所以头都晕了，两腿也开始发软，快支撑不住了，就这他也不敢离队，因为一离队你一天的队就白排了。还得坚持着。等到前边的长龙越来越短，越来越短，十人、五人、三人、二人、一人，终于到了自己，到了跟前一看，嗬！你猜卖的是什么？女式内裤！他一个光棍汉买这个干什么呀！

票证年代，物资匮乏，也让人们变得特别能吃苦耐劳，譬如把面袋子拆开了做成被子或者褥子的里子，用碎布头拼接起来做成被面、床单或者枕头，拆劳保手套织衣服，拆鞋带织线衣等等。记得我有个姑姑的床单竟然是用一百多块碎布接成的。有一年，我爱美的姐姐拆了无数的劳保手套，好容易攒足了线，又花了好几个月的工夫织成了一件有无数线头的衣服，但因为时间实在是太长了，织完了一看，都脏了。

同时，物质的贫乏也逼出了人们好多的智慧。那时候我国进口日本的尿素（化肥），有个管化肥的干部看见这装尿素的尼龙袋子好，又致密，又结实，他就想，用这袋子拆开了做裤子肯定不错。于是就利用职权搞到一条空袋子（也算是一种腐败吧），找裁缝做成了裤子，高高兴兴穿了上街。这尿素袋子上边是印着字的，前边是大大的"尿素"俩字，后边是稍小点的"日本"俩字。裁缝做裤子的时候把它翻了过来，结果"日本"俩字正好落在俩膝盖上，一边一个，尿素俩字恰好包着俩屁股蛋子。可以想象一下这样的裤子穿出去走在大街上是个什么效果，一定挺搞笑的吧？没错。为此当时人们编了个顺口溜，说：干部，干部，穿的是尼龙裤，前边是日本，后边是尿素。

那时候流行一句话，叫作：新三年，旧三年，缝缝补补又三年。一件衣服前后要穿九年，到了缝缝补补的第六个年头以后，实际衣服基本都已经是大大小小的补丁了。满身补丁的衣服，现在大概只能让人想到职业化的假乞丐吧（如今真正的乞丐也用不着穿满是补丁的衣服了）。但在票证流行的年代，那确确实实是人们的日常生活，满大街行走的都是满身补丁的人们，没有人会觉得穿着补丁摞补丁的衣服显得寒酸或者觉得是件丢人的事情，因为大家都那样。

在票证统治的年代，物质的缺乏程度有时候现在人们恐怕都难以想象。比如有一阵子每个人两个月的食油是一市两（当时16市两合一市斤），如果你单身一人，那么你要为用什么来装这比一口口水还要少的食油而发愁了,而更让你发愁的恐怕是在以后的六十天当中,你如何才能在每天炒菜的时候都能倒出一滴来。这种高难度的等分工作确实难住了很多人,但不会难住有着非凡天才的我朋友的哥哥。他花了三天时间,想啊想,不舍昼夜,充满了智慧的他终于想出了一个绝妙的办法:把这一市两食油装进眼药水的瓶子。这样他就不仅每天,甚至是每一次炒菜的时候都可以像挤眼药水一样地挤出一滴油来。

记得有一年,我家的旧自行车实在是破得没法修了,得换一辆新的。但那时候不像现在这样,有钱就可以上街去买,什么时候高兴什么时候去;那时候不行,县里的百货大楼里有,但得凭票,叫作工业券,那不是人人都有的,只有公家人才有。没办法,作为岳母的我的母亲只好屈尊去请我的大姐夫帮忙。大姐夫当时顶替了他爹在县里的一个部门刻印章。结果是费了挺多的周折(有时候有券也不行,因为有券的人还是比自行车要多),终于买到了那辆上海产的二八式飞鸽牌自行车。

票证年代里,人们购物是要去专门的国营商店的,比如买菜要去菜业社,买粮要去粮食局,买肉则要去肉铺店。记得每次买肉都要排很长很长的队。那时候买肉都希望要肥一点的,因为肥肉可以用来榨油。想要买到这种肉,你得早晨很早起来去排队,晚了就基本希望不大了。记得有几次排了好长时间的队,眼看着前边的人就剩下三两个了,肉却没了。那时候肉一是得凭票买,二是比较贵(一斤肉的价钱相当于几十斤菜),所以我们一般只有在过年过节的时候才能吃到肉,而年是所有节日里最受父母重视的,即使一年的其他日子里都是吃糠咽菜仔仔细细,过年的时候也要放开了肚皮吃最好的饭食,所以肉也是最多的,因此那时候我们都盼望着过年。从年头就盼,一直盼到年尾,一天一天地数着过日子。

那些年，我们县里有一所武警专科学校，那里头的学员都有粮票，而且是全国粮票，他们常常用吃不完的粮票来县里的集上换农民手里的鸡蛋。他们是很受农民们欢迎的，看见他们来，农民们都争着和他们换。因为农民们不仅可以换到自己没有的粮票，而且还是全国粮票啊！县城里的有些居民见有利可图，就利用自己时间上的优势，把农民手里零零散散的鸡蛋低价收集起来，然后去换武警学校学员手里的全国粮票，再把换得的全国粮票高价卖给急于出差又暂时换不到全国粮票的人。全国粮票的市场实在是太大了，以至于参与这桩生意的人越来越多，长长的换鸡蛋队伍成了那些年里县城的一道风景。

票证年代里人口的流动是要受到票证的限制的。以吃粮为例，粮票有级别划分，能全国流通的叫作全国粮票，按照行政区划，还有全省粮票、地区粮票、某某县的粮票，甚至是某某公社粮票。每种粮票只能在它的行政区划内使用，所以如果你要离开你所在的县、市或者省，你就要兑换出差地那个区划的粮票，当然不同行政区划的粮票是不能直接兑换的，除非正好双方都要到对方的行政区划去出差。充当一般等价物的是全国粮票。而这并不是人人都能办到的。而且农民是没有粮票的，作为农民如果你想要外出，你要么先背上粮食到公社的粮库兑换成粮票，要么你就直接背上你自己种的粮食。所以现在的民工潮在当时是不可想象的。当然当时城里不能提供现在这样多的就业机会，但各种票证的限制也是一个重要因素。票证的这种限制在某些方面也有好处，比如降低犯罪率。因为如果你犯了罪，有人的地方你都不能去，路基本都被各种票证堵死了，你只有跑到深山或者沙漠或者其他人迹罕至的地方，那跟发配也没什么两样了。想想那种辛苦，犯罪率自然就低了。

2004年10月27日写于太原

儿、女

妻子怀孕十月,于是有了儿、女。

(那时的国家政策决定了我们绝大多数人都需要在"儿女"两字中间加上这个顿号,据说只有万分之一的人不需要,他们幸运地或者是不幸地生下了双胞胎甚至多胞胎。)

自此你再不能像截木头一样一觉睡到大天亮。你眼见着时针都指过了夜里十二点,可它(西文里的婴儿用"it",仿此)还是精神百倍,睡意全无。你苦口婆心千遍万遍地给它讲你明天还要上班,迟到了就要面对领导的批评……可你忘了一个最基本的事实——它根本就听不懂你说的话。你说得口干舌燥,它却越听越兴奋。到最后你实在是困到了极点,也烦到了极点,你真想拍它几巴掌,可你清楚,哪有巴掌能把孩子哄睡着的。好容易挨到它睡着,你才如获大赦一般轰然倒下。可你哪敢睡死。你得五分钟、十分钟一次地察看它有没有蹬掉被子、有没有背贴着墙。为了防止自己在无知觉的情况下压着它,你睡觉的时候还要手抓床栏杆,害得你总是千篇一律地做上吊的噩梦。孩子一哭你立即像个弹簧一样弹起，换尿布，冲奶粉；冲奶粉，换尿布，一晚上十次八次地起来，折腾得你简直快要发疯。可你明白，为了它，你暂时还不能疯。

从此，你也再不能好好上班。因为晚上的睡眠时间得不到保障，你的眼睛总是红红的，活像一只兔子；你精神恍惚，走路打闪，又活像个大烟鬼。办公室里领导刚刚吩咐了什么事情，你转眼就忘了个精光，为此你没少挨领导的臭骂。每天上班，你就像给鬼子支差似的，眼睛不停地溜表，刚到下班时间，你一分钟都不多待就匆匆往家赶，你知道家里还有一大盆子的尿布急等着你去料理。

从此，你也再别想体面。你以前上班总是头发一丝不苟，西装展括笔挺，皮鞋锃光瓦亮，现在这些都不行了。因为劳累，因为没有时间，你根本顾不上整理头发，整体上看已经是一蓬乱草了。观察一下你的衣服，总是有一块或者几块比其他的地方要湿润，那是你抱孩子的时候它尿上去的；你肩头的颜色总是要比其他地方要花哨，那是你抱着它的时候，它的口水、眼泪、嘴角的奶、手上的脏东西留在上头的印记，你的那块衣服就是它随手的毛巾。皮鞋，都快被泥巴糊住了。更要命的是你的身上常年有一股强烈的怪味，你清楚，那是你成天做饭，在油烟里长期熏制出来的效果。

终于有一天你明白过来，你这样每天地吃苦受累，丢人受气，不都是为了它么，你因此就想，人为什么要儿、女呢？可还没等你把这个深奥的哲学问题思考出个子丑寅卯来，你的思路又被它的哭声打断了。无论如何你实在是累了，实在是累得受不了了，所以你只盼着它快快长大，那样，你就解放了。

于是，一天的时候你盼七天，七天的时候你盼满月，满月的时候你又开始盼百天，刚满百天你又开始盼半岁，刚满半岁你又开始盼一岁……直到有一天晚上你急于求成地给孩子吃了过多的东西。结果它半夜的时候就开始呕吐不止，喂进去的东西从嘴巴、从鼻孔里喷出来，吓得你八窍堵了七窍，七神没了六神，慌慌张张连夜狂奔进医院。医生说做检查吧，左一个检查，右一个检查，从半夜折腾到大天亮，你才把检查做完，而这时候你兜里省吃俭用节省下来的两张大钞只剩下了一张毛票。然后医生说住院观察三天吧，你想都没想就住下了，因为你一直单纯地坚信，在单位要听领导的，在医院要听医生的。但一观察给观察坏了，感染了。肠炎转化成了喉炎，喉炎转化成了咽炎，咽炎又转化成了气管炎，据说下一步就该是肺炎了。你恨不能痛揍那庸医一顿，又恨不能自己替了它去得这些病。你为孩子的病忧心忡忡，另外让你忧心忡忡的还有医药费的昂贵。每天的费用就是四百甚至五百，半月下来你已经为这些针剂药片负债累累，你把费尽心机从四处抠借而来的大把钞票迫不及待地递进那个小小的窗口，换回来一沓一沓写上所付钞票数目的薄纸，而孩子的病却日渐严重了。你恨透了那些庸医的无能和贪婪，可你还得对他们强颜欢笑，你谦卑地打问何时才能见好，何时才能出院……等到终于回到了家里，你看看已经皮包骨头的孩子，数数花花绿绿的账单，你终于恍然大悟：孩子的健康也许才是你最该期盼的东西。

时间一天天地过去，儿、女渐渐地长大。会笑了，尽管只是在吃饱喝足的时候，能直起脑袋了，会坐了，会爬来爬去了，会站了，会扶着墙挪步了……最让你惊喜的是儿、女的小嘴开始含混不清地喊你爸爸，你激动地抹着脸上纵横的老泪痴痴地傻笑，比它更像个孩子。

儿、女一天天长大，你也一天天在变。

变化之一就是你开始变得自信。你可能出身农村，小时候因为营养缺乏，你长得不很高大，所以你常常感到自卑。上大学的时候流行跳舞，可舞厅你去过两回就再也不去了，因为在场的男同学大多高大，你因为身高而找不到舞伴，或者是你因为自卑根本就没有自信去找舞伴。你在旋转迷离的灯光下落荒而逃。从此你彻底告别了大学的舞场。你倒是喜欢唱歌，嗓门好像也还生得不错，但你想想自己的绝对高度，也就没了在大庭广众丢人现眼的勇气。只有在大学的水房里剩下你一个人洗衣服的时候，或者在吃完饭回来上宿舍楼的楼梯的时候，你才敢干嚎那么几声，因此人家叫你"水房歌手"或者是"楼道歌手"。毕业上班以后因为单位没有了水房也没有了食堂，你因此彻底失去了展示才华的舞台，也因此断送了你的歌唱事业。也许刚开始只是为了哄住孩子的哭声，你轻轻地哼上几句，你发现挺灵验，你一唱它就停，你一停它就哭，所以你只好继续。到后来小声哼哼已经不解决问题了，所以你就大声，甚至是声嘶力竭。你惊奇地发现，这不就是崔健们的摇滚吗。唱歌不灵的时候，你又尝试着跳（你不敢称那是跳舞），和着音乐的节奏笨拙地扭动僵化的肢体。跟唱歌的情形相似，你一停它就哭，你一跳它就停，它专注地盯着你，笑。你想它可能在笑你的笨拙，可你哪还管得了那么多，你当时的想法是只要它不哭，笨拙就笨拙吧。不知道是它的笑鼓励了你还是刺激了你，反正你跳得更加卖力，你也越跳越爱跳，越爱跳就越要跳，自然也是越跳越灵活，越跳越好看。你发现原来跳舞不但不是像你想象的那样痛苦和艰难，而且是项挺受用的活动。爱唱爱跳的你开始渐渐有了自信。原来你在单位是见人三分谦笑，开会避居一角，你远远地见了领导，就像野兔见了你，立即拔腿就跑。现在的你当然依然谦卑，但你路遇领导再不会逃跑，你不卑不亢地和他们打招呼。有一次你心气平和地和他们谈了会儿话，人家就风传你和某某领导谈心了。开会的时候你还是会坐在最后一排，但在某次开会的时候你走上讲台慷慨陈词……领导和同事们不知道从哪一天开始慨叹，慨叹这么多年竟然没有发现你这块材料。

你也懂得了孝敬父母。你可能参加工作以来就很少和父母亲在一起。你常常说你很忙，抽不出时间回去看他们，但平时你也很少打电话。过年的时候你偶尔回家，也是匆匆来去，和父母也说不上几句话，即使说话，你也心不在焉。你认为他们的经验已经过时了。现在的你可能一天要成百遍地说到和尿、屎有关的词：宝宝要蹲下尿尿啊！宝宝要蹲下拉屎屎啊！宝宝，又尿裤裤了！拉完了吗？来，趴下，爸爸给你擦屁屁！哎？宝宝怎么拉在裤子上了！来，把裤裤脱了，爸爸给你洗洗……在某个极短的瞬间，你突然想到了你的父母，想到他们曾经同你现在一样付出了艰辛，你想在你很小的时候他们可能说过同样的话。据说人在四岁以前是没有什么记忆的，父母四年的艰辛因此无法得到记忆，你为你的父母感到冤枉。但是望望儿、女，你明白，有一天你的经验也会被别人认为是过时的。从那以后你常常找机会回到父母的身边，听他们讲你小时候的故事，讲老掉牙的经验，但你只是笑笑，默默地听着。你打电话的次数也多了起来，你想你们这些儿、女都不在的时候他们也许会感到寂寞，就像儿、女不在身边的时候你也会感到寂寞一样。你想，俗话说"不养儿不知父母恩"，大概说的就是这种情况吧。

你还懂得了忍耐。你们夫妻的感情可能说不上多好，她是脾气暴躁，你是暴躁脾气，没有孩子的时候，你们可能三天一小吵，五天一大吵，文戏演完武戏上场，当然不管什么戏你都没戏，她是永远的获胜者。有一次，经过一个通宵的鏖战，你的脸上布满了她形状美丽的挠痕。为免于在同事们面前展示男士们在新社会遭受欺凌的罪证，你只好给领导请假，你扯谎说你家的猫昨晚上疯掉了，弄得你遍体鳞伤。你们因此几乎闹到离婚，但终于没有。儿、女出生之后，你们发现即使高声说几句话，它都要拼命地摇头，然后喊爸爸喊妈妈；再然后是跑过来在你的腿上拍几下，又翻回头在她的腿上拍几下，你明白这是各打五十大板。你看着孩子的举动不由得泪流满面。回头想想，不论你再有道理，作为儿、女的父母，吵吵闹闹总是不对的吧，原来的万丈怒火也就烟消云散了。以后再憋不住了要吵架的时候，你首先会想到孩子的反应，使使劲也就忍住了。你想，为人父母了，应该注意自己的形象了。而且听说父母的争吵声会影响到孩子的身高，甚至心理健康，为了孩子的身高和健康，能省就省省吧。你在心里会想，为人父母了，不为儿、女考虑还能算个人吗。

　　说了这么多你的进步表现，并不是你已经修炼得心若止水、波澜不惊了，相反，你比以前任何时候都更加频繁地想要发作。比如当你和风细雨地向它解释完洗衣服是因为有脏东西沾在衣服上了，因此不得不把它们赶到水里去，可一转眼它就把它身上的棉衣脱下来泡到了水盆里，原因是刚刚吃饭的时候有菜汤滴在了棉衣上，你擦了又擦，最后还嘀咕了一句：油渍一沾身就擦不掉了。好在现在有了解药，当烦躁在你的体内蓄积、蓄积，眼看就要爆发出来的时候，你就会要求你的儿、女喊你"爸爸"，而且越大声越好。孩子这一声喊可真是败火的良药，你的烦躁情绪立刻就烟消云散、土崩瓦解，你马上就心花怒放、甘之若饴。你想这恐怕是造物主在造人的时候提前就在人的体内装上的什么机关吧，它让你一听到爸爸的称呼就感到欢欣，就心甘情愿地去承担养育子、女的责任。

　　养儿防老，有时间的时候你经常会想到这句老话，但你细想一下自己从父母那儿索取了多少，父母又从自己这儿得到了多少，你就毫不困难地推知那是多么无望的事情，因而也不值得期待，所以你不指望着儿、女将来能养你的老。你想，也许养育儿、女本身就是个付出的过程吧，这个过程对你来说已经足够了。

　　当孩子骑在你的脖子上，口水断断续续地滴在你的脸上，几乎糊住你的眼睛，而那个让人欣喜的词不断地从它的口里随着口水高一声低一声地冒出来,你顾不得抹上一把它的口水,只是呵呵呵呵地傻笑。你想你这笑在造物主看来一定是愚蠢的,它一定在笑你中了它的圈套;但你也清楚,这时候的你已经无药可救。

2004 年 11 月 4 日于作协

女　儿

　　你一定会在某个时刻明白地想到这个词语,好像你以前对某个事物是熟视无睹的,是浑浑噩噩的,这个时刻突然就清醒过来,真正意识到它的所指,以及它对你余生的决定性影响,假如你的妻子生了女孩的话。

　　孩子小的时候,你习惯称它为"宝贝""宝宝"或者"贝贝",等等,你喜欢这些取消性别的中性词,或许原本在你的内心里,你是不愿意面对这个问题的,正好借着这些中性的称呼,把那个问题轻轻忽略掉。因为传统的观念,你和你的家族原本是期望一个男孩的。没有或者不愿,总之你那时候是可以不怎么注意这个问题的。你可以把这个新生命等同于一个小动物,英文里不是把小孩子都叫作"it"吗,"it"就是一只小动物。但随着孩子的成长,许多现实的问题,比如穿衣,比如填各种表格,使你不得不一再地接触到这个问题,现实的提示使你自觉不自觉地把小时候的称呼最后固定在"宝贝"上,而且还要在后边加上"女儿",就像另一部分人在后边加上"儿子"

一样。

　　随着这个称呼的定型,你渐渐意识到你的角色。现在以及直到你的生命终结的将来,你的角色注定了就只能是"一个女孩的父亲"。你努力地不去想这个问题,但你却好像得了强迫症似的又常常想到它。你越想越觉得害怕,越想越觉得悲哀,想到后来你简直要为自己哭出来。你想:为什么就必须是我?但你明白不管为什么都已经是你了。你的余生将是悲哀的,你想。但是,既然如此,那就这样吧。

　　没事的时候你常常会悲哀地想到女儿以及和女儿有关的种种。

　　女儿将来是要嫁人的,女儿嫁了人,你就成了岳父,在你此前的意识里,这个名词是唯一指向妻子的父亲的。虽然你平常称呼他为"爸爸",但你内心里清楚,那不是你真的爸,对他比较正式的称呼应该是"岳父"。你在称呼他的时候,你清晰地感觉到你内心情感的虚假性和不大情愿性,因此那声音是要比平常说话低八度的。而且刚一出口就立即把它掐断,然后咽进肚里,听起来就好像是有谁卡了你的脖子,让你来不及把那两个字念完。而且你还知道你为他所做的许多事情是迫于妻子的压力的,比如同样是送一盒点心,如果你能自主的话,你一定高兴为自己的爸花上十元钱,而为岳父只愿意花两元钱、一元钱,当然最好是那一元也不要花。所以,你在心底里认定,"岳父"这个角色是悲哀的。自打你认识到自己将来也必须要充当这个悲剧性的角色开始,你就常常会在晚上睡不着觉,你会想到岳父在同你说话时的字斟句酌,想到他与你单独相处时的拘束沉默,想来想去就对他生出许多的怜悯来。无数个不眠之夜思考的结果,是当你再次开口叫他"爸爸"的时候,你发现已经少了些假而多了少许的真;当你感觉到他拘束的时候,你就让他别那么客气;而当他沉默的时候,你会主动找话来打破沉默。你表面上是在怜悯你的岳父,但你可能没有意识到,实际上你那是在可怜自己。有一天,你天才地悟到,生养女孩是男子对他所怜悯的角色的重复，而生养男孩则是女子对她所反对的角色的重复。你不知道该为这个天才的发现笑还是哭。你阴差阳错地想到了善恶报应。你想，你对岳父的虚情假意终于是要有人报应到你的身上来了。然后你又想到了公平，你想，老天终是公平的啊，岳父可不光是指妻子的爸。

　　从此，在生活里或者电影、电视、小说里，你不自觉地更多注意起岳父这个角色来了。比如看电视，以前你多把自己想作那个女婿或者儿子，现在，更多的时候你会把自己想作那个岳父。电视里的岳父对女婿说：你在这个家里当了这么多年的顶梁柱啊！你就感叹生养了女孩家里就没有了顶梁柱啊！或者看小说，作者用第三人称说出岳父的心里话：处理好和女婿的关系，关系到自己后半辈子的养老问题啊。你立刻就会把这条储存到你的经验库里，以备将来自己在处理这方面关系时的借鉴。你发现，经过一段时间的训练，你已经渐渐进入了角色，你越来越像一个岳父了。

　　嫁了人的女儿就要为人妻，由于同样的身份你想到了你的妻子，你重新打量起这个曾使你神魂颠倒、使你痛苦万状又使你兴奋莫名的女人。你突然想起，你已经有很多年没有仔细地瞧她一眼了。她为你洗衣，为你做饭，为你育女，平淡而烦琐的生活，消磨掉了她脸上曾有的红晕和眼睛里曾有的光彩，而你这白眼狼却几乎把她给忘了。自打结婚以后你就再没有给她买过什么像样的礼物，再没有给她过过一个像样的生日。情人节、结婚纪念日等等这些日子，她有时候提起，你也总推说有事就给搪塞过去了，到后来她索性就不提了。你想到女儿将来也要为人做这么一大堆事情，也会被人遗忘，你就恨得咬牙切齿，拊心扼腕，你想那个娶了她的男子简直是太没良心了，简直是猪狗不如，你想你绝不会放过他，就是拼上老命也要……可回头一想，你这么对待妻子，又有谁没放过你了。你最后想，女人终于是悲哀的啊。你就这么怜悯完了自己的女儿又怜悯岳父的女儿,怜悯完岳父的女儿再翻回头来怜悯自己的女儿。这么来来回回地想,你的心里就满是怜悯了。存了怜悯之心的你开始回头检讨自己,觉得自己千不该啊万不该,这么多年简直就是白活,枉顶了人皮这么多年……更可贵的是你开始思谋着改进,你每逢出差,一有空就为妻子挑选礼物,以前你是宁愿睡大觉的;逢着她的生日你就提前为她张罗,以前你是惯于搪塞的;情人节又开始成为节日,二月的那一天你甚至心血来潮为她定下了一篮子蓝色妖姬,虽然你也觉得这个名字不够稳重,但你想,既然大家都妖了,她又何妨妖一把……

  终于有一天你惊讶地发现,自打你有了女儿,你都快变成上帝了。

2004年12月14日写于太原

名　字

　　总有一天你会因为你的名字遇到些麻烦，比如上学或者做工，老师点名让回答问题或者工头唱名让领工资，老师念完名字你们同时起立，工头念完名字你们一齐去领。

　　为此，你，当然也有他（她），遭到老师严厉的批评，或者工头狠狠的臭骂。因为在他们的眼里，你们这纯粹是在捣乱。老师想，你们这是故意想看他的笑话，这可是他出学校门以来上的头一节课啊，你们就这样捉弄他，让他不知所措，他怎么能不生气；工头想，你们这是有意要出他的洋相，他包这个工程除去钢筋水泥就没多少赚头，而你或者他（她），竟敢企图冒名来领两份工资，这不等于是放他的血，割他的肉吗？他当然要暴跳如雷了。但这在你可是天大的冤枉。你白白地挨批，白白地挨骂，可老师、工头你哪个惹得起？没办法，你只好回过头来怨自己的父母，你怨他们什么事情都干不好，连给你取个名字都要和别人撞车。好听难听倒在其次，好歹不要和别人的一样啊。现在肯定是没有办法补救了。改名字要经过派出所的户籍警，他不会那么轻易就同意的；而且，都叫了这么多年了，凭什么让我改呀！所以明知道别扭，你还得强撑着叫下去。这可苦了老师和工头：为了便于区分，他们只好尽量少点你们的名；实在非点不行，就在你们名字的前边或者后边，加上你们的出生地，这样听起来让人感觉你是个日本人；或者干脆就是1、2这样的号码，这回又让人觉得你是监狱里的囚犯。对于这种特殊的待遇，你不仅不觉得是种恩惠，相反简直是厌烦透顶——你的感觉就好像头上平白地添了一疤癞，虽是多下的，却不是需要的。怨恨父母那是大不敬，而且怨恨显见得也不会有什么效果。现实的困境使你转而厌恨那个与你重名的人，好像他（她）就是个盗版者，连招呼都不打一声就盗用了你名字的版权；同时你对那个与你重名的人又充满了好奇，好像他（她）就是你孪生的兄弟姐妹或者你的前世今生。

因特网的普及为我们提供了很多方便，比如找到和你同姓同名的人。

在网上点过贾平凹，点过韩石山之后，你就想到也点一点自己的名字。与这个想法同时产生的还有些许的羞怯，这个羞怯似乎是与"沽名钓誉"这样一些不大光明的字眼有着或明或暗的关联。在google底下，你羞怯地键入"×××"（当然是你的名字）这三个伴随了你几十个年头，因而也再熟悉不过的汉字，然后，像按下核武器的发射钮一样，按下回车键。结果立即就出来了。你对因特网的这种高效感到非常失望，在你，可能是希望那个搜索的过程无限漫长，至少也应该花上几年的时间。但是，它立即就结束了（搜索用时0.03秒）。看屏幕的搜索结果：约有604项符合×××的查询结果，以下是第1-10项。盯着电脑屏幕你吃惊啊，嘴张得就像村口的那孔烧瓦窑，半天也合不上。你好像傻了一样，在这半天里，你的脑子出现了绝对的空白。你原来以为自己的这个名字既没有诗意，也缺乏美感,为此当你在粗通文字的最初阶段,就不下百次地萌生过改名换姓的想法,只是后来迫于父亲的淫威,你才终于放弃。这么多年你都在想,啊,这么丑的名字,天下一定不会再有人愿意像你一样忍受它了,但是,搜索的结果完全颠覆了你的预料。现在你开始犹豫,犹豫是不是该重新考虑这个名字的价值,是不是该誓死捍卫你对这个名字的专属权。出于这个重大决断的需要,你需要全面掌握情况。为此,你一条一条地翻下去。但这一翻把你自个儿给翻进去了,坐在电脑前边的你就像是演员,电脑里的条目就好像是戏文。你快速地入戏了。你翻动的是电脑的屏幕,但你翻动的似乎更是你的五脏六腑。你胆战心惊,或者喜不自胜,当然,你也有偶尔的清醒,但这清醒又让你感觉时空虚幻,这感觉最终让你搞不清楚你到底是谁。

且让我们慢慢地看下去:

天津大港区"9·14"暴力袭警、焚毁警车案件侦破纪实
……在河北省霸州市胜芳镇和静海县杨小庄,将参与"9·14"案件的犯罪嫌疑人刘彦学(男,33岁,黑龙江省望奎县人)、×××……和刘海明抓获……伙同刘彦学、刘海明、×××,由刘彦学驾驶自家的一辆三码摩托车窜至太平镇同安小区,欲盗窃一辆桑塔纳2000型轿车未果……

河南破获特大倒卖文物案,追缴国家级文物65件
……经审讯,郑供认从去年七月至九月,先后两次将低价收购的两只汉代陶狗和两只汉代陶狮,以高价卖给了郑州人×××、李建伟。在几个月的侦查中,专案组先后追回的国家级文物有汉代陶狮枕两只、汉代彩釉陶狗四只,以及十件文物制品……

侦破中国刑事第一案　张君重庆落网内幕

……根据×××的交代，常德警方很快又在×××的出租车上搜到了号码为0427925的涪陵长江大桥的过桥收费票据（日期为7月10日），以及一张0047302号涪陵高速公路通行票据。至此，根据上述种种线索，常德警方已认定：张君就躲藏在重庆其情妇处……

看了这些条目，你的第一个感觉就是：这不就是警匪片吗？第一条是与他人合伙盗窃桑塔纳2000型轿车，然后是暴力袭警，焚毁警车；第二条是盗卖文物，汉代陶狮枕两只、汉代彩釉陶狗四只，都是国家级文物；第三条又是与一杀人不眨眼的恶棍张君有牵连。三个条目三个故事，工夫不大，你就在三个故事里完成了担纲主演，不过演的都是些反派角色。你盗窃，你袭警，你焚车，你……倏尔一个激灵，你猛地清醒，这不是什么电影或者电视里的故事，这些都是实实在在的真事，真事不就是犯罪吗？这犯的罪哪一条都不轻啊。蹲几月几年的监牢怕是轻的，没准你都够枪毙好几回了。想想这些，你简直要心胆俱裂。你就一阵阵地背心发凉，一阵阵地直冒冷汗。其实，你还不是真正的清醒，要是真的清醒，你就该明白，那些确实是事实，但是，是发生在别人身上的事实。等你终于明白过来你就庆幸：多亏办案的警察认真负责，要遇上一位糊涂粗心只认名字的警察，你可就惨了。庆幸之余，你又追根溯源。你仔细审视这个你叫了这么多年的名字，最初由604这个数目所触发的好感开始动摇，你开始怀疑，怀疑你的名字是不是天生就包含了杀伐凶意？但是这么深奥的问题让你百思不得其解，最终只好留给经常盘踞街角的那个瞎子去解决，据说他能够预见大多数人看不清楚的因缘祸福。只是奈何天时已晚，瞎子也和所有的上班族一样,朝八晚六,而且晚上绝不加班。因此你只好把那个问题搁置起来,继续往下看。

第十二章 连桥_文化_新浪网

……我边喝边想:这×××也太不是人了,儿子都那么大了还扯这个——再说你要给我姐染上点毛病怎么办?我姐当初为生活所迫开包子铺的时候,×××宁可去打麻将也不帮一把。他振振有词地说干这个太累、太操心,而且没有他"整摩托"挣得多……

儿子都这么大了?扯这个?染上点毛病?扯这个肯定是指找那个,毛病肯定是指那种病。你想,儿子都不小了还这样,那自己也太不是个东西了。下一步,大概要看表现了,如果回头是岸,还可相安无事;如果一直没什么起色,这个小舅子可能就要劝他姐离婚了。至于你这个原姐夫,自然是少不了挨一顿臭揍。你回头一想,不对呀,你家是个女儿,你也没扯——那个呀!这么一想,你就开始为自己喊冤,到了只有一笑了之。你想,警匪片倒是歇了,武打片又开始上演,还是个被打的角色。被人打,你对你那名字还是放心不下。

中华法网:律师名录

……在代理×××专利侵权案件中,运用所掌握的法律知识进行充分的论证,最大限度地保护了专利权人的合法权益,被该专利权人聘……张焕君律师几年来主要服务客户有:青岛市科委、青岛市气象局防雷办公室、青岛市现代农业开发中心、×××(先后获得两项发明专利,两项实用新型专利及一项外观设计专利)……

乍一看，啊，法网！啊，律师！你以为一定又不是什么好事。但看完了，你才发现不是。那法网是为别人张着的，那律师是为别人忙活的。这回你没有犯罪，是别人犯罪了，你成了被侵犯的对象。你终于"从良"了，成了一良民。仔细看看，你竟然还先后获得两项发明专利、两项实用新型专利及一项外观设计专利。这当然是对社会的贡献，不过你还有一个贡献就是让那个律师声名鹊起。良民肯定是良民，但总跟法网和律师纠缠不清，还是不能说明它是个安全的名字。

人民网：追求富裕风雨无阻——农民工的心里话
……这位中年人叫×××，今年35岁，看上去比实际年龄苍老许多，是京山钱场镇荆条村农民。以前，他在家与妻子一起种了20多亩地，2001年妻子因……×××的外甥女热情地告诉记者，自己以前已在广州干了好几年，是在一些电子、玩具工厂里做工……

哈，你又成了一农民工。35岁，年龄也相仿；妻子，那是大记者的叫法，农民大概是叫老婆的，这样你就和老婆种着二十亩地了。你想，农民有农民的梦想，这个梦想总是和牛羊、土地、老婆、孩子以及热炕头这些事物相关联的。但是现在，你不能再做这样的梦了，你得出去打工挣钱，记者问你，你就对她说出你的心里话：希望干了活能拿到工钱。你说出这个想法的时候，你一定在想，她们这些人是不会懂的。你虽这么想着，但你心里清楚，这不是你的生活。你当年在村庄里一定也做过这样的梦，但你的梦留给别人去做了。你想，在大多数人看来完全是天经地义的事情，农民工却要当作最大的愿望说出来。农民、苦、苍老，这些字眼使你想到村庄，想到父亲，你想，也许你的名字本来就和村庄具有相同的属性，就像村庄的树木，或者村庄上空缭绕的炊烟。

> 内蒙古新闻网——东胜罕台镇：依托市民需求鼓起农民钱袋子
> ……今年的春节，东胜区罕台镇板素壕村农民×××过得特别高兴，去年人均近万元的收入让他在采购年货时想买啥就买啥。他说，这一切都得益于镇里制定的"盯住市场、调整结构、富裕百姓"的好政策。去年，罕台镇提出利用自身独特的地理优势，紧紧盯住东胜市民……

果然，又是一农民，只是这次你生活在了罕台镇。罕台镇，这个听来蒙语味道十足的镇子位于一个叫作东胜的区，但这个区又属于哪个城市，你心里只有茫然一片。但这并不重要，重要的是特别高兴。想买啥就买啥！你知道这不过是个夸张的说法，想买的无非就是些吃的喝的，绝不会像城里人那样想到去买辆车来玩玩。但温饱无虞也就够让人高兴的了。这个局面仿佛对你自己也是个解脱，因为，你们叫着同一个名字。

> Untitled Document
> ……武当山金顶道人、老拳师×××说，整编简化武当拳十八式，我们一些在山道人还没听说过，也没看到过，希望整编简化武当拳找一些老拳师征求意见。我打的是武当太和拳二十动（式），过去说拳不外传，但为了弘扬武当武术，也可做贡献……

好嘛，拳、武术，这些曾是你少年梦想的主要内容，它们曾使你兴奋得睡不着觉。你清楚记得，因为当时的班里有个胖家伙，他总打败你，最重要的，还是当着班里最漂亮女生的面。你认为那是一个男人（当然小了点）的奇耻大辱，这个仇自然就成了血海深仇。当年你把电影《少林寺》看了十数遍之后，产生了一个大胆的设想——你要像电影里的主人公那样剃度为僧，然后练就天下无敌的武功，再然后，报仇雪恨。接下来你们几个志同道合的小小人，居然千里迢迢去了少林寺。但寺里的僧人们嫌你们太小，几顿斋饭就把你们打发了。你学武的梦想也就因此化为泡影。没想到当年的梦想竟这样实现了。虽然不是当年理想中的少林，但武当也不错呀，武林中的名门正派，而且还是，呵，武当山金顶道人，呵，老拳师，呵，太和拳，想想都让你精神。

|国内新闻| 2001年8月29日 青县发生特大食物中毒，初步估计有200人左右

……新华网河北频道8月28日电 8月24日，青县周官屯镇李窑村发生一起食物中毒事件，据该村×××大夫初步估计，中毒村民有200人……李窑村村医×××告诉记者，当天夜里12时左右，有几户村民来叫他，这几户村民家中的病人症状相同，都是上吐下泻，有明显的……

刚收了拳脚，你又扛上了药箱。不过是个村大夫、村医，基本相当于赤脚医生。你想，赤脚就赤脚吧，总还是个医生，医生总是要治病救人，治病救人总是功德无量。佛家云：救人一命，胜造七级浮屠。照这说法，你恐怕造起的浮屠，也该有不少级了吧。你记起小时候就曾有个梦想，就是当大夫。那时候有次你的母亲病得非常厉害，

可你一点办法没有,你当时就想,如果你是个医生,哪怕是个赤脚的,即便不能手到病除,起码也绝不会那样害怕。你一直还有个愿望,就是住在村庄,你想退休以后把老家的祖屋修补修补,回到村里去住。两个理想在这儿一块儿都实现了。

  ×××
  ……姓名:×××　性别:男　年龄:50　学历:大专　专业:中兽医　职称:高级兽医师　主要业绩:一直从事动物防检疫及兽医新技术推广工作,擅长中兽医内科治疗,尤其在大家畜消化系统疾病、疑难杂症等方面具有较高的诊治水平,曾获华东地区优秀青年中兽医……

刚才还是个给人治病的医生,回头就成了给动物治病的兽医。你想,不能给人看病,给兽们看病也成吧。人命兽命都是命,医人医兽,都是救命。在村庄,很多的家庭,生计基本就靠兽,比如牛,来维持,这兽就成了这个家庭的命根,因此有农民干脆把这兽当成家庭成员。这样救兽命也就是救人命了。做个兽医也算是造福百姓吧,何况还曾获得"华东地区优秀青年中兽医"的光荣称号呢。

  山东禽肉出口受禽流感冲击较大
  ……据潍坊出入境检验检疫局副局长×××介绍,今年1月份,潍坊市只有1600多吨禽肉出口,目前获得通关的为800多吨……×××分析说,禽流感对潍坊禽肉出口的影响与往年不同。一是去年只是日本、马来西亚等国家宣布封关,而今年由于受疫情的……

前一条还只是个普通兽医,到这后一条就荣升出入境检验检疫局的副局长了。真是人生如梦。你想,兽医操心的是兽们的生前事,检疫局副局长操心的该是它们的身后事吧。这么一来,兽这一生就被你承包了。不过,禽流感可够你这承包人糟心的。

慈济道侣 434 期
……这种种看在组长林秀卿眼里不忍又不舍,于是请先生×××设计、安装活动遮阳棚及活动废纸雨棚。×××虽然做了三十多年的铁工,但安装活动遮阳棚及活动废纸雨棚还是头一次,他花了一周构思、画图、改善、购料,再用两天将棚子完成……

副局长顷刻间就被免了,现在你是个做了三十多年的老铁工。变化这么快,想想都晕。你镇定了一下心情,安慰自己,不管怎么着,总是个凭手艺吃饭的劳动者,铁工就铁工吧,没什么了不起。起码,你还是个不错的丈夫,你肯为妻子的一个想法花费一个星期的心思,也属难得。

下边这一条恐怕放谁身上都镇静不下来,冒汗是免不了了,恐怕还要下泪:

枪林弹雨中的幸存者
……根据一位359旅老八路的回忆,今年82岁的×××老人,是从枪林弹雨中走过来的一名幸存者。在那战火纷飞的年代里,他的一些首长……每当想起他们时,×××心里就很难受。为了中华民族的解放,为了新中国的建立,有多少中华优秀儿女献出了他们宝贵的生命。

啊，359旅，啊，老八路，啊，82岁老人，啊，枪林弹雨……看着这条你简直就啊啊个没完。你想象着你是一个战士，你和你的首长、战友在如雨的枪弹中间冲锋。身边的人一个个消失，只有你活下来了。作为幸存者，你为逝者感到伤悲，你满眼都是恍若隔世的战争岁月以及年代久远的弥漫硝烟。

×××
出生日期：1945.01.12；
出生地：湖北省公安县；
1964.09–1970.08　　南开大学化学系学习
1970.08–1971.11　　天津市教育局五七干校学习
1971.11–1975.10　　天津市东郊区金谷中学教师
1975.10–1978.08　　天津市万新庄中学教师
1978.09–1979.07　　南开大学化学系进修班进修
1979.09–1982.07　　南开大学化学系硕士生
1982.08至今　　　　南开大学元素有机化学研究所教师
1994.08–1995.06　　在德国Marburg大学化学系做高级访问学者

从枪林弹雨中间幸存下来的你一眨眼就成了教授。你眼下正执教于名校南开。1945年出生，你现在该有七十多岁了吧。再看经历，当过教师，进过五七干校，还留过洋，经历也是够丰富的。主要的论著目录，还都是外文的。你想象你穿着白色的大褂在满是烧杯、试管的试验室里分解化合，或者站在某个国际化学研讨会上陈述你新发现的元素或者元素的组合，底下是鸦雀无声的人群。

南阳晚报——瓷都古城人风雅，翰墨丹青写卧龙（17）

……景德镇市一位名叫×××的作家看了张文斌的宣传图片后，挥毫为张文斌题诗一首，诗曰："只身单骑万里行，寻迹觅踪颂孔明。卧龙传奇垂千古，鞠躬尽瘁看后人。"另一位名叫王亚南的女诗人为张文斌题诗曰："风尘仆仆抵昌南，诸葛文化一线穿。跋山涉水砺……"

这么久，终于见到了你的同行。你甚至产生了他乡遇故知的奇妙感觉，你差点热泪盈眶。对，要赋诗一首。啊，只身单骑万里行，啊，寻迹觅踪颂孔明。题写在什么地方呢？对了，这个张文斌肯定是准备了条幅的，或者他的衣服就是条幅，前胸后背肯定是没有空地了。不过，不用太费劲去找，胳肢窝底下一定没人题。好吧，就此间了——只身单骑万里行……寻迹觅踪颂孔明……新鲜的墨汁洇进纤维，渗进背心，凉意像电一样传遍全身……哎？不对呀。字写在张文斌的身上，你凉什么呀？扭头一看，哈，你家的妞妞正坏坏地冲你笑呢——小家伙又在你的衣服上印制地图了。

2005年4月13日18时24分于太原东山寓所

愁

小时候贪玩,往往到了开学前一天的晚上,才发现假期作业只做了很少的一部分,只好恶补。那时候家里还没有电灯,只有煤油灯。煤油燃烧发出的气味相当难闻,熏得时间长了,人就昏昏欲睡。补到了下半夜,实在是支撑不住了,不知不觉就睡了过去。等我终于醒来,天已经快要亮了。我举头看看天空,低头翻翻假期作业,想想天明以后可能要面对的种种艰险,眼泪就汨汨而出。当时的心情,怎一个愁字了得。

我的小学时代是在中国北方的一个小县城里度过的。当时住的地方离学校很远。当时的县城不像现在的城市有公交车,完全靠走,每天要走三个来回。那时候最怕的就是下雨,特别是连阴雨。一下雨,路就变得泥泞不堪。这样的天气要穿雨鞋。雨鞋是哥哥姐姐退下来的,鞋很大,而且因为穿得久了,里边的垫布都破了,露出冰凉的胶皮。穿着这样的雨鞋走在泥泞的路上,那种感觉相当不好受,而且还要扛一把很大也很笨重的牛皮雨伞。记得有一年的秋天,连阴雨断断断续续一直下了有一个多月，搞得我特别发愁，成天望着天空，心情也坏到了极点。

高考的时候，因为恨母亲的缘故，我故意报了一所离家很远的学校。这是第一次出远门，走到一半的路程，我就后悔了，但是显然已经晚了。上大学的时候，我很少回家，路程远也是一个因素。每次回家之前，我就开始发愁，发愁这两千多公里的路程，发愁两天一夜的火车，发愁中间艰难的倒车。记得有一次特别倒霉，正赶上车上的人多，多到在走道里站下来，连换一换脚的地方都找不到了，座位当然更不用想。就这样站了有一千多公里，站得我腿脚发胀，到后来脑袋也开始发胀，几乎要摔倒。那时候什么都不敢想，甚至是这个愁字。要是想一想剩下的一千公里，我可能会当场晕倒。

孩子对男人的耐心来说，绝对是一种考验。孩子出生以后，我总是希望她快快长大，结果有一天晚上就给她吃了过多的东西。半夜的时候她就开始呕吐不止，喂进去的东西从嘴巴、从鼻孔里喷出来。吓得我连夜一路狂奔，奔进了医院。医生说做检查吧，于是做检查。左一个检查，右一个检查，从半夜折腾到大天亮，才算把检查做完。然后是住院观察。一观察给观察坏了，感染了。肠炎转化成了喉炎，喉炎转化成了咽炎，咽炎又转化成了气管炎，据说下一步就该是肺炎了。我恨不能痛殴那些庸医，又恨不能自己替了她去得这些病。但很明显，这些一时还无法实现。我为孩子的病愁眉不展，另外让我愁眉不展的还有医药费的昂贵。每天的费用都在四百甚至五百，半月下来我已经为这些针剂药片负债累累。我把费尽心机从四处抠借而来的大把钞票迫不及待地递进那个小小的窗口，换回来一沓一沓标明所付钞票数目的薄纸，而孩子的病却日渐严重。

2005 年 6 月 9 日写于东四条

桂林二章

山　水

　　2004年11月的这个清晨，我坐在漓江的这艘游船上，手里攥着一张二十元面值的人民币。拿这张二十元的人民币不是要用来付我的船票，而是因为它背面的图案，据说就是这漓江上的景致。

　　"桂林山水甲天下"，我儿时虽然顽劣，但这句话还是深深印在了我幼小的心田。可能因为那篇课文主要描写了漓江，所以在我的印象里桂林山水也就是漓江的水加上两岸的山。按照我当时的想象，漓江两岸的山，就是我们小城附近的山，只是要稍稍绿一些，稍稍湿润一些，当然还要把上边的松柏灌木换成竹子，竹子在不远的苗圃里就有，所以更换以后的情形也不难想象；漓江的水，就是从县城旁边流过的那条季节河，只不过布满河床的不是拳头般大小的卵石，而是细软如缎的细沙，江水也不是像河水那样，夏天裹挟着泥石汹涌而下，而冬天又奄奄一息，甚至完全断气，它应该是温和的，并且是充满柔情的，能让我想到母亲或者姐姐。我在当时就这样凭借我有限的知识和无限的想象，对桂林的山水有了我独到的见解，并且觉得绝不会出错。但是今天当我想要在这漓江上寻找些似曾相识的感觉的时候，我才明白我原来的想象是多么的荒谬。

现在，漓江就在我的眼前摇曳，但与我当初的想象相去甚远。江水是浅浅的绿色，不知道是江底的水草映绿了江水，还是江两岸凤尾竹的翠色在江水中的倒影。水的流速既不缓慢，也不湍急，是一种雍容的从容，使我想到丰富或者丰饶，想到我温和而善良的母亲，她永远也不会发怒，给我源源不断的抚爱。而北方的那条河却让我想到性情暴戾的父亲，他的脾气也像夏天的河水一样，来得快去得也快。漓江两岸的山将它们的影子投在水面上，江水是流动的，而它们是静止的。所有的山实际都不是很高，据说桂林最高的山相对高度也只有二百米左右，但因为彼此都相当独立，而且直上直下，又不知道什么原因，山上基本没有大的树木，所以给人的感觉倒好像是很高大。温润的气候在山上催生了丰富的草，而裸露的岩石也是好看的白色。白绿相间的颜色让我想到优美或者俊美，想到族中那一位性情随和宽容，凡事讲道理好商量的长辈。而北方的那些山却像我性格刚强坚韧、表情严肃冷峻的父亲。

桂林的山据说是由一种极易溶于水的石灰岩组成，经年累月，它们在水的磨蚀下，被磨掉了棱角，淘空了身体，形成巨大的溶洞，变得山不像是山。人们习惯上喜欢把山比作男子，而喜欢把水比作女子，从这个比喻出发，我对桂林这个城市的人，生出许多的浮想：这桂林的女子恐怕是天下最富有坚忍精神的女子吧，她们在塑造男子方面应该也是最富于耐心和最卓有成效的吧；桂林的男子在她们高效的训练下，一定变得像那些山一样脾性温和，变得适于日常的生活了，恐怕只要她们一声令下，他们就会乖乖地系上围裙，操起锅铲，煎炒烹炸，义无反顾，绝无烦言……然后又想，这样的男子固然对于家庭生活有极大的好处，但可惜的是，这男子也就因此泯灭了可贵的阳刚之气，丧失了男子之为男子最基本的东西。这些浮想让我不禁对桂林的男子生出许多的同情来……但是，我的想象遇到了难题：梁漱溟也是桂林人，而众所周知，梁先生是以刚介著称于世的。看来桂林人也并不缺乏阳刚。

　　在漓江上你会发现，所有的景致都与人的想象有关，可以这样说，形成那些景致的原因，三分是大自然的造化，七分是人们瑰丽的想象。比如，本来一座上尖下圆的孤山，导游会说，此山是一竹笋山。但是过了一会，又有一形状与前述相近的山，导游又会讲，彼是一朱笔峰。在导游的提示下，我把形状相近的山想象为一棵刚刚冒出地面的竹笋，或者一支写字作画的朱笔。我诺诺连声，不住点头，对于人家的想象力除了佩服还是佩服。但时间久了，就觉得这样的想象固然是妙，可这样任人引导了去想象，实在是累，而且说句不领情的话，还有被胁迫的感觉。更难堪的是想象力不够丰富的时候，比如经典的"九马画山"。用我浅陋的眼光来看，那是一整块原本相当干净的石灰岩，因为经年的雨水冲刷，一部分颜色变得深了，深的和浅的颜色纵横交错。但导游绘声绘色远远地指画：左为一匹，右为一匹，上为一匹，下为一匹……我尽管睁大了眼睛去辨认，努力往那提示上去想，但遗憾的是，到底也没看出哪怕是一匹来。但导游有断语：认出的马越多，就说明你的脑袋越聪明。言下之意，认出的马越少就说明你越愚蠢。受着这些话的激励，为了证明自己的智商还不是零，我只好扯谎宣告，我已经看出来了，而且还是九匹。话是说出去了，但道德上的压力却进来了，感觉自己这样做实在是很卑劣，虽然没有做白痴却做了道德的罪人，良心上受着谴责。为了免得良心上受罪，只好私下承认，那种想象的功夫实在不是自己的专长，然后把导游留给那些想象力发达的人们，自己则远远地躲开去。

现在，我坐在离导游最远的地方，独自兴味盎然地欣赏着漓江两岸姿态优美的竹子，或者比较水牛与黄牛的不同，看江两岸的人们在江边洗洗涮涮……远处村落里的烟囱有炊烟闲散地升起，我的心情也和那些炊烟一样。

日　常

当灯光开始代替太阳来照亮这座城市的时候，我来到了这个广场。我想这时候夕阳投射在漓江上的光辉从水面得到的回应一定越来越少，江面会渐渐暗下去。在一棵枝叶繁茂的桂树下，我像一个普通的桂林市民一样，款款地坐下来，桂花在薄薄的夜色中散发着淡淡的香。2004年11月的这个傍晚，我就这样穿行在桂林的日常生活当中，享受着桂花的香，体会着作为一个桂林市民的好。

我们是作为旅行者来到这个南方城市的，飞机从北方的城市起飞，落下时，我们就到了桂林。11月的桂林，空气里充满了甜甜的香气，导游说这是桂花香。仔细品味，这香是清清的、浅浅的、淡淡的、薄薄的，若有若无，若隐若现，让人想到清纯可人的少女。

白天，导游带着我们"串景点"，但我不喜欢，或者说不甘心于仅仅对这座城市做浮光掠影式的浏览。因此，在这个傍晚，当大家用完了晚餐，打算开始在旅馆里抽烟甩扑克牌消磨掉整个晚上的时候，我一个人悄悄地溜出来，来到这个城市普通市民的生活里，来领略日常的桂林。一个人走走停停，在这个城市的日常生活中间信马由缰，随意行止。我想，在我深层的心理上，恐怕是舍不得这里的山水景致，想做一名桂林的市民长居于此吧。

这一天安排的景点比较少，导游又急于赴男朋友的约会，所以安排我们早早地用完了晚餐。傍晚的时候，普通的桂林人正乘着公共汽车、骑着自行车或者步行从单位下班回到家里去；或者在家里闷了一天，好容易赶完手头的事情，想要轻松一下，于是趁着晚饭前的这段时间，从家里走出来，来到大街上，随便地走一走，呼吸一下桂花的香气，舒展一下身体。他们在马路边碰到卖翠色青菜或者青色橘子、澄黄芭蕉的农民就停下来，看看菜蔬水果的新鲜程度，讨价还价一番，挑选的时候又从容地摘掉不太体面的叶子或者水臭的蒂。他们是这个城市的主人。白天的桂林是属于游人的，只有这个时刻才是属于它的主人的。做一个有着甲天下山水的城市主人是幸福的，我想。在街边，我饶有兴味地观察和欣赏着他们有滋味的生活，时不时情不自禁地停下来，心里充满着羡慕。

薄暮掩映中的桂树婉约可人，街边店铺里投出的灯光温暖着人的心情。受着羡慕的鼓舞，我离开大街，拐进了小巷。像其他所有的城市一样，小巷才是市民生活的真实舞台，理发店、小卖店、杂货铺，卖水果、卖蔬菜的摊位左边右边三步五步地排开，穿着拖鞋的汉子匆匆从小卖店里提着一扎啤酒出来，随便挽着发髻的妇人闲闲地从澡堂里出来……一切都是那么日常，日常得就像我们自己的生活。这种氛围感染着我，引我走进一家卖日用杂货的铺子，铺子里笼屉、锅盖、刷子、铲子、碗盏杯盘，脚下头顶立体地分布着，走道只是一条细瘦的空间。正在低头整理的女老板听见有人来，慌忙放下手里的事情，一边使劲地在围裙上揩着手，一边很热情地用方言问我买些什么？我却一时愣住，好像误闯进别人菜地的散步者正好撞到菜地的主人，突然地就清醒过来，明白自己不过是人家生活的一个旁观者。但是……"买块铁木菜板吧。"我肯定地回应老板的问询，不想让老板失望，也不想让自己失望。因为导游告诉过我们，广西的铁木菜板是很有名的。老板领我到放菜板的地方,我没有标准地拿起一块放下一块,"来旅游的吧?"老板笑着问,但似乎并不需要一个明确的答案。然后很热心地教我如何挑选,终于挑定,又教我如何用盐水浸泡,如何用食油去泼,日常如何保养,说如此就可以用上几十年,并说她家的那个就是这么做的,结婚的时候买的,现在孩子都十多岁了,还好好的。于是我手里就有了这块沉甸甸的铁木菜板。菜板的分量很足,它为我今晚的游历增加了真实感。

  从杂货店出来,兴致颇高的我又进了一家农贸市场,看着人们在利用夜晚来临前的最后一抹光线认真地讨还价钱,我感到亲切和兴奋。兴奋的我开始在市场里转悠,看认识的或者不认识的菜蔬、瓜果,看买者和卖者,转着看着就产生了买的欲望,看见像红薯一样的东西,就蛮有把握地问这红薯多少钱一斤,结果卖菜的老者纠正说那不是红薯,是木薯。我才明白自己的冒昧和缺乏知识。遵照老者的指点挑了几个这种我眼中的红薯,老者顺手把它们的藤拴在一起,然后递到我的手上。接着又买了荔浦芋头,芋头我认它作南方的土豆。出了农贸市场,我闲着的那只手已经不再闲着了。

  正是晚饭时间,虽然我已经吃过晚饭,可还是走进了一家米粉店。许多人急急地进去,另一些人抹着嘴巴心满意足地出来,因此我断定那是个好地方。据说米粉是桂林最著名的小吃,到了桂林怎么能放过品尝米粉的机会呢?为了这一尝,晚饭我是故意留了肚子的。店里很多的顾客都在捧着搪瓷碗埋头用功,我抬头看看墙头木板上的菜单,竟然有卤味米粉、生菜米粉、马肉米粉、原汤米粉、牛腩米粉等等,我决定从头尝起,于是要了一份卤味米粉。米粉的美味是我以前从来没有体验过的,斯文地吃了几口,很快就不能自持地像别人一样埋头进去,一碗米粉风卷残云般囫囵而下,很快就只有一个空碗在手里了。还想要一路地尝下去,但我意识到肚子的承受力已到极限。只好站起，抹抹嘴巴，向老板夸赞他们的汤，老板很有信心地回说那老汤是经过多少多少天熬制而成的。

最后腆着肚子的我提着菜板、木薯和芋头来到这个城市据说是最繁华的广场。广场的旁边是一条河，河里的水满得像要溢出来。我在一棵桂树下坐下来。一位带着孩子玩的老妇在我的旁边坐下，我信口问孩子的生辰，竟与我的女儿同岁，又问身高，问吃什么，问玩什么，问穿什么，问戴什么，然后为养孩子的辛苦感叹，为孩子的开销感叹，为关于孩子的种种感叹。这么感叹着，感觉上好像我也生活在这个城市里了。

头顶上是一棵桂树，而它在北方的城市里是算作花的，小小的一棵，种在花盆里摆在阳台上，要小心翼翼地侍弄，只开很少很小的花，好像娇弱的女子，但在这里它蓬勃得像一位丰满的妇人。做一个深呼吸，桂花的香弥漫了我的全身。

左手是铁木菜板，右手是木薯和荔浦芋头，回味着刚刚品尝过的桂林米粉，我想，起码在此刻，我可以算作这个城市的主人吧。

2005 年 1 月 11 日于太原东山寓所

尾巴电影

两岁的女儿背一红色的小包,在竹沙发上爬上爬下,嘴里念叨着:"我的童年,青蛙王子。"这句话印在那个小包的背面,那个小包是在超市里买东西的时候厂家赠的。"青蛙王子"属于女儿的童年,而"尾巴电影"属于我的童年。

我的童年是在中国北方的一个小城里度过的,那时候小城里还没有电视,人们认为最高档的娱乐就是过年过节或者其他有空闲有气氛的时候,掏相当于一家人一天伙食费的价钱,坐进电影院里悠闲地看场电影。因为小城里没有公园,所以那里也是恋人们约会的场所。有经人介绍的,当然也有自由认识的,当两人的关系过了考察阶段后,小伙子通常会买两张紧挨着的电影票,电影当然选的是爱情片,这样就可以借题发挥,双方也容易进入角色。一张通过介绍人,或者干脆自己送去给女的,另一张留给自己,这样两人就可以借着看电影的名义,名正言顺零距离地坐在一起,形式上就有了一种亲密的关系,而这在别的场合是不可能做到的。电灯熄灭,电影开演,两人的眼睛都紧张地盯着幕布，当电影里的男主人公牵了女主人公手的时候，小伙子也借着黑暗的怂恿或者掩护，顺势战战兢兢地拉了姑娘滚烫绵软的手。有电影里的情节垫底，姑娘也没有把被拉的手坚决地抽回来。接着，当然是两人的关系有了实质性的突破，进入了一个崭新的阶段。电影院起初是露天的，除了幕布：幕布挂在一个台子上，上边有顶棚。台下用砖头和水泥砌了许多长条的凳子，是观众席。后来，电影院负责人出重金专门请名牌设计师设计，盖起了一座同某高级影院形制相同而规模稍小的电影院。这座电影院在当时绝对是小城里的标志性建筑，因为它的豪华超过了百货公司，宏伟也超过了县委、县政府。

看电影是要票的，票是要用钱去买的，我们这些小孩子一般是买不起那一张票的。但是电影院有个惯例，到离电影结束还有半个小时的时候，电影院收票的人就不再把门了，因为电影的高潮已经过去，故事接近尾声，一定不会有人愿意花一整场电影的钱，来仅仅看一个电影的结尾，所以把门也就失去了意义。这个时候，我们这些小孩子就可以堂而皇之地自由进入。这半个小时，主要是一部电影结局的部分，我们管它叫"尾巴电影"。

电影院离学校大概是五分钟的路程，当然那是指步行，要是跑，恐怕两分钟也用不了。我们通常是跑，因为要赶着去看那个"尾巴电影"，跑得越快，尾巴就越长。大约我们每天都要去赶那半个小时的"尾巴电影"。下课铃响第二声的时候，我们已经到了学校的大门口，不等铃声停歇，我们就冲进了电影院。我后来跑得还不慢，恐怕都是那个时候练出来的。对于电影的内容我们从不挑剔，来者不拒，因为它是免费的。看"尾巴电影"几乎是我整个童年时代最大的一个享受，因为有了这个享受我才可以忍受肚子的饥饿，忍受学校里一天的漫长。同时，这个"尾巴电影"也是我知识的重要来源，特别是关于故事的，因为母亲能讲的故事实在有限，她常讲不衰的故事只有"狼来了"。对于一个对一切都充满好奇的儿童而言，这个故事确实是太过单调了，而且只有一个，实在也太过贫乏了。"尾巴电影"丰富了我单调的生活，而且，因为我所看到的都是尾巴，这个尾巴恰恰给我的想象力留下了余地，从这个尾巴开始，我可以去想象那个故事的开端以及高潮，去想象男主人公、女主人公的性格，以及他们之间的关系，等等。我现在之所以从事写作，我想大概跟那时候"尾巴电影"逼迫出来的想象力不无关系吧。

印象最深的一部电影是《少林寺》。因为儿时营养不良，个子很矮，也很瘦弱，常常遭人欺负又无计可施。当时，在我的眼里，整个世界都是灰色的。这部电影很大程度上改变了我的世界观。看过几回《少林寺》的尾巴之后，想象已经无法满足好奇心的要求，我决定要完整地看一遍。于是我花了一整个暑假的时间，冒着炎炎烈日，捉了无数的蝉和甲虫，到大队里换成一个一个的分币（据说大队要那些蝉和甲虫是为了让辖区内的树木少遭它们的害），到暑假结束的时候，那些分币终于为我换来了一张《少林寺》的电影票。然后，我成天学着电影嘿嘿哈哈地舞拳弄脚，并且和几个常受欺负的小伙伴联合起来打败了那个常常欺负我们的胖小子。这个事件大大地鼓励了我，并因此生出许多"除暴安良"的玄想。为了实现这个伟大的抱负，几个曾经联手的小朋友秘密商量之后，决定拜师学艺。师父，当然是在少林寺了。当终于赶到河南嵩山的少林寺的时候，我们也像电影里李连杰扮演的主人公一样，推开寺门就倒在了地上，不省人事，因为我们已经有好几天没吃东西了。僧人们将我们扶起，我们奄奄一息地齐声说出那句烂熟于心的台词："师父，收下我吧！"但是师父并没有收下我们，因为那时候寺内十几个僧人只是靠百亩薄田过活，他们不愿意再增加这么几个光能吃不能干的毛孩子，白白地增加负担。没有办法，免费吃了几天素斋饭之后，只好跟着得到消息随后赶来的父母又回到家里去。世界因此少了一个武僧，却多了一个作者。

2005年3月10日写于太原东山家中

两岁记趣

当女儿一口气将生日蛋糕上的两支蜡烛吹灭,我们第二次唱起生日快乐歌的时候,女儿两岁了。两岁的女儿有一天郑重宣布,自己叫"妞妞"了。别人再管她叫原来的名字,她一概不理会。而且配合自己的宣布,她一会儿是"妞妞要喝水",又一会儿是"妞妞要吃好吃的",或者"妞妞要出去玩"。简直是言必称妞妞。没办法,我们只好屈服。好了,我们家就有了这个两岁的妞妞。

过了两岁的生日,我们就教她竖起两根手指头,告诉她,妞妞两岁了。正月十五的时候,奶奶给妞妞买了一个蓝猫形状的小灯笼。妞妞这些天正看电视上的《蓝猫淘气》,所以很喜欢这个灯笼,提在手上在房子里跑来跑去,过一会儿,突然停下来,说:"蓝猫也两岁了!"大家问:"为什么?"她指指蓝猫的手——哈,蓝猫正竖着两根手指做成V的造型。就这样,蓝猫和妞妞都两岁了。

两岁的妞妞开始读书。爷爷给买了三本,奶奶也给买了三本,妞妞就有了六本儿童读物。妞妞一边看,一边就想用她的小手把上边的西瓜、玉米什么的抠下来。这样，几天下来，书已经是"千疮百孔"了。爷爷奶奶见了，一边教导说书是看的，不可以抠，上边的东西只是印上去的图画，并不能吃；一边赶紧用胶水纸片把破的地方补起来。左补一块右补一块，嚯，就满是补丁了。不知道的人还夸说妞妞读书多用功啊！读书破万卷啊！可他哪知道那个"破"不是读破的，而是抠破的。

有一本儿童读物，上一页是电水壶、电冰箱，紧接着下一页是月亮、太阳。没教几遍，妞妞就全认识了。但是，要是把这两页的内容分开来提问，好，没什么问题；可要是把这两页的内容连在一起提问，问题就来了——比如你指上页，她很快就会说出："电水壶，电冰箱。"如果接着指下一页，她就会回答："电月亮、电太阳！"

那些儿童读物，除了教认识事物的，另外还有些是故事书，其中有一本叫作《收服红孩儿》。我们照着书给她讲："因为吃了唐僧的肉就可以长生不老，所以红孩儿就特别想吃唐僧的肉……"两岁的妞妞听得非常认真。妞妞现在特别喜欢吃糖，成天是"爷爷买糖糖，奶奶买糖糖，爸爸买糖糖，妈妈买糖糖"，只要有糖吃，这一整天，别的东西就都省下了。而且，上过几回饭店，学会了"买单"。有一天，我们发现妞妞趴在桌边上，倒拿着那本故事书，对着上边的唐僧师徒大声问："肉糖，卖吗？妈妈买单。"

妞妞很早就喜欢看《天线宝宝》，其中有一集叫《下雪了》。外边下雪的时候,我们就反复地给她放这一集。画面上的天线宝宝站在宝宝乐园的大门口,齐声喊："啊,好多雪！"接着又喊："到处都是雪！"妞妞喜欢到外边去玩，但冬天外边气温很低，我们担心她会感冒，所以她一出去，我们就急忙跟着出去，说："啊妞妞，你看外边好冷啊！"说完就赶紧把她抱回到房子里来。等回来了，她站在地上想了想，然后若有所悟，说："外边好多冷！"接着又说："外边到处都是冷！"

网上流行的一首歌叫《老鼠爱大米》，歌里既有老鼠，也有大米。妞妞从儿歌《小老鼠上灯台》里喜欢上了老鼠，又从电饭煲里喜欢上了大米。什么是爱呢？我们向她解释："爱，就是喜欢。比如爸爸爱妞妞，妈妈爱妞妞。"两样喜欢的东西集合在一起，还有爱，所以妞妞格外喜欢这首歌。她在房子里跑来跑去，嘴里念叨着："老鼠爱大你（米）。"中午吃大米，妞妞咬了咬妈妈用勺子送来的大米，说："妞妞爱大米！"过了一会儿又突然抬头问："爸爸你爱大米吗？"问题问得实在突然，这大米也好像不是普通的大米……我的脸登时涨得通红，支支吾吾："有你妈妈，爸爸不，不爱大米。"

　　大概是胎教的关系，妞妞特别喜欢音乐，电视上音乐一起，它立即就跟着节奏开始手舞足蹈。电视上有的歌星出场，或者是唱歌中间没有歌词的时候，他们就会朝台下高声喊："你们好吗？"算是和观众们交流。妞妞看了，就记在心里。有一天我们带她到广场去玩，那一天是个节日，广场上很多人，音乐起，喷泉随着音乐的节奏婀娜摇曳，妞妞也开始舞蹈，过了一会儿，突然大声喊："你们好吗？"

　　带着她回了趟老家，在老家逛了趟集市，集市上从大蒜到挂面，从小米到鸡蛋，都可以讨价还价。回来以后，妞妞学会了讲价——比如在街上看见汽车疾驶而过，她就对着汽车喊："红色的小汽车，一块钱吧？"或者在商店里看见漂亮的童鞋，她就抓在手里，抬头向着商店的经理问："一块钱一斤吧？"

　　妈妈的手机信号常不好，所以打电话必须到门口去，而且还要大声讲对方才听得清。妞妞趁妈妈不注意，拿了手机就到了大门口，她把手机放在耳朵上大声喊："喂，毛毛虫咬屁股；喂，爷爷买好吃的；喂，芳芳阿姨（单位宿舍大门口小卖店的女老板）吗？棒棒糖，一块钱行吗？喂，腰拧三（103，我们的住房号码）……"

2005年3月26日星期六于太原东山寓所

刘班长

刘班长当然姓刘，单字峰。刘峰，听起来很男性化的名字，但是个女的。大家别误会，以为我要讲我所在部队上一个女班长的故事，不是，我从未参过军，虽然曾一度狂热地心向往之。她是我小学二年级时候的班长。但她的父亲是个不折不扣的军人，她的家就在县城外边的营盘里。

那个营盘，自打我记事的时候起，它就在那儿了。营盘里有很多当兵的（我们管士兵和军官都叫当兵的），他们早晨起床要吹起床号，晚上熄灯要吹熄灯号，一齐地起，一齐地睡，干什么事情都很有章法。不像我们兄弟姐妹几个，起床睡觉全靠母亲喊，步调也从不一致。营盘里早晨的操练声、口号声，整个小县城都可以听得到。通常这时候我正睡眼惺忪地走在上学的路上，然后就一个激灵，正式从睡梦中醒来，挺挺干巴瘦的胸膛，快步走进学校的大门。我的家乡是中国北方的一个小城，那儿直到现在也不通火车，封闭是可以想见的。而营盘里的人据说来自我国的四面八方，他们都讲一口好听的普通话。我第一次听到这种普通话，觉得它一点也不普通，而且简直是太动听了，就跟仙乐一般。小时候的我就发誓一定要走出小城到外边的世界去生活，促使我产生这个宏愿的原因，就是这种动听的普通话——能够天天听和说这种语言，那无疑是太幸福了。总之，在封闭的小城里，营盘就像一个从天而降的新鲜事物，给我们的小城带来了外边世界的新鲜气息。

星期天的时候，营盘里的电影院就要放电影，外边的人也可以去看。当时小城里的电影院还是露天的，但营盘里的电影已经在房子里放了。在小城里露天电影院看惯了尾巴电影的我们这些小孩子，星期天的晚上，就相跟着跑到城外的营盘去。拿钱买票当然是不可能的，父母辛苦挣到的钱，除了家庭必需的开销，以及我们的学费，基本再没有什么结余，所以只能是碰碰运气。心里存了侥幸，想没准就能混进去，最起码，总能看看电影的尾巴吧。

这时候就要用到我们的刘班长了。记忆里刘班长高高的个子，人长得很好看，她的好看我也说不清楚是嘴巴还是鼻子或者五官的其他组成部分，但整体上有一种"洋气"。在这种"洋气"面前，我们自惭形秽。那种感觉，我想，大概就像是非洲的土著看到从欧洲来的白种人探险家，觉得人家真"洋"气，相比之下，自己就太土气了。也就是说我们在她面前都很自卑，自卑的感觉让我们对她敬而远之。站在营盘电影院外边等待好运气的时候，我通常会想到我们的刘班长，期望能够与她邂逅——我敢打赌，要是她或者她的父亲开口，把门的肯定会放我们进去。但当时隐约也有一个担心，担心如果真的碰到她，在我，恐怕也开不了那个口，那对于自卑者脆弱的自尊是个不小的挑战。好在，那种场合，我从来也没有碰到过她。

每天早晨要上早读，应该算是小城学校的特色。早读一般从早晨六点开始，到八点上第一节课结束。上课时间需要绝对的安静，但早读时间学生们却可以拖着长长的调子,高声朗读前一天语文老师教过的课文,或者数学老师教过的公式,甚至音乐老师教过的歌曲。干涉别人是绝对不被允许的。王益民是我的同桌,那天的早读时间,他正眯缝着眼睛声音混沌地念着课文。我的心思干脆一点也没在书本上,只是一边有一搭没一搭地随便翻着课本,一边用眼睛的余光扫视教室。哈,我发现班主任秦老师不在。其实她只是不在教室里边,她正在教室的某个窗外透过玻璃密切地监视着教室里每个学生的一举一动,可惜我没有发现。我看看王益民的棉帽子,帽耳朵翘在空中,一边高一边低,他的声调时高时低,帽耳朵也抑扬顿挫,挺好玩。我嬉笑着一伸手,他的帽子歪了,扣在了眼睛上。他扶扶正,没搭理我,继续念。不理我?又一巴掌,他的帽子这次到了地下。这回,王益民不让了,他一抬手,我的帽子也到了地下。但我不急于捡起来,我等着他,等他刚把帽子戴好,我的手又上去了……正得意着呢,班主任秦老师虎着脸进来了。大概我们刚才的表现她都看见了,或者只看见了后半部分,总之我和王益民被叫到了她的办公室。她狠狠把我们批评了一顿之后,给我们布置了一项作业——写检查,而且要求,下午还要当着全班同学的面念。

下午上学的时间到了,我赖在家里,死活不肯去。母亲问我,我向她撒了谎。然后,母亲率领着我雄赳赳地去了学校,我进了教室,她进了秦老师的办公室。上课的钟声都敲过了很长时间,但秦老师还没有来上课,其中的原因我心里最清楚。我一直提心吊胆地盯着窗外,担心母亲更担心自己。果然母亲昂着头走了以后,秦老师就气汹汹地进来了。结果我们俩不仅没有省了公开宣读检查,而且还被秦老师发配到了教室左边的最前排。第一排的那个座位角度很偏,看黑板很费劲,更要紧的是,那儿还没有板凳。为了不再给母亲添麻烦,也为了不加重对自己的惩罚,回去以后我没有再向母亲透露一丁点学校里的情况。从此我和王益民就在教室里站着上课了。

　　进入冬天以后，教室里就变得特别冷。虽然教室的一角生了火炉，但教室太大，一个火炉顶不了什么用。平时站着还没什么，冬天可就是严峻的考验了。站得久了，整个脚连冻带累，麻疼麻疼的，那滋味真不好受。有一节课我实在是受不住了，就觉得委屈得不得了——其实我委屈什么，这惩罚对我是最应当的了，真正无辜的是王益民。但当时就感觉很委屈，因为实在是受不了，而且在家里从来没受过这种罪。到后来，也不知道究竟是疼痛还是委屈，或者是二者合谋，终于把我的泪水给逼下来了。男儿有泪不轻弹，只是未到很冷时，脚实在是太冷了。眼泪吧嗒吧嗒大颗大颗地往下掉，打在练习本上，湿成一片。那节课正好是秦老师的课，不过她不在。当时刘班长正站在讲台上领着大家读黑板上的生字，她注意到了我的哭。她停下来，温柔地（是不是想象的成分大了些？）问我怎么了，哪儿不舒服。这个关怀来得正是时候，而且它来自班长，又是那么动听。在我听来，天国的福音也不过如此吧，登时疼就减轻了不少。还有，班长相当于班里的二把手，这性质就好像给自己平反昭雪了似的。所以刘班长这一问，不仅没有止住我的眼泪，反而使我冤屈得跟窦娥似的，索性放开了大哭起来。大概我的涕泪滂沱激起了她一种姐姐对弟弟的情感（不知道她有没有弟弟），她坚决让我去坐她的座位。那可是全班最好的位子，最要紧的，我可是秦老师的"钦犯"啊。我这回可真是感激涕零了，人家一个不相干的人如此仗义，我自然也要良心发现一下。为了不连累班长也丢掉座位（连坐？），我艰难地，却是毅然决然地拒绝了她的好意。

　　二年级上半学期结束以后，刘班长就没有再来上课，听人说，她家要搬走了。实际不仅是她家，整个营盘都要搬走了。很快，有一天我就看见一辆辆炮车和满载士兵的绿色卡车驶过跃进门和小城唯一的街道。据说是中苏关系缓和了，用不着在这儿驻兵了，所以他们奉命撤离了。撤到哪儿去？我没有问。我想，那应该算是军事秘密吧，问了恐怕也没人知道，就是知道说了，我也无法理解。因为，我当时的地理知识仅限于我们的小城。从那以后，我就再也没有见过我们的刘班长。

  上大学的时候，我把刘班长的故事跟我的朋友们讲了，他们建议我说，可以在网上发个寻人的帖子。我想了想还是算了，男女大防，况且，从一个孩子到一个中年人，容貌和生活改变都挺大的，不要说见了面认不出来，就是能认出来，小时候的事情她还能记得起来吗？

2005年4月8日星期三于东四条

鹳雀楼

黄河岸边的这个黄昏，我独自站在这座巍峨而雍容的建筑顶层，遥望傍山将尽的夕阳，以及被染成绯色的半天云霞，俯视滚滚东去的黄河。现在我要提起那座已经湮灭在历史风烟中的鹳雀楼，以及与它有关的古老的人和事。

首先要写到"鹳雀"这种鸟。书上说它们生活在江河或者湖泊边上，吃水里的鱼或者虾，它们的样子像鹤却没有红色的顶子，也像鹭；身体上的羽毛是灰白色的；嘴长而直，是黑色的，全部都是角质；眼睛是绿色的；翅膀是白色的，但略略带着些黑的颜色；腿很长，是红色的；爪子很小；尾巴也很短，尾巴上的羽毛是黑色的。又说它们喜欢把巢建在很高的树上，喜欢成群地在高楼上降落——如果有的话。

我无法想象这是一种什么样的鸟，胆怯或者不胆怯，优雅或者不优雅，我都无从知道。唯一可以肯定的是，它们曾经在过去的某一段时间和空间里起起落落。它们或者在空中飞翔，却突然像石块一样下坠，闪电般从黄河里衔起一条硕大的鲤鱼，然后飞起，远去，降落在视线尽头某棵高树上的巢穴里，将鱼喂给它们的幼雏；或者成群地栖息在水边居民住宅的房顶，以及河中洲渚茂密的草丛；春天它们求偶，因争夺而争斗，发出尖叫声，胜利者发出欢叫声。

然后要写到这座楼。一致的说法，是这座楼建于南北朝时期的北周，大约是公元557—571年间的哪一年或者数年。建造者是一个叫作宇文护的人，当时他是北周的"大冢宰"。南北朝是一个多杀伐征战的时期，当时的皇帝恐怕成天都是提心吊胆，一个王朝支撑不了多少年就会被别的代替，皇帝和他的王朝以及他的家人在锋利的刀刃下死去。南朝是宋齐梁陈顺序地更替；北朝则先是北魏将一统的局面维持了一百多年，然后被它的两个拥有实权的大丞相分为东魏和西魏，再接着由东魏演化出北齐，由西魏演化出北周。东魏和西魏对峙，北齐和北周继承了这种对峙。对峙的双方互相征战，互相杀戮，杀戮的目的是为了争夺地盘、人口和牲畜。狼烟无数次地升起，号角无数次地吹响；生命的消失就像风吹灭蜡烛，从人身体里流出的血染红了河流或者本身形成河流；打仗就像过日子一样平凡，杀戮就像收割庄稼一样自然。黄河上的鹳雀目睹了这些壮观或者残忍的场面，有时候人间的征战可能殃及了它们，就像城头上的火殃及护城河里的鱼那样。在黄河以北地区，蒲州（今山西永济）属北周的地盘，但平阳（今山西临汾）以东就是北齐的领土了。因为北周、北齐的都城都在黄河以南，所以他们都称黄河以北为河外。河外之地，北周的地盘实在是太小了，小到像一粒弹丸，或者一头巨兽口边的肉屑，只要巨兽愿意一伸舌头，它立即就会成为巨兽的口中之物。一有战事，蒲州城前有悍敌，后有黄河，立时就身临绝境。身为北周"大冢宰"的宇文护一定感觉到了这种危机，感觉到了稍不留神就可能被人家吞进腹中的紧迫和惶恐。他也一定注意到了城中百姓犹疑的眼神和观望的情绪。他因此忧心忡忡，夜夜不能入睡，即使偶尔入睡，但很快又被噩梦惊醒。他梦到自己被敌人凌迟或者分尸，尸体被晾在城头，舌头伸出口外，面目狰狞；或者在案板上横陈，锋利的刀刃划过骨骼，发出刺耳的声音。他在暗夜里猛然坐起，冷汗湿透了全身。他无数次地在白天或者黑夜登上城楼，小心地观望敌军的形势，忧虑地观察州城的地理。不远处的黄河上，成群飞起的鹳雀就像他惊悸的心情。他的视线被它们牵引，跟随着它们在西南城门外黄河中的一块高地上落下。他若有所思。他决定修一座高楼，就在黄河中间的那块高地上。一来作为军事上的瞭望台，登高一望，黄河两边的敌军动向一目了然，稍有风吹草动，立刻就可以发现；二来树立朝廷的威信，有威信百姓才会对你有信心。增加城中百姓对北周朝廷的信心，比建造任何坚固的城池都更重要。他深深地知道这一点。所以这座楼要比城楼更高大更雄伟，而且，要像皇帝的宫殿一样豪华。只有这样，才能使蒲州城的老百姓坚信，坚信北周是愿意和可以守住这座城池的。接着，国中最优秀的工匠被招募，坚硬的石料从深山中开凿出来，伐倒巨大的树木，调配最好的颜料。成千上万的工匠在这个黄河中间小小的高地上，昼夜不停地劳作，火把照亮了夜空，铿铿锵锵的斧锯声一定惊扰了鹳雀们的梦。终于，一座富丽堂皇的高楼矗立在河中的洲渚之上。但楼的名字还没有起好。在某个清晨或者像今天这样的一个黄昏，那个叫宇文护的人抬头，看见成群的鹳雀在楼的飞檐上降落，用长而直的角质嘴整理好看的羽毛。他脱口说，就叫"鹳雀楼"吧。一种鸟和一座建筑因此具有了关联。

　　提到历史上的这座楼，我们就必然要提到一个人。这个人叫王之涣。如果不是这个人（更确切地说，应该是这个人的诗篇，但我们都知道，没有人就不会有他的诗篇），这座楼就会像曾经屹立，但终于坍塌的众多的建筑一样，后人不会知道它的存在。

有关王之涣这个人，从唐人靳能所撰《唐故文安郡文安县尉太原王府君墓志铭并序》中，我们可以约略知道一些他的情况：他生于武后垂拱四年（688），卒于玄宗天宝元年（742）二月。他出身于一个普通的仕宦家庭，从曾祖到父亲都做过官，但官职都不大。王氏本是晋阳（今山西省太原市）望族，后来因为祖上在绛郡（今山西省新绛县）做官，所以把家也迁到了那里。他在家里排行第四。他自幼聪颖好学，不到二十岁即精于文章，未及壮年便已穷尽经典。但是他没有走科举之路，而是以当时宰相张九龄门子的身份，补调冀州衡水（今河北省衡水市）主簿。但很快就因为受到攻击和诬陷，愤然弃官，过起了游历、写诗、清谈的高士生活。黄河上下数千里，都留下了他的足迹和诗篇。就这样过了十五年，朋友们认为他不该沉沦，就劝他重新入仕。因此又补文安郡文安（今河北省文安县）县尉。不久染病，五十五岁卒于官舍。

鹳雀楼建成以后，它的军事上的意义并没有维持多久，大概二十年左右吧。因为北周的对手北齐作为一个国家，在公元577年就消亡了。于是它成了登临胜地。在之后的那些岁月里，无数的诗人登上它，在它的墙壁或者柱子上，用毛笔为它或者为自己写下诗篇。他们记下眼之所见、耳之所闻，记下自己的高兴或者忧伤，把它们以诗的形式留给后来的人们，期待着赞赏。更多的，也许只是缺乏诗才的普通游客，他们不会作诗，只好写下与我们今天在名胜古迹上常常见到的"某某某到此一游"类似的纪念性的短语。然后，它迎来了对它至关重要的人物。

据说王之涣是在公元704年前后登上鹳雀楼的，这一年，他还只是一个少年，大概十六岁。对鹳雀楼的登临是他少年游侠经历中的一部分。

约在1300年前的某个黄昏，王之涣登上了这座楼。由于河流改道,这时的鹳雀楼已经从河中的高地来到岸边。王之涣踏上了楼的台阶,左脚或者右脚,溅起1300年前的尘土。长衫的下摆因为行进而微微飘拂,帽子的翎翅上下有节奏地颤动,腰间的一柄青锋宝剑默默地发出寒光。他很兴奋,那时的他总是莫名地感到兴奋。因为兴奋所以脚步轻盈。和他一起的还有书本里说到的五陵少年们,当然还有家童。家童小心翼翼地提着篮子,里面端正地放着文房四宝,他要随时伺候这位年少的主人动辄而起的题诗冲动。王之涣和他的五陵少年们站在了楼的第二层,或许是第三层。史书上说,鹳雀楼总共三层。1300年前的夕阳照在年轻的诗人青春的脸上,照亮他生动的表情。诗情开始在他的胸中酝酿,然后汹涌,像脚下黄河的波涛。五陵少年们高声地怂恿他作诗,他笑笑,眯缝了眼睛望渐渐黯淡的夕阳,然后低头俯视滚滚滔滔的黄河,诗的前两句在他眼前浮现,他朗声吟唱出来:"白日依山尽,黄河入海流。"五陵少年们锐声叫好,同时期待着下两句。但他还没有想好。他一边低头思索,一边踏上通往顶层的阶梯,或者他想要继续登楼,而实际已经无楼可上。一个句子在他的脑海里匆匆掠过,他捕获了它:"欲穷千里目,更上一层楼。"五陵少年们再一次锐声叫好。他又从头至尾地吟诵一遍,觉得已经没有修改的必要,于是喊道:"书童研墨!"书童用尖锐的童声应和,并把早已研好的浓墨和笔端正地捧上。笔在王之涣的手上开始舞龙飞凤,循着思绪的起伏,墨汁渐渐洇进壁上的物质,像一首诗渐渐洇进岁月。写完了,放下笔,呼喝下楼,与众少年扬长而去。这首诗很快被乐工发现,谱上乐曲,然后被歌伎们争相传唱。

  这首诗经过歌伎们的口,被无数的人听到,记在心底,在某个特殊的时刻,优雅地吟咏它,代替自己想要表达的欲望或者愿望。1300多年来,这首诗的后两句在无数的场合被看中和引用:官吏渴望得到提升时引用它,商贾希望赚更多的钱时引用它,学生希望考高分时引用它,甚至男人希望自己的女人生养男孩时引用它。这两句诗也被我的小学、初中、高中、大学的老师无数次地写进我的寒假、暑假、秋收忙假的家长通知书,捎给我的母亲。然后又被我的母亲写进我的学生手册,捎给我的老师,只是将末尾的句号改成惊叹号。

　　王之涣在写下这些诗句的时候,会想到它们如此丰富的含义吗?会想到它们被无数次地引用吗?他会想到在官衔上超过他的祖上吗?他会想到自己平淡无奇的死吗?他想到了其中的一部分或者全部,或者,他什么也没有想,他写下那些诗句,只是要表达三楼的视野要比二楼开阔,或者四楼(如果有的话)的视野要比三楼开阔,如果已经无楼可上,他仅仅是写下自己的遗憾。我想,他只是极其偶然地描绘了人类的欲望或者愿望,那不是他的本意。

　　唐朝是一个富庶的和浪漫的朝代,那时有数量空前绝后的诗的作者和欣赏者。当然,我们知道,旅游爱好者代不乏人。当时的鹳雀楼恐怕也是空前热闹的吧,因为人们写给它的诗篇是如此之多,以至于够出一本《河中鹳雀楼集》。在唐人李翰为这本集子所写的序中,他说:"前辈畅诸题诗上层,名播前后,山川景象,备于一言。"他又说某某某"文行光达,名重当时",他还说某某某"鸿笔佳什,声闻远方",但他始终没有提到王之涣和他的诗。李翰在序中还说:"(鹳雀楼)二百余载,独立乎中州。"而在王之涣去世时的天宝元年(742),鹳雀楼的年龄尚不足二百载。也就是说李翰是在王之涣的身后写下这个序言的。很明显,在李翰的眼里,王之涣不值一提。其中的原因,大概只是因为那些被提到的人在官职上要比王之涣都高吧。

　　不仅如此,《旧唐书》《新唐书》都没有王之涣的传,他们宁愿为来俊臣这样的酷吏写作冗长的传记,却无暇为王之涣写下只言片语。元代人所著《唐才子传》保存了唐代诗人大量的生平资料，对中、晚唐诗人事迹所记尤详，但对王之涣只是非常简略地记了一笔，简略到连他的籍贯都没有搞清，竟然说他是蓟门人。在这本书里，诗人的座次是以登第先后排定的，而且对于个人科举经历的记叙，简直是不厌其烦。只把目光盯在科举和登第上，这么一种价值取向，对一个从未登第，甚至没有参加过科举的王之涣，其态度之冷淡也就可想而知了。

与这种冷淡相反的是，王之涣在乐工和歌伎中却有着相当高的声望。《唐才子传》称他"每有作，乐工辄取以被声律"。这些人可不管你登第还是不登第，他们才是更纯粹的诗的鉴赏者。

唐人薛用弱《集异记》里记载了王之涣的这种声望：开元中，之涣与王昌龄、高适齐名。一日，天寒微雪，三个人在酒楼里一边饮酒一边聊天。这时候正好有十几位梨园伶人也到这儿来聚会，三个人于是避在一边，围着火炉烤火，同时也等着好节目开场，因为伶人聚会本身就是节目。过了一会儿，四个妙龄歌伎开始奏乐，都是当时很有名的曲子。昌龄等私下相约说："我们仨都有诗名，总也争不出高下，今天我们就听听这几个伶人的唱词，谁的诗入歌词多，就算谁高出一筹。"很快，一个伶人击节而唱："寒雨连江夜入吴……"昌龄伸手在墙上画了一道，说："一首绝句。"接着另一个伶人唱道："开箧泪沾臆……"高适也伸手在墙上画了一道，说："一首绝句。"第三个伶人接着唱道："奉帚平明金殿开……"昌龄又伸手在墙上画了一道，笑说："第二首绝句。"王之涣自以为得名已久，就指着四个歌伎当中气质最好的那个说："如果那个妹妹所唱不是我的诗，我就终身也不敢和你们争了；但如果是我的诗，你们可要俯首下拜，称我一声老师啊！"工夫不大，轮到了那个伶人，她一开口，果然是："黄河远上白云间……"大家拍手大笑。伶人们听见他们笑就过来询问，于是纷纷过来拜见，请他们一起入席，三人也不推辞，痛快地醉饮了一整天。

到了宋代，沈括在《梦溪笔谈》里写道："（鹳雀楼）唐人留诗者甚多，唯李益、王之涣、畅诸三首能壮其景。"到了我们，就只知道王之涣了。时间就像是一架筛选金子的机器，留到最后的才是真金。

鹳雀楼在王之涣离去之后继续屹立。又过了若干年，沈括登临它，并在《梦溪笔谈》里记下它："鹳雀楼三层，前瞻中条（山名），下瞰大河。"又过了若干年，是元朝的至元壬申（1272）春三月，一个叫作王恽的诗人就没有沈括那么幸运了，他只能登临它的"故基"，然后不无遗憾地写下《登鹳雀楼记》。他在这篇文章里说："虽杰观伟地，昔人已非，而河山之伟，风烟之胜，不殊于往古矣……"

在他们二人两次登临之间的岁月里，黄河上掠起的风无数次地掠过鹳雀楼，朝阳和夕阳无数遍地照临鹳雀楼。鹳雀栖于楼上，然后是它们的子孙、曾子曾孙栖于楼上，但鹳雀楼却变得日渐破败。它的外形已失去昔日雍容华贵的风采——门窗上的朱漆剥落殆尽，廊檐上的龙头凤首也已模糊不清，二三层楼上的护栏呈现出肮脏晦涩的景象。某一阵骤起的狂风不经意间掠走一颗兽头或者数片屋瓦，雨从它们留下的空隙渗入墙壁，泅湿那些题在壁上的诗句。墙壁不再坚固。偶然随风而来的一条蛀虫落在廊柱上，它开始钻探，开始做巢，孜孜不倦，把坚硬的巨木变为齑粉，随风飘散。在一个风雨交加的暗夜，鹳雀楼坍掉一角或者更多。坍塌的异声惊起栖息在廊檐上的鹳雀，它们惶恐地飞向风急雨骤、雷电交加的夜空。无数的岁月流过，勉力维持的鹳雀楼终于不支，在一个黑夜或者黄昏或者就是朗朗白日，轰然倒塌。有人听到了，更多的人没有听到。没有人在乎它，他们认为它的坍塌是一件普通的预料之中的事情。栖息于鹳雀楼的鹳雀们意识到了巢穴的消失，它们像往常一样想要在夜降临前回到巢穴，却永无可能。它们因此发出鸣叫，表达它们的疑问和惊恐，记下鹳雀楼的倒塌，口耳相传千年，用它们的语言。可是我们无法听懂。

2005 年 8 月 5 日 15 时 21 分于作协

我有一个梦想

这个题目很容易让人想到马丁·路德·金,我们都知道,他是美国历史上著名的黑人民权领袖,1963年8月28日他站在华盛顿林肯纪念堂前的石阶上,发表了一篇有名的演说,演说的题目就叫:I have a dream（我有一个梦想）。他有伟大的梦想,我也有。

我小的时候相当顽劣,不愿意上学。好不容易被一手拿红枣、一手提书包的母亲羁押到学校,但红枣吃完,就又跑回来了。那时候我就有一个梦想,梦想母亲能够大发慈悲:红枣当然还要买,但再不要逼迫我去上学了。

上学以后,我很快又有了另一个梦想,就是梦想当老师。我把这个梦想在课堂上讲出来的时候,可把老师给高兴坏了,我知道那是因为他没有明白我的真实意图。我是想,我当了老师以后,就可以让我的老师们全都坐到下边去了。这样,我就可以像他们一样,背着手在讲台上神气地来回踱步,我还可以拿各种各样的古怪问题去为难他们,而且,想让谁回答就让谁回答,不想让谁就不让,举多少次手也没有用。

童年的我生活在中国北方的一个小城里,当时的小城最时髦的休闲就是看电影。那时候的电影院还是露天的,类似戏台那样的台子上挂一面白幕,台下用砖头水泥砌了好些超级长凳,算是观众席。在观众席中间,离开幕布大约二十米左右的地方,是安放放映机的位置。在这儿,放映员操纵着放映机,也操纵着所有观众的目光。当时看这样一场电影要五分钱,但这五分钱我们小孩子是拿不出来的,我们只能等到电影剩下最后半小时,才能进去,看一阵"尾巴电影"。其时,电影已经接近尾声,没有人再肯为它花钱了,电影院的把门人自然也就把门放开了,任我们这些不掏钱的观众自由进入。当时的我就非常羡慕电影放映员,因为,他可以不用掏一分钱,就完完整整地看所有的电影。因此我又产生了另一个梦想,梦想长大以后能干上这个职业,那样,就不用巴巴地苦等到电影院把门人离开,就可以整场整场、一遍一遍地看所有的电影,还不用买票。

小时候家里的条件不是很好,这是个体面的说法,实际就是很差。所以我常常营养不良,身体很瘦弱,可以数清楚自己肋骨的数目。但人很顽皮,好打架。因为瘦弱,所以总有打不过的家伙。记得看了电影《少林寺》以后,就产生了一个梦想,梦想能进入少林寺,当一名武僧,练就一身的好武功,然后,就可以打遍天下(当时我所理解的"天下",大概就是全班或者全年级,最多不过是全校的所有男生)无敌手,当然包括曾经打败我的那些家伙。而且,最要紧的,要当着全班最漂亮女生的面。

在小城里,男孩子长到十几岁以后,寒暑假里就要出去挣钱贴补家用,最普遍的就是在工程队里谋个小工的差事,和和泥,搬搬砖,干最辛苦的活,拿最少的工钱,接受大工的呼喝、欺侮。因为如果没有大工,小工自然也就没了用处,所以小工的这份工资就好像是大工施舍的似的。端着人家的饭碗，当然要忍气吞声。每当受了大工的欺侮，我就会强烈地生出又一个梦想，梦想着将来自己当一名大工，然后，让原来的大工都给我干小工去。

记得上初中的时候，母亲有一次病得特别厉害，在家里躺了一个星期，饭也不吃水也不喝。当时家里就母亲、我和妹妹三个人，妹妹还很小，还不能分担什么。看着不吃不喝的母亲，我非常害怕，担心母亲会死，但除了担心又没有别的办法好想。为此，上学的路上我常常偷偷地哭，睡梦里也经常哭醒。当年的我强烈地有一个梦想，梦想自己就是神医华佗或者扁鹊，因为神医可以手到病除，当然，我也再不用那样害怕了。

那个年代农村里的钟表还很少，但人们有别的办法，一般的计时工具就是鸡。鸡叫几遍大约是几点，一般不会差很多。但是，有个问题，鸡每次叫都那么几声，节奏高低也基本没什么变化；即便有，大多数人也分辨不出来。况且人们又是在睡梦中，这样就难免把二遍当成头遍，或者把三遍当成二遍。而且，鸡这种动物它有个毛病，就是喜欢跟风，周扒皮的故事大家都知道，那个地主的干法不是他凭空想出来的，他是有事实做根据的。所以靠鸡叫来计时，要是不很紧急的事情，差一两个小时迟点晚点也没关系的，那还好说；但像上学这样需要精确到分钟的事情就不行了。大概我们家的鸡特别没有主见吧，总之我常迟到，罚站几乎是家常便饭。那时候虽然小，但已经有了羞耻之心，知道被罚站是有失尊严和体面的事情，特别是当着女生的面。那时候小城里已经有了电视，当然不是很多。刚开始县城里就几家比较好的公家单位有，比如糖酒公司，比如人民医院。后来我们的生产队里也有了，当然都是黑白的。因为信号不好，所以画面上好像总也有下不完的雪片，可恨的是图像都藏在这雪片的后边。就是在这样的电视里我看完了动画片《铁臂阿童木》。阿童木会飞，跟火箭似的，俩胳膊一伸，说去哪儿就去哪儿，速度非常快。这让我十分羡慕。看了以后，我就生出一个梦想：变成阿童木。这样就不用担心会迟到了（当然不能起得太迟，起得太迟阿童木也不行）。

到了青春期以后，可能是实在太瘦太弱的缘故，我迷上了健美运动。就好比饥饿多日的人看见了食物肯定要大嚼一样，我成天就想着锻炼。一口气做五十个俯卧撑，一口气做五十个引体向上，或者一手一块砖做扩胸运动，一口气扩上他三五十个。但也就仅止于此，除了这些再想不下别的锻炼方式了。后来小城开了家健身中心，可惜，是收票的，票价还很贵。我们只能是在门外张望。其时的梦想，就是天天能去健身中心锻炼，哪怕是不吃饭都行。

上大学之前，我是半个农民（另一半是学生），种菜的农民。种菜的收入是比种粮食的高，但也更辛苦，比如常常要浇地。生产责任制以后，原来的集体化整为零，但水泵没法化，只有一台，大家都要浇，所以必须排队。遇上天旱，一排就排到了晚上，后半夜浇地是常有的事情。往往是人还在被窝里暖暖地睡着，就轮到你了。你当然是想继续睡觉，但你知道地里的菜苗比睡觉重要，只好万般无奈地爬起来，晕晕乎乎往肩上扛把铁锨，腋下夹支手电筒，黑灯瞎火朝远在几里外的地里赶去。这时候就会生出一个梦想，梦想发明一种地，它永远也不用浇；或者一种电钮，在被窝里一按它，浇地的事情就办了。

蔬菜渐渐成熟了。因为要赶在人家的早饭前上市，我和母亲早晨常常要起得很早。大概三四点钟吧，天还非常黑，属于黎明前最黑暗的时刻，母亲就把我喊起来向地里出发了。最怕的是收冬白菜。其时已是深秋，又加上是在凌晨，逼人的寒气针砭着肌肤；更要命的是白菜上的露水，露水里也渗透了寒冷。沾满了露水的白菜砍下来要装在筐子里，然后是用肩膀扛了，运到地边的手推车里。一筐白菜压上肩头，白菜上的露水逐渐在筐底聚集，然后静静地穿过筐底的缝隙，流进我的脖子,顺着背脊缓慢地下滑……那滋味可真是不好受——这种感觉让我深恶痛绝。当时的梦想,概括起来就是:不要在深秋的清晨收割白菜。

收割难,但那还不是最难的,最难的是卖。小城里非农业人口很少,需求也就不多。供应大于需求,所以菜很便宜。记得有一年白菜是一块钱一百斤,就是说,两个人忙活一早上,受了那么多的罪弄回来一手推车的白菜,如果顺利出手的话,只能换到一块钱。但并不顺手,得等。守着白菜,站着,在街边,巴巴地望着过往的行人。那情形我想跟乞丐已经十分接近了。最惨的时候,直到天黑,白菜仍然没有卖出一棵。如果说当时有什么梦想,那就是梦想着会有个人突然出现在眼前,说:"称称这些白菜有多少斤吧,我全要了,还有,地里的我也全要了。"钱当然是现钱。可惜,这个人始终没有出现。

本来是想写一篇轻松的文字,不知怎么的,后来却沉重起来。我们再回到轻松的路上去。

我小时候有个梦想就是要独立,现在已经实现了。想要独立生活的缘由,部分的,我想是因为那时候家里的经济常常很拮据。妹妹为了要得到够买一根冰棍的五分钱,甚至要滚在地上叫骂半天才能如愿。我不会这么做,但这并不表明我喜欢这种状况,我很讨厌它。另外,母亲经常会因为一些小事就数落我。我现在常常自卑,话很少,我觉得这跟她的数落有很大的关系。为此,我曾经非常恨她。在我高考填报志愿的时候,我故意填了很远的一所大学。上大学以后,寒暑假我就很少回家,也很少写信。最长的时候,大概有一年多没有写过一封家书。因为我不想见到她,也不想让她知道我的消息。我以为这样就独立了,起码形式上如此。现在,我生活在这座城市里,母亲继续生活在农村。我已过而立之年,她也年近古稀。不知道为什么,我现在非常害怕失去她。我现在的梦想就是:每天都和她生活在一起,永不分开。

几乎掉泪。这情形，套用一句古人的话：由轻松入沉重易，由沉重入轻松难。一笑。就此打住。

2005 年 4 月 5 日星期二初稿于东四条，

9 月 12 日星期一增写，

9 月 13 日星期二改定

醉游西湖

九月的这个傍晚，我就像风筝一样飘在这个叫作杭州的城市里，随着风荡来荡去，总好像摇摇欲坠，但因为有线牵着，终于没有。有一种东西在我的体内左右冲撞，想要找到出口，我不清楚这种东西究竟是酒精，还是被酒精怂恿起来的某种欲望，但我清楚，脚下的这条路，它肯定是通向西湖的。因为，我已经拿这个问题考问过无数与我擦肩而过的路人。除非，他们是合起伙来有意要捉弄我。

我们是从遥远的北方出发，坐了一天一夜的火车，才在秋天的这个傍晚，到达这个城市的。这里习惯上被人称作"人间天堂"。晚饭安排在一家有着巨大的落地玻璃窗的饭店。从那个窗户望出去，可以望见西湖的一角。我们手把酒杯，坐在窗下，一边用餐，一边望着窗外远处西湖上的粼粼波光，想象着西湖种种的好。主人劝酒，是黄酒，我因此想到了许仙和白娘子。对着窗户，我一边望着渐渐黯淡下去的西湖，一边回想关于许仙、白娘子故事的所有细节。恍惚间，不知道喝了有几十杯。我想我可能是醉了。

西湖就在不远处,我无法等到明天。放下酒杯,双脚就迫不及待地朝着西湖来了。

树荫很浓,或者只是夜色。路边茶楼连着茶楼。我想许仙、白娘子,当然还有那条青蛇,他们一定曾经在这些茶楼当中流连。有人想要扶我,被我拒绝了。好像又有人问了我什么,但我无法听清。他的声音,好像发自遥远的洞口,高高低低,闪烁不定;而且,好像刚一发出,即被什么东西囫囵吞下,不留下一点影子。霓虹明灭。我知道我正朝着西湖的方向飘去。

夜色朦胧。我终于看到一片大水,我知道她就是传说中的西湖。傍晚的城市灯火阑珊,但从西湖上望去,城市显得遥远,喧嚣也显得遥远。现在是晚上,波光潋滟我看不到,山色空蒙我也看不到。近处远处的灯火在湖水深处的影子显得醉眼迷离,或者睡眼惺忪。西湖像是蒙上了一层浸透了油脂而显得半透明的纸,幽深无比。喧嚣是城市的,西湖沉静。苏轼把西湖比作西施,他的比喻真好。那么现在,我的眼前就是沉沉睡去的古代美女了。

向右一拐,沿着湖边飘去。我发现我飘上了一座桥。桥很长,长得有些夸张。站在桥上,我再次想到许仙。我记起许仙碰上白娘子就是在一座桥上,风起,雨起,许仙撑起那把雨伞,然后,白娘子故意去借。许仙的艳遇因伞而起。伞真是个饱含寓意的好东西。可惜,我身边没有带着。不知道为什么,我在那座桥上站了很久,可是,既没有风,也没有雨。

下了桥是一条路。路的左边是水,右边也是水。飘摇在这条水中间的路上,我就想到了《儒林外史》里的马二先生,他也游湖,像现在的我一样,但"他不看女人,女人也不看他"。我想,那是因为他没有醉。西施不就是女人么?看湖当然也就是看女人。本来就是为看女人,看一个和看十个,性质上有什么分别?我不是马二先生,我还喝了酒,而且醉意正浓。可我什么也看不清。西湖飘忽,夜色飘忽。

夜色笼罩的西湖是情人们的西湖。湖边对对情人或坐或卧,或牵手或相拥。一对和另一对,彼此近在咫尺,却好像彼此完全不存在。有风从湖上掠过,月亮隐没,云升起来,在一处伸入湖面的亭子上,有人围桌而坐。远远地有缥缈的歌声从那里传来,是那种熟悉的越地特有的调子,让人想到林妹妹。

不知道过了多久,灯光变得稀薄,半透明的天空变得完全漆黑,夜像堆叠的墨粉。酒精在我的体内乱窜。但恐惧从我的心底升起,是对黑暗的恐惧。

恐惧扭转我的身体,折回来,往回飘。沿着湖岸,小心地飘过对对情侣。有火在我的身体里燃烧。我在湖边停下来,用手掬起西湖的水,把脸,深深地埋进手心。

次日游湖,朋友说那座桥就是"断桥"。

2005年10月9日夜于太原东山寓所

亲爱的，我的老师们

王海森师

王老师是我小学四年级的老师，他教数学。他还有个哥哥叫王海林，后来我上初中以后，也教过我，不过他教的是语文。在我们当地，一般来说，兄弟的名字是把某个词拆开，由大到小、从前往后依次来取。按照这个规则，应该是哥哥叫海森，弟弟叫海林才对，但事实却正好相反。我当时并不是没有想到这个问题，只是不敢问。在我的家乡，还保留着古老的避讳习俗，就是对老师和父母，都不能直呼其名。当然，这一类的问题更不用提了。

有一次，大约是期中考试过后，他打发一个学生来叫我，让我到他的办公室去一下。刚一进门，我就挨了他重重一巴掌。他圆瞪着双眼向我吼："你好学生才考 80 分！"我捂着发烧的半边脸原地不动，也不敢吭气，一任他数落。有"好学生"几个字垫底，那一巴掌并不觉得如何的疼；奇怪的是，心里竟然还有种美滋滋的感觉。我想这可能是我的虚荣心在某种程度上得到了满足。这一巴掌搁现在的城市里，可能会讲到侵犯人权或者触犯法律等等，最轻恐怕也要算是体罚学生，但在乡村，那个时代普遍地还没有这种观念。当时家长和老师普遍的共识，就是孩子的成才必须靠打，顺口的说法叫作：孩子不打不成才。所以调皮如我者，每天挨巴掌就跟吃饭喝水一样平常，在心理上并没有留下什么阴影。实际上，我觉得人在心理上的变化，跟他所持的观念有很大的关系，如果你不认为老师和家长的打骂是一种侮辱，那么你的心里就不会有焦虑感。对一个人的伤害，最深的我觉得是在心理上，如果心理上没什么影响，不论打或者骂，都可以说是无所谓，当然，只要不伤筋动骨。说远了，我们再回来。我留心了一下，发现不大的办公室里，已经有好几位难兄难弟了，他们一律保持着原初的受难姿态，好像雕塑一样，散布在办公室的各个方位。我想，这次考试对王老师来说，可以算是全军覆没了。这件事情很快就过去了，过后我也很少再想到它。现在回想起来，我觉得，大概王老师是一个相当自信甚至是自负的人，他不能容许他调教的学生，比不上其他老师调教出来的。

后来升初中了，但上学还是在我们的小城里。因为小城本身没有多大，所以见面的机会仍然很多。有一回，在大街上，我碰见了他，当时他正同他的哥哥很吃力地抬着一根木头，匆匆地赶往某个地方。他们经过我的时候，王老师很客气地向我打招呼，我也向他打招呼。他们走得很快，我想追上去帮，但我的个子当时还太矮，根本帮不上什么忙。我只好望着他们远去。

再后来，大概在高中一年级的时候吧，有人告诉我说，王老师的女儿跳了水库，死了。那个水库应该是"大跃进"时期建起来的，天旱的时候，可以从中抽水来灌溉。水库的水很深，有些胆大的男孩子看那里免票，就去游泳，结果就没有再活着上来。每年夏天，都有拉着尸体的小平车和哭天抢地的母亲从学校的后门经过。也常有青春期的女孩子，因为感情或者别的方面的挫折，跑去那里结束生命。我知道王老师只有这一个女儿，是独生女，据说她和班上的一个外号叫"马料"的男孩子好上了（当然，这样的事情在我们的那个年龄应该算是早恋），但那个男孩后来又移情别恋了。王老师的女儿我认识，她曾经和我同班；那个叫"马料"的男孩子我也认识，也曾经和我同班。

现在我也有了女儿，女儿有几天不在身边，我都会感觉到一种失落。我已经有很多年没有见到王老师了。不知道没有了女儿，他过得怎么样。

李黑狗师

您大概会以为，这一定是我们这些顽皮的学生私下里给老师起的绰号。其实不是，这就是我这位老师的真名。在我的家乡，传统上认为，孩子的名字越低贱，这个孩子的生命力就越顽强，就越容易养活，越不会遭到不易言说的各种不幸的侵扰。所以老师的这个名字，实际蕴涵了我师爷、师奶的隐忧和爱意。

李老师脸黑，眉毛胡子都很浓，这可能是他名字得来的部分缘由。噢，忘了交代，李老师是我们的班主任，小学五年级时候的。他教我们语文。李老师虽然脸黑，但并非乌云密布、山雨欲来风满楼的那种黑，实际我不记得李老师向谁发过脾气，更不用说对谁发狠，所以大家都很喜欢他。他讲课的时候，常常是烟不离嘴，往往是吸一口烟，再慢慢地吐出来，在缭绕的烟雾中间，他皱着眉头盯着课本，开始给我们讲课本上的文章。因为烟的作用，他不得不眯缝着眼睛，样子看上去好像相当陶醉。这一点对学生的影响很大，渐渐地大家就真的都陶醉了。说起来真是惭愧，李老师讲过的那些课文，到现在我是一篇也记不得了。但我记得他曾经布置过的一篇作文，题目叫作"停电以后"。当时，甚至包括之后的很长一段时间，我都对这个题目感到非常困惑，我实在不明白，停电以后有什么好写的。因为，晚上自习，停电以后教室里基本就是一锅粥了，有顺手扔别人书本的，有吹口哨的，有怪声尖笑的，反正那些在光天化日下规行矩步、斯斯文文的好学生，停电以后就都不见了，都原形毕露了。我知道这些不能写。不能写不等于它全无好处，其实停电以后的情形颇有点像西方的狂欢节。我知道，实际上人人在心底都像期盼过节一样期盼着停电。这狂欢的发生，我想部分的原因，可能因为李老师是我们的班主任；如果班主任换作我们的数学老师，我们是不敢乱成粥的，因为我们都见识过她的狠。

　　北方的乡村学校，冬天取暖靠炉子。冬天来临之前，班主任老师会带领大家在教室的墙角盘起炉子。然后是抹煤糕，就是把煤和烧土（一种黏性比较大的土，也有地方叫它胶泥）按一定的比例用水混合，再在朝阳的地上抹成形，晾干。因为形似当地一种用玉米面做成的"发糕"，故名。这种东西，在中国北方生活过的人都不会陌生。整个冬天，那个炉子里就燃烧着这些煤糕。北方乡村的学生，因为早上上学相当早，当然是没有吃早饭，常常是带些东西，在那个炉子上烤热或者烤熟了，在上课的间隙吃。那天，有个同学带的是红薯。上数学课的时候，那块红薯熟了，烤红薯香甜的气息从教室的前排弥漫到了后排，结果坐在后排的一个学生就忍不住了，他向另一个学生低声地，笑嘻嘻地嘀咕："热红薯。"那个学生也兴奋地笑了出来。悲惨的是，他们的笑让严肃的数学老师听到了。这位老师手提教鞭直奔那两个学生，在众目睽睽之下，教鞭狠狠地、不断地落在那两个学生的背上。幸亏班主任不是她。

我们喜欢李老师,我想一部分原因是我们有这样一位数学老师。

任永义师

任老师是我小学四年级隔壁班级的班主任。有一次,好像是我们的老师家里有事,请他临时代替,给我们上过一堂课。所以从不太严格的意义上说,他也是我的老师。他教了什么,我是一点也记不起来了。他留给我的印象之所以深刻,以至于多年之后我还要写到他,完全是因为他是一个特别的人。他的特别之处在于,他对调皮捣蛋的学生有一套独特的惩戒方法。

这些方法,可能太损了。但也不得不承认,它们确实是别出心裁、匠心独具,绝了。不信?好,让我举例说明。

比如有顽皮的学生上课的时候小声讲话,一般老师能想到的对付办法可能会是呵斥,或者投粉笔头,再或者让他到外头说去。任老师不这样做,他的对付办法相当有创意,他是用粉笔来撑住这些学生的上下嘴唇。我想任老师的思维似乎是这样:你不是爱讲话么,讲话不是要张口么,所以你就是爱张口。好,爱张我就让你张个够,不张够不许闭嘴。为了防止两片嘴唇张得太久坚持不住,必须得有个东西来帮助它们,天才而悲悯的任老师,就想到了这一根根的粉笔。那情形,一定非常滑稽。而且,我们都知道,粉笔有一股令人不快的涩味,被粉笔撑住嘴唇的学生得非常小心,小心不要让唾液把粉笔弄湿。那样粉笔会溶化,溶化了就满嘴都是那种涩味了。这么一堂课下来,两片嘴唇真是精疲力竭,别说上课讲话了,就是下课都没力气讲话了。受过这种教训的人,一定永生难忘。

再比如上课迟到。一般的惩戒,就是罚站。充满了创造细胞的任老师当然不能满足于这种古老而低效的惩戒方式。任老师的惩戒是让迟到的学生自打耳光。具体数目,三百、五百随人而定,我就亲耳听见上课之后他们的教室门前一片噼啪声。学生们一边在自己脸上拍打,一边十五、二十地数着数字。这听起来好像相当残酷,实际上没那么可怕。这种惩戒的主动权是掌握在被惩戒者手中的,大家也都抱了一种游戏的态度。在我们看来,这种惩戒更像是一种体操或者娱乐。

小城的小学每天下午上完课,有一个自由活动的时间,长度大约有两个小时左右,之后是晚上的自习。这段时间里,学生们可以去操场上玩篮球,也可以回家去吃点东西。不论是干哪样,反正都得走出教室。所以下午最后一节课的下课铃声过后的半小时,是校园里一天中最热闹的时候。有一天下午我刚走出教室,就远远地看见一列队伍从隔壁教室的门口出发,向着我们这边走来。这个队伍有点特殊,因为他们一律不吭声、低着头,斯文得让我都不敢认了。平时他们可从来都是打打闹闹、嘻嘻哈哈的,可现在,他们简直是一丝不苟。等到了跟前,我才发现他们的额头上都有一个用墨汁写上去的数字,我观察了一下,它们大小不等,但都小于六十。这些数字看上去好像运动会上运动员的编号,只是运动员的编号是写在背上,这是写在额头上。不错,那些数字就是他们的考试成绩。

任老师诸如此类的创造发明还有很多。

我认为,任老师是一个难得的,有着发明创造潜能的特殊人才。只是,阴差阳错,他的聪明才智以这种乖张的方式表现了出来。

金光闪,银光闪

他是我初中三年级的老师,当时教我们政治。实在是罪过,这位老师的姓名，我是一点也不记得了。跟这种模糊比起来，他的有趣所留给我的印象可要深刻得多。他上课时的举手投足，讲话时的声音和表情，就像发生在昨天。

这位老师说来相当好玩。

通常情况下，第二天上课，老师要用前一天讲过的内容来考查学生，政治课当然也不例外。说到这儿，我突然想到一个词：互动。我想老师的提问似乎可以用这个现代的词语来概括。记得有一天，这种互动，是让学生上讲台来，用粉笔回答他写在黑板上的一些问题。结果挑中了一位家境比较富裕的男生。当时手表还属于贵重物品，但这位男生的手腕上已经戴上了这种东西。正像一般所想象的那样，这个学生回答不上来。当然他并非纨绔子弟，他已经入团了，那表明他是够优秀，也是让人羡慕的事情。这位老师用眼睛盯着这个学生的后背，让他转过身来面向大家。然后，瞪着相当圆而有神的眼睛，将这个学生从上到下打量了一通，一字一顿地说："你胸前金光闪（团徽），腕上银光闪（手表），就是脑子里头不闪……"底下当时笑倒一片。那位被批评的学生也一下没忍住，"扑哧"大笑起来。最绝的是我们这位老师，尽管你们笑得倒在地下，他却面不改色心不跳，最多就是扭头一咳嗽，转脸就跟什么也没发生似的宣布："今天的课程正式开始。"

学生们要是所有的问题都对答如流，我们就会觉得这节课没有任何悬念，因而也索然无味；相反的，要是有几个回答不上来，好节目马上就会闪亮登场，那正是我们所期待的。在我的家乡，人们填充枕头，通常是用脱掉颗粒之后的小麦秸秆，这种东西通常也作为牲口的草料。年轻女子的聪明才智，只能是在枕头皮的刺绣上发挥。但不管你刺绣的手法有多精妙，刺绣的图案有多栩栩如生，里头终归都得装上秸秆，到底也还是一包草料而已。人们常用绣花枕头来比喻那些外表好看却腹中空空的事物。记得有一次，又有个学生站在了讲台上，问题当然是又没有答上来。我们都知道，老师的好节目马上就要开场了。他扫了一眼这个学生，然后不紧不慢地说："你绣花枕头……"底下的学生早就做好了准备，当然又是台上台下笑倒一片。

读过马克思《资本论》的人，对"剩余价值"这个概念都不会陌生。和这个概念常常相提并论的还有一个概念，叫作"利润"。如果排除企业的归属不提，它们实际上都是企业除去生产资料的价值，以及工人的工资以后的那部分价值。唯一的不同，只在于一个是资本家的企业生产的，另一个是社会主义国家的企业生产的。这么两个容易混淆的概念，让当年的我们很是困惑。韩愈老先生曾教导我们说："师者，所以传道授业解惑也。"有困惑当然要问老师，于是问题提到了这位老师的面前，而且是在众目睽睽之下。当时，我们的这位老师瞪圆了眼睛，一再强调这可是完全不同的两个概念，云云。因为，我们的对面，也就是老师的背后，就是我们学校的办公大楼，校长就在大楼的一层办公。当然，我们是不管这些的。在我的印象里，那是我们的这位老师最慌张的一次。所以，那也是我们笑得最开心的一次。

郑小墩师

相对于班长、副班长、学习委员、生活委员等实职而言，课代表既非班主任正式委任，也没有什么实际的权力，就是替代课老师收收作业本，或者在需要的时候，在黑板上替老师做些抄写的工作。我觉得，这个角色颇有点像旧时代乡村的保长、里长之类。这是笑话，说得远了，咱们再回来。虽然课代表不比班长之类的位高权重，但因为通常是由在那门课上的顶尖学生（是不是有点学科带头人的意味？）来充任，所以也是一种荣耀，起码可以看作一种肯定。这肯定对我来说，已经足够了。

当时我是数学课的课代表。

年少轻狂，说来好笑。高中入学的时候，我的数学成绩接近满分，在全班是最高的。入学以后的第一次测验，我得了97分。荣任课代表以后，郑老师委派的第一件任务，大概是誊写学生的分数吧。当年的我可真是轻狂得可以，简直是不知道天高地厚。在跟着去郑老师办公室的路上，我竟然说："我从来没有得过这么少的分数。"现在想来，真是羞愧难当。这情景要是让司马光的父亲听到了，恐怕又要呵斥："小子何得谩语！"但郑老师没有，他或许念我当日年轻，只装作没听见。日后对我也从来没有深责，或者当成品质上的毛病。

郑老师脾气相当好。不知道究竟为什么，我那时候非常爱睡觉，在课堂上听着听着，不知不觉就睡着了。我想，作为老师，恐怕都不愿意看见学生在自己的课上睡觉，那可能对老师来说是一种侮辱。实际上，郑老师讲课可以说是娓娓道来，相当引人入胜，但还是有人如我者不时地睡着。我想可能是人在青春期就容易犯困。郑老师发现有去与周公幽会的同学，一般是微笑着向这个同学丢一个粉笔头，把他（她）叫醒，善意地开个玩笑，然后继续讲他的课。记得他办公室的门锁有一阵子坏了，瘦小如我者，轻轻一挤，门就开了。我收齐了作业本送去他的办公室，有几次就恶作剧地在喊报告的同时挤开了门。正在专心批改作业或者备课的他一定吓了一跳，但他从没因此向我发脾气，只是轻轻地告诫我不可这样。现在想来，当时我的行为真是可恨，玩笑未免开得太大了。

古往今来有很多的例子表明，上天喜欢用一些特殊的困难来考验好人，起码对郑老师是如此。郑老师的爱人据说有精神方面的疾病。这种病，不发作的时候，跟常人看不出有什么分别；一旦发作，据说人会对自己的行为失去控制，会走丢。我听人说，郑老师已经找过她很多次,满世界地贴广告,或者托人,托所有能托到的人,一有消息,立即搭车前去。这一切当然不是免费的,而且花费相当大。他全家就靠他一个人的收入维持。他的家境可以想见。

  贪鄙之心人皆有之,在我可能尤甚。因为郑老师对我好,所以我一直记着他,总想着一定要报答他。可是,我只能写下对他的感念,这像一张空头支票。

2005年9月11日星期日写毕于太原东山寓所,
2005年10月18日星期二改毕于东四条

头发危机

早上洗漱的时候,妻子就告诫我:"头发要向下梳,那样看着头发多点。"我听了心里很不是滋味。我向来对梳头之类的事情马马虎虎,以前照镜子,都站在五尺开外,远远地望着镜子里那个家伙,抓起梳子一阵耧耙,草草收工。现在不能再这样了,我和镜子间的直线距离缩小到了二十公分。

对着镜子,我仔细地端详着前额残存的头发,就像端详我青春年少时的妻子。坚守的头发就像雨季过后河水留下的印痕,标志了它们在全盛时期达到过的历史最好水平,它们让我的心里充满了对旧日时光的美好回忆。日渐后退的发际,还让我常常想到我们的祖国首都北京,新闻上说沙漠正在一天天地逼近她。我想,自己的头发跟逼近首都的沙漠一样,治理已经迫在眉睫。

妻子常常会提醒我任务的紧迫性,晚上看电视的时候,为了和我争夺电视机的遥控权,她开始瓦解我的自信:"要在清代,你连剃头的钱都省下了。"我坚持着不做回应。见我没什么反应,她进一步加强攻势:"要在明末那会儿,你准保百分百安全。"我开始坐立不安,她怎肯放过我,使出了撒手锏:"听说最近清宫戏的导演在挑演员,我替你报名了,说你有优势,化妆都不用。"说得我心情灰暗,乖乖地交出电视节目的控制权,落荒而逃。

家里受打击,出了门未必就能躲得开。有一次走在路上,路边突然跳出一个美女,当街把我拦住,为此我的好心情维持了足足有五十秒。五十秒后我明白了,美女原来是某某生发产品的推销员。我当时心里就咯噔一下,接下来的情形更让人伤心——她竟然叫我叔叔,我其实不过才三十五岁。看在美女的份儿上,我耐住性子听她讲那些产品的功能,讲如何如何的管用,如何如何的奇效,可是我哪里听得进去,最后颤颤悠悠地把那些产品留给她,仓皇遁去。

我最怕的,还是理发。头发少的人怕理发,大概就像害牙疼的人怕吃东西。不管进哪家理发店,都会在镜子里看见理发师的愁容,她或者他忧心忡忡地梳起我可怜的头发,左右地打量,似乎能听到她或他心里的叹息。不等她或他开口,我就主动出击:"挺让人发愁的吧?没关系,放手剪吧,出了问题算我的。"理发师虽然没说什么,但我明白,她或他已经在心里做好了最坏的打算。根据遮丑避短的美学原理,她或他一定会把我后脑勺的头发,向上剃成坡状,留下一个坎,就像农业学大寨的时候我们村造下的梯田,前边却基本不动。那些头发会像一群温顺的绵羊,遮住我日渐荒凉的额头。但对理发师的好意,我从来不领情。我想既然花了钱,怎么可以原封不动?我会要求理发师把我前边的头发剪短,起码得剪掉一剪子。理发师只好狠狠心,咬咬牙,照做了。最后长叹一声:"唉,心思全都白费了!"

电视上的李连杰闪展腾挪,画外音就说:"增粗,变黑,变硬。"电视上的成龙大哥也说:"头发有问题,就像这棵树。"然后随便那么一摇,我的心就跟着一抖,好像落下的不是干枯的树叶,而是我受伤的自尊。

2007年4月26日于东四条

两条红鲤鱼所处的
经济链条

先说这两条红鲤鱼吧。

我女儿今年四岁零四个月,像所有的小孩子一样,喜欢看动画片,每天都看。最近中央台的儿童频道正在热播一部动画片,叫作《小鲤鱼历险记》,不用说,里头的主角,就是条小鲤鱼,红颜色的。我女儿属于精力充沛型的儿童,通常是一睁开眼睛,就没有一刻停歇,摆弄摆弄这个,摆弄摆弄那个。但动画片一开始,她就在沙发上凝住了,连眼睛都一动不动了。当然,她很喜欢动画片里的小鲤鱼。于是我家里就有了这两条红鲤鱼。

买下红鲤鱼的时候,我单纯地想,不就五块钱嘛,有什么大不了的。我简单的想法是,这件事情就到此为止了,不用再有其他的消费了。但我错了。当时我还没有意识到,这两条红鲤鱼是处在一个经济链条上的,我买下它们的那一刻,就已经提起了这个经济链条,不可能到此为止。

买下红鲤鱼之后,我还不忘买下一台加氧泵(这名字是我新起的，刚才看产品包装，上边竟然连产品名称都没有，看来我可以为这名字申请专利了），就是给鱼缸里吹泡泡，增加氧气的。后来鱼漂在水面上的时候，我才知道，那东西就相当于氧气瓶，抢救危重病人时候都要用的，你说它有多重要吧。刚才我发现，包装上印有"维生新产品"的字样，"维生"，大概就是维持生命吧。直到这时候，我仍然没有意识到，我已经在这个链条上前进了一步。

红鲤鱼是提在塑料袋里带回来的。回来以后，找了个不用的脸盆，接了水就放进去。红鲤鱼在脸盆里，一会儿游到东，一会儿游到西，我女儿看着它们，高兴得不得了，我也傻呵呵地笑，很满足。殊不知，我就要在那个链条上走出下一步了。

都怪我那天去了一趟古籍书店。书店里有一个硕大的、景德镇出产的、青花瓷的巨型鱼缸。我捧着本书坐在鱼缸的旁边，看书，也看金鱼，那个惬意啊，那个羡慕啊！结果，本来只打算买一本书，一高兴，买了三本。自打从那儿回来以后，我就觉得用脸盆当鱼缸，太不像话了，太没有追求了，太没有水平了，太没有格调了，总之一句话，不行了，得换。打听了，最小的，得两百块。

鱼缸的问题刚刚解决，又有一件事提上了日程。我们单位的曹大爷养了一盆睡莲，我那天看到他的时候，也看到了盆里的金鱼，我就问他给金鱼喂什么呀？曹大爷说什么也不用喂，有睡莲，水里自己就会生出微生物，鱼吃那些就行了。我当时就感慨得不得了，心想那有多好啊，首先是省了喂，想想吧，以后出差回老家什么的，就不用担心了，多少天都没事，回来了红鲤鱼们照样活蹦乱跳；更重要的是，以后的十年二十年，都不用给鱼喂食了，那节省下来的，不就是一笔巨额资金嘛！仅仅本着建设节约型社会的原则，也得去搞一株睡莲回来；还有，小时候都读过"鱼戏莲叶间"这样的句子吧，那是在说鱼也需要娱乐呀，一盆水，其他什么也没有，干干把鱼往里头一扔，那不跟蹲大狱一样吗？那样也太不人道了吧！简单说，就是为了人道，也需要这么一株睡莲。又打听了，市场上睡莲奇缺，私人手里倒是有，就是贵点，一株得三百块吧。当然，我在那个链条上，又往前迈出了坚实的一步。

就这样，我在那个经济链条上越走越远，越陷越深，不能自拔。

2007年7月8日20时31分于太原听风山房

停电真好

这种感觉，对于电业局的朋友，恐怕只在拉闸断电的那一刻。前天我问女儿长大后要做什么，四岁的女儿竟然说要当电管站站长，真叫人哭笑不得。我的职业与电无关，所以我的快感，出现在断电以后。

当然，我指的是短时间的停电，如果太长时间，我就无法用电脑打字，就无法发邮件，就无以为生，那等于死路一条。

一直以来我都有这种感觉，但不自信，不敢说出来，总觉得是一种不健康的心理。昨天我在《北京文学》上看到一首同名诗，因此知道，并非只有我心理阴暗，呵呵。我这人就这样，自卑、且小，这是我的缺点。

记得小学五年级的时候，有一次的作文题目就叫《停电以后》，虽然事隔多年，但我对老师出这个题目的初衷，仍然百思不得其解，因为停电以后，教室里的情形几近狂欢，口哨声、怪叫声、手在桌子上的拍打声、书在空中的飞翔声……它们混合在一起，整个教室就成了一场盛大的狂欢。我知道，这些肯定不能写进作文，老师想看到的，一定不是这些。我基本能辨别得出那些声音的主人，但这更不能在作文里留下只言片语，我想那样等于告密。总而言之，当时的感觉，一句话，停电真好。

高中的时候，朋友的叔叔在学校开了间小卖店。记得那时候常常停电，但停电时间都不长，也就半个小时左右。一停电，整个教学楼就"轰"的一声，不是楼房倒塌，是学生们发出的惊叹。然后教学楼就和黑夜相通了。再然后，学生们像潮水一样涌向朋友叔叔的小卖店，去买蜡烛。当然，朋友手里的蜡烛是免费的，我的虽然不是，但可以捎带些别的吃食，那是朋友从柜台上偷偷拿来分给我的，它们可能是我快感的重要源泉。同学们都说朋友的叔叔和学校的电工串通好了，卖蜡烛的收入有给电工的提成。我没有就此事问过朋友，但和朋友去小卖店，有几次就碰到学校胖乎乎的电工。

结婚之初，我们住在单位的筒子楼里，楼道里很黑，白天也得开着灯，不然可能会碰到谁家的柜角，或者踢到垫柜子的砖头，当然，房间里好点。当时也许是年轻气盛，也许是工作压力太大，妻子和我的交流方式，主要就是吵架。我一直不能为我们的争吵找到一种合理的解释，因为不是所有的年轻夫妻都吵架，工作压力也不只是我们才有。直到那次停电以后，我才搞清楚症结所在。

说记不清楚停电的原因，那是托词，事情就在几年前，我还健忘不到那个程度。但详细的细节说来太过繁琐，也太过无聊，不去提它吧。总之，房间里就突然停电了。楼道里亮着灯，窗户外边也亮着灯，房间里却漆黑一片。电视不能看了，书也不能看了，吵架太费神，而且，看不清楚对方的表情，吵起来也缺乏激情，挺没劲的。百无聊赖，于是决定出去走走。

聊些什么，真的是不记得了。反正走着走着，我发现我们的手已经拉在一起了。从筒子楼所在的那条巷子出来，走到大街上，向右拐，又向左拐，没有目的地，但目的是有的，就是消磨掉那些漆黑的时间。每天趁天亮我们就吃了晚饭，然后就是等着天空暗下来。等到窗户外边的灯亮起，我们就手挽手从筒子楼里走出来，往左或者往右，漫无目的地出发，夜夜如此。不管什么原因，吵架总会影响到感情。我们的关系一度非常紧张，已经在离婚的边缘了。但停电以后，情况起了变化，再没人提离婚的事。多年后，看着满地乱跑的孩子，我想，是停电挽救了我们的婚姻。停电真好。

      2007年6月13日18时52分写于南华门东四条

想象力

妻子是剖腹产，疤痕像条蚯蚓一样留在了她的腹部。女儿时常抚摸着那道伤口，这样描述她的诞生："医生把妈妈的肚子打开，说'星星，出来吧！'"

这天走路上下班，脚上起了个水泡。晚上我把这件事跟我四岁的女儿说了。睡觉前我给她洗脚，她就开始和我探讨起那个水泡来："它会退吗？"女儿问。我明白她的意思，是问那颗水泡会不会消退。"会呀，兴许明天起床，它就不见了。"我说。"去哪儿了？"她继续。"在里边呗！"科学知识贫乏，我疲于应付了。我想水泡既然没破，里边的水水没出来，自然就是在里边了。"被组织吸收了，傻帽！"陷在沙发里看电视的妻子也参与进来。我就辩白，说那样说也没错啦，吸收了不就是在里边嘛。"能跑这儿吗？"孩子点着我的膝盖问。我说能。然后她的手在我的身上弹起了钢琴，每弹一个地方，就问："能跑这儿吗？"我有点犹豫，但想想既然它们在身体里边，想去哪儿还不由着它们自己，当然哪儿都可以了，于是狠狠心，回答能。"真顽皮！"孩子突然说。我很吃惊，问为什么，她说因为顽皮呀。"是男孩还是女孩？"她又问。"你说呢？""男孩！"她眨巴着眼睛。"它妈妈是谁？"她继续。"你说呢？"我不敢再自作聪明了。"也是个泡泡，圆圆的。"说着她两手相对，在空中画了段圆弧。接着又补充："住在地底下。"并指了指地。过了一会儿又补充："不敢出来，出来小飞虫就把它的家给占了。"

女儿这几天迷上了农耕文明，刚吃完西瓜，她就催着我把西瓜籽种进了花盆，然后不停地去看，问为什么还没有发芽，问什么时候长下西瓜，问我都等了几个小时了它怎么还不结西瓜，问一颗瓜子能结几个西瓜，我就回答说起码能结三两个吧，当然那是理论产量。第二天一张开眼睛，她就问西瓜长大了没有，我只好如实告诉她，那要很长时间。但她仍然充满期待，她说等结了西瓜，就再不用买了。在她的想象中，大概总有一天，家里会变成瓜田，卧室客厅哪儿哪儿，都滚满圆滚滚的大西瓜。

早上的手机短信说张学友要来太原了，然后我们就说到了粉丝。妻子笑说她也有粉丝，孩子就问什么是粉丝呀，妻子就解释，说就是有钱的叔叔，就是对象。孩子就问为什么对象和吃的东西叫一个名字，你对象可真逗人呀。在办公室工作到中午，刚才妻子打来电话，说孩子吵着要吃火锅，要她给对象打个电话，说到时候就不用再点粉丝了。

2007年6月18日13时57分于南华门东四条

我们家的"西学家"

刘心武在电视上讲《红楼梦》，后来报纸杂志网络都叫他"红学家"了。可好景不长，没过几天，一批自称正宗的"红学家"，就出来批评他，然后是互相批评，死掐。我们都知道，所谓"红学家"，就是研究古典名著《红楼梦》的专家。既称四大古典名著，那它们当属同类，这应该没什么问题吧。那么，同理类推，研究《三国演义》的专家，就应该叫"三学家"（易中天在百家讲坛上品三国，但没听说有人管他叫这个，应算我的专利哈）；研究《水浒传》的专家，就应该叫"水学家"（也没听说有叫这个的，大概容易和水利学家搞混吧）；当然，研究《西游记》的专家，就应该叫"西学家"了。

这样的"西学家"，我们家就有一位。

我们家的"西学家"非常年轻，可谓年轻有为。她只有五岁。她是我的女儿。

因为太过年轻的缘故，她只能通过观看电视剧的方式，开始她的研究。研究不能从原著出发，这当然是个缺憾，但一心向学的热情,足以抵消这种缺憾。虽然年轻,她却相当敬业。电视上只要有《西游记》(放心好了,那么多家电视台,总有在放的),我们全家,就都得靠边站了:妻子的连续剧,我的体育频道,她爷爷的百家讲坛,她奶奶的戏曲时间,统统,全部,都得让贤。

晚上吃过饭没事,妻子总喜欢拿起遥控器搜索电视剧,可她运气不好,偏偏就碰上了《西游记》。虽然她的动作已足够敏捷,那个画面仅仅停留了大约一秒钟,可就是这短短的一秒,这宝贵的一秒,我们的"西学家"抓住了它。她的眼睛就像高度灵敏的扫描仪,任何蛛丝马迹也休想逃过她的法眼,明明她正摆弄着她的布娃娃,明明她就没注意屏幕,然而,她一下子就捕捉到了,她像裁判一样喊道:"停!就是那个!"好吧好吧,裁判都喊了,我们这些队员只好忍气吞声了,让贤吧。

我们的"西学家"本是位活泼好动的儿童,睡觉时不必说了,谁都一样;只要一睁眼,醒了,她就像上足了发条的小青蛙,爬上跳下,跑来跑去,总之,没一刻消停。但《西游记》一开,她就"定"住了,眼睛就盯着电视屏幕了,再不离开半秒了,就像被孙悟空施了定身法术,一动不动了。

以前我们都说学术生活化、生活学术化,我们的"西学家"对于这一点,做得最彻底:对她来说,"学术"和"生活"根本就是一回事;换句话说,两者就是一而二、二而一的关系。

她有时会化身为孙悟空。家里的门后头有一根PVC管,走电线用的那种,不记得什么年头攒下的了,结果被我们的"西学家"发现了。就像孙悟空在东海龙王那儿发现了金箍棒一样,我们的"西学家"从此有了兵器。孙悟空有了兵器,东海龙王就倒霉了;"西学家"有了兵器,我们就倒霉了。"西学家"追完了这个追那个,追得家里尘土飞扬,人喊马嘶,可是还不能生气,还都要假装"抱头鼠窜",像《西游记》中众小妖那样。

　　孙悟空不会饿,但我们的"西学家"会。"西学家"在电视机前舞弄着"金箍棒",饿了。《西游记》正演到关键时刻,金角大王拿瓶子把孙悟空装了,要化成水了,怎么走得开?"西学家"于是大喊:"爷爷,弄点斋饭来!"爷爷说斋饭可是没肉的哈,他知道"西学家"馋肉。"西学家"想都不用想,目不转睛地盯着电视,接着喊:"那就弄点有肉的斋饭来吧!"有肉还能叫斋饭吗?这大概算是"学术"和"生活"最大的冲突了吧。

　　家里没有"白龙马",只好由我代替。"西学家"一边驾着我这个假装的"白龙马",一边就想起了太上老君的坐骑。《西游记》里它逃到了下界,要吃掉唐僧。"西学家"提着我的脖领子,说:"孽畜,还不显露原形!"怎么显露?不会啊!可怜三十多年来就这么一副皮囊,哪有什么原形可显露!大约对我这个坐骑不太满意吧,有一阵子,"西学家"嚷嚷着要买骏马。我的天!先别说没卖的,就算有,在哪儿养啊?可"西学家"真不愧是学术家,她有主意:在小区的花园里盖个房子,骏马住里边,外边养好多豹子、老虎什么的看着,这样,就不怕小偷了。花园是大家的,谁谁都随便盖房,那还了得!豹子?老虎?恐怕我们都是它们的口粮吧!好说歹说,"西学家"总算做出了让步:骏马不要了,不过,换成棒棒糖吧。

　　《西游记》里孙悟空假装夜游神,哄一对老夫妻为他师父开门。这招"西学家"很快就掌握了。她要买好多好多好吃的。当然,吃零食要限制的,因为零食吃多了,正餐就不吃了。不答应?好,"不给我买,我今天就不走了!就不走了!"我们都知道,那是孙悟空的经典台词。不走没关系啊,怕的是你走,不是你不走。"西学家"看看不灵,于是使出撒手锏:"老头儿、老婆子,我是夜游神,不给我买好吃的,就把你们变成火烧馍!"

《西游记》中孙悟空睡觉的时候，灵魂让无常鬼勾着，离开了他的身体，往阴间去了。家里的金鱼三条死了两条，"西学家"就想到了灵魂，她问："金鱼也有灵魂吗？"我心不在焉，随口答："有啊。""那么，金鱼死了，它们的灵魂呢？""离开了吧，去找别的地方住了吧，就像原来的房子倒了，另找一间，比如这条活着的金鱼。""活着的金鱼没有灵魂吗？""有啊！怎么会没有？""那么，三个灵魂住在一起，不挤吗？"我觉得不得不认真对待了："灵魂，按照《西游记》的说法，应该是有的，按照《西游记》的说法，灵魂是没有形体的，所以，多点也没事……"

当然，她的学术也会被我们利用。比如她生病了，不肯喝药，妻子就会说："不喝的话，如来佛祖就把你收去！"好像如来佛祖是她的下属，随叫随到似的。"西学家"就问："如来佛祖那儿有好饭饭吗？"妻子似乎蛮有把握："没有！只有大蒜夹馍！""西学家"只好屈服，为了不吃难吃的大蒜夹馍，为了此间的好饭饭，"西学家"决定暂且忍一忍，喝了那难喝的药药吧。

2008 年写于太原

黄雀鲊

蔡京堪称宋代的食魔。

宋人罗大经《鹤林玉露》卷六"缕葱丝"条说：有人在京师买了一妾，她自称蔡太师府上包子厨房的。一天，让她做包子，她却说不会。问她既是包子厨房的，为什么不会做包子呢？回答说自己是包子厨房里专门负责"缕葱丝"的，"缕葱丝"就是把葱切成丝。于是京师便多了一种托词：缕葱丝。有个叫曾无疑的人是周益公的门人，有人请他作篇墓志铭，曾无疑就推辞说："我在益公门下，只能算是包子厨房里'缕葱丝'的，哪能'做包子'呀！"

过去我曾在测绘局里待过，但既不能测也不能绘，如果有人要我绘制一幅地图，搁今天，我就可以对他笑笑，说："我在测绘局里，只能算是包子厨房里'缕葱丝'的。"

言归正传。我们常说和古代相比，现代社会的分工越来越细。看到这则记载，我们恐怕会动摇的。蔡太师府上有包子厨房，想必还会有其他厨房，比如粥厨房、馒头厨房什么的。因为堂堂蔡太师，总不可能成天光吃包子度日吧。包子厨房里的分工又是那样细,细到专门有人切葱丝,简直太不可思议了。

据说蔡京嗜吃一种"黄雀鲊",简直到了病态的程度。《清波杂志》卷五载:蔡太师府整整三间房子,从地面到屋顶,堆满了盛满黄雀鲊的坛子。蔡京不可能顿顿只吃黄雀鲊吧,那他家里攒那么多干什么?我想只能有一种解释,就是用来欣赏。那些黄雀鲊是蔡京倒台以后,官府从他家里搜出来的,就好比我们现在某某官员犯了事,警察从他家里搜出几百几千万的人民币。在那种情况下,黄雀鲊与人民币一样,都已经失去了使用价值,唯一的作用,就是满足主人古怪的收藏癖。

堂堂蔡太师为之倾倒的,肯定是天下少有的美味。我们的求知欲不禁要问:这黄雀鲊到底是种什么佳肴?

先来说黄雀。有人说黄雀就是麻雀,其实不是。《本草纲目》里说:"老而斑者为麻雀,小而黄者为黄雀。"看来黄雀和麻雀虽然相似,但还不是一回事。黄雀在古代应该很常见的。《诗经·秦风·黄鸟》中说:"交交黄鸟,止于棘。"其中的黄鸟就是黄雀。那些叽叽喳喳降落在荆棘上的黄雀,想来应该是成群结队的。《战国策·楚策四》中说:"夫蜻蛉其小者也,黄雀因是以。俯啄白粒,仰栖茂树,鼓翅奋翼,自以为无患,与人无争也。"这是战国时代的人们观察到的黄雀。其中说"自以为无患",那恐怕实际就不安全。不安全的因素显然来自人类,或许就是抓来吃的吧。阮籍《咏怀》之十一:"一为黄雀哀,涕下谁能禁。"阮籍流泪不止,大概是由黄雀想到了自己。当时的黄雀恐怕已经很不安全啦!可能由于它的众多吧,在古代也常用黄雀来比喻俗士。杜甫《秋日夔府咏怀奉寄郑监李宾客一百韵》:"紫鸾无近远,黄雀任翩翩。"唐人还把六月的东南季候风称作"黄雀风"。王维《送秘书晁监还日本国诗序》说:"黄雀之风动地,黑蜃之气成云。"那时候在唐朝做官的日本人很多，他们回日本就像我们今天从北京回山西。我们可以想见遮天蔽日的黄雀掠过天空，是怎样一种惊天动地的景象。

然后，再来说黄雀鲊。据宋代的烹饪书《中馈录》所载，黄雀鲊的做法如下：

> 每只治净，用酒洗，拭干，不犯水（不要沾水，沾了水腌的时候容易坏）。用麦黄、红曲、盐椒、葱丝，尝味和（味道适口）为止。即将雀入扁坛内，铺一层，上料一层，装实，以箬（即箬竹叶，也常用来包粽子，俗称"粽叶"）盖、篾片扦定（竹片作十字交叉状，从顶端固定）。候卤出，倾去，加酒浸，密封。久用（过段时间，就可以吃了）。

有些食材我们今天已经很少用，比如麦黄。《本草纲目》里解释说："以米麦粉和罨，待其熏蒸成黄，故名。"红曲，据说是红曲霉寄生在粳米上而成的曲，既可酿酒，也可作食用色素。椒，指花椒，当时还没有辣椒。古代为解决长期储藏食物的问题，发展出一种食品："鲊"。今天南方的火腿、熏鱼等等，都可以归入此类。这种腌黄雀我是没吃过，不过小时候吃过烤麻雀，用弹弓打下几只麻雀来，用泥裹起来，在火里烧熟了吃的，现在想起来那味道模模糊糊的，好像全是骨头。古今口味不同，蔡京的嗜好让人莫名其妙。

宋人苏颂《本草图经》说："雀，旧不著所出州土，今处处有之，其肉大温，食之壮阳。"蔡京吃那么多黄雀鲊干什么？难道是纵欲过度，需要补肾？

2008年7月23日于太原市南华门东四条

太原面食与宋代汤饼

1

中午的时候,我和朋友在 2009 年的太原城里吃饭。在太原,朋友们聚会酒是不能少的——汾酒或者竹叶青酒。酒和这座城市有着太多的契合点,比如甘洌,比如醇厚。如果从公元前 497 年董安于(读过《东周列国志》的人,对他会有印象)筑晋阳城算起,太原已经有 2500 多年的历史了。有着 2500 多年历史的城市醇厚无匹。这座城市夏天苦热,冬天奇冷,粗粝的大风四季不断,而尤以春天的沙尘暴为烈。这里的气候像酒。生活在这里的人们糅合了醇厚与甘洌,他们善良、勤劳、淳朴。他们辛辛苦苦地工作,把挣来的钱大把大把花在孩子的教育上,对自己却能抠则抠,能省则省,很少有什么享受;他们在街边上甩扑克牌或者下象棋,更多的人在旁边观战,支招,为一张牌的对错或者一步棋的香臭争论得面红耳赤;他们在饭馆里光着膀子喝酒，吃面，互相称兄道弟，海誓山盟；他们在各种节日里以震人心魄的节奏擂起威风锣鼓，如醉如痴，酣畅淋漓……

汾酒晶莹爽口，竹叶青酒韵味绵长。十年、二十年甚至五十年或者更久的佳酿，就像我们源远流长的友谊。透明的液体流进肠胃，然后又流进血管，流遍我们的全身，彻彻底底、踏实踏实地醉一回。醉意朦胧中我们追忆似水流年，忘却生活的琐碎庸常……

屈指算来，我居住在这个城市里，已有十余个年头。十余年当中，我无数次地穿行在这座城市的古老街巷（这座城市的古老街巷，都有着极生活化的、充满烟火气的名字：棉花巷、帽儿巷、羊市街、米市街，等等，它们是这座城市里平民生活的表征），从那些苍老的古槐下经过，在风中停驻，吃尽太原面食。

山西面食全国闻名，而面食品种之丰富，尤以太原地区为最，据说总数达280种之多。太原人出门在外，向人介绍自己的家乡，百分之一百会提到面食；而太原人在外地开饭店，十有八九开的都是面食馆……如果在宋代，这280多种面食会有一个名称：汤饼。宋人吴处厚《青箱杂记》说："汤饼，温面也，凡以面为食煮之，皆谓之汤饼。"煮着吃的面食，宋人都叫"汤饼"。那么，如果在宋代，太原面食都得改叫"太原汤饼"……庞大的面食族群当中，最值得一提的是刀削面。削面师傅和好了面，平摊在一张长方形的光洁的木板上，一头用左手端了，一头抵在颌下，似乎一场小提琴独奏音乐会即将开演——右手起处，面条像无数的音符，踏着欢快的节奏，跃入锅中……好的师傅削出来的面条又细、又薄、又长，而且柔软、光滑、内虚、外筋。有机会到太原来的朋友，那是一定要尝的美食。

这是座平民化的城市，它甘洌而醇厚。因为风，因为人，因为酒，因为面。物换星移，岁月更迭，太原人仍然津津有味地生活在这座建于2500多年前的城市里。

聚会接近尾声的时候，服务员问我们主食来点什么？大家或者要一小碗白面（小麦粉）剔尖，或者要一小碗红面（高粱粉）擦尖。面食和汾酒是绝配——汾酒使人飞升，脱离日常；而面食使人下坠，回归现实。我们终归要回到生活当中去……如果哪一天我喝醉了酒，以为自己到了宋代，回答说洒家要一碗"汤饼"，服务员的眼睛肯定会瞪得赛过酒杯，以为时空错乱，自己不小心来到了另外一个维度。

2

宋代的汤饼，在当时的市井百姓中，还有另外一个名称：面。

幽兰居士《东京梦华录》卷四"食店"条载："大凡食店，大者谓之分茶……"所谓"食店"，大体相当于我们今天所说的饭店。宋代东京大点的饭店都叫"分茶"——并不真的分什么茶，客人可以去那里吃饭。与"食店"相对的是"酒楼"。客人去酒楼主要为饮酒，当然，酒楼也会有丰富的下酒菜。本地"食店"里有面食："软羊面""桐皮面"等。软羊面，顾名思义，就是羊肉面，只是羊肉要炖得特别软。另有"川饭店"，就是四川风味的饭店。"川饭店"里边也有面食："插肉面"和"大燠面"。还有"南食店"，就是南方风味的饭店。"南食店"里边也有面食："桐皮熟烩面"。现在的河南烩面是一绝，可能跟当时的"南食店"不无关系。

如果你是个太原人，你会喜欢上宋代的汴京，那儿也有很多面食的拥趸者。

太原人爱吃面，这个尽人皆知。但究竟喜欢到什么程度呢？过去我住在筒子楼里，厨房是公用的。邻居是个"老太原"，大家管他叫老马。老马爱吃面：一天三顿，顿顿吃面。我早上起床去做早点，马夫人已经大汗淋漓地擀好了面；下午我下班回家，马夫人又在挥汗如雨地擀面；中午嘛，马夫人上班远回不来，老马自己从外边买面条吃的浇面。

从春秋末期到宋朝初年，太原有长达百余年的时间，是作为那些逝去王朝的陪都或者都城的。百余年的时间里，太原城内该是挤满了王公贵胄吧，他们提笼遛鸟，喝酒吃肉……

百余年一晃而过，王公贵胄转眼成云烟。10世纪的太原城，因为都城而面临劫难：

宋太宗太平兴国四年（979），北汉京师太原已成一座孤城。此前的北汉王朝就像遭到肢解，左膀右臂尽失。眼见大势已去，五月初六日，北汉皇帝刘继元素服纱帽，出降。北汉亡。

天下分久必合，合久必分，改朝换代本没什么可抱怨。可是对太原这座城市来说，北汉的灭亡，意味着无边的灾祸。

宋太宗灭北汉的当月，毁太原旧城，将太原改为平晋县，同时以榆次县（今山西省晋中市榆次区）为并州，又将太原城中僧、道及富户全部迁往洛阳。

五月十七日，在榆次筑并州新城。

五月十八日，这个最初叫赵光义、后来改名赵炅的宋太宗（他应该受到太原人永世的诅咒），登上太原北城楼沙河门楼，令城中居民全体迁往新并州。他派人在太原城中四处放火，将所有民居通通烧毁。"民老幼趋城门不及，焚死者甚众。"无数的太原百姓，在大火中痛苦地死去……要知道这不是在作战，太原百姓也不是作战部队！我们只能得出一个结论：宋太宗是个冷血的、没人性的东西！

太平兴国七年（982）二月，又将并州州治由榆次迁往三交寨，即现址。

在莫言的小说里，迎亲的乐器是唢呐，而在太原是威风锣鼓。主人一声招呼，鼓声便如疾风乍起，瞬时又如骤雨，如闪电，如惊雷，隆隆似战阵之厮杀,使人血脉偾张,毛发倒竖……就在这如炸雷的鼓声中,完成婚姻的所有仪式。实际上,在太原不仅是迎亲要请威风锣鼓助阵,诸如妇人生子、婴儿满月、商铺开张、周年店庆、运动会开幕、运动会闭幕、新产品上线、新成果获奖,等等,都会有威风锣鼓……威风锣鼓是当年血腥战争的遗存吗?太原人要以这种方式记忆那场骇人的毁灭吗?

北汉京师太原的居民吃面吗?应该是吧。人们的饮食结构不是一朝一夕所形成,当然,也非一成不变。据说北汉创始人刘崇的先祖是沙陀部人,沙陀是"沙陀突厥"的简称。突厥人的饮食习惯必定与中原不同,这或多或少会对太原人的饮食结构产生影响……

宋仁宗至和二年(1055),三十七岁的司马光来到太原,身份是并州通判,相当于太原市副市长。当时的太原属河东路管辖,河东路大致相当于今天的山西省。河东路属于边境省份(北边是契丹,西边是西夏),驻军比较多。司马光在太原写过一首诗《酪羹》,其中说:"军厨重羊酪,飨士旧风传。"羊酪可能就是羊肉汤——部队的大师傅,做一大锅羊肉汤。这种饮食习惯,大概跟刘崇有些关系。现在的太原有种地方小吃叫"羊杂割",太原人一年四季都喜欢吃。这种小吃估计有几分当年的遗传。羊杂割店在太原随处可见,有些有名气的店,生意极为火爆:顾客常常是排着长蛇队,而不管你多少人候着,店方总是雷打不动,只营业到下午两点。

3

宋代的面食为什么叫"汤饼"呢?

关于这一点,宋人程大昌《演繁露》卷六"蒸饼"条有解释:"《释名》曰:饼,并也,溲麦使合并也。"饼就是并,往面粉里掺水,揉搋，使合并。这样一说就好理解了。可是，你恐怕又要问：照这个道理，所有用面粉作原料的食品，岂不都可以叫饼了？没错，当时的确如此：下锅里煮的叫汤饼，上笼屉蒸的叫蒸饼，搁炉子里烤的叫胡饼……宋代的"饼"可谓一统天下，说一不二，风光得很！

宋代汴京的居民吃面放不放醋呢？反正太原人吃面必须放，其实不仅是吃面，简直可以说吃什么都离不开醋：吃饺子包子不用说了，调凉菜要放醋，做热菜也要放醋……反正是只要吃饭就离不开醋。在饭店里，别的城市可能桌子上放的是酱油，在这儿绝对是醋。由此衍生出一句：山西人爱吃醋。众所周知，这是个双关语。其实我觉得吃点醋没什么不好——吃物质的醋，杀菌消毒，增进食欲；即便是在精神层面上，也可以增进彼此感情，使生活平添不少浪漫情调……

前两天我在路上走，远远看见一个幌子，上书：武大郎炊饼。再看此武大郎，面黑如锅底，鼻子眉毛挤作一堆，这副相貌真有古武大郎之遗风！可是，有点不对——他身高八尺，魁梧健壮！一看就知道是冒牌货。当然，所谓的炊饼，你也不能指望它真——他卖的是烧饼。宋代的炊饼又叫蒸饼，就是我们今天所说的馒头。之所以称炊饼，据说是为了避仁宗皇帝的名讳：仁宗皇帝名"祯"，发音不准容易和"蒸"相混。

如果你是个太原人，你会在宋代找到知音。宋代的汤饼相当流行，甚至流行进了当时的谚语。

宋人庄绰《鸡肋编》卷中说：谚语有"巧息（媳）妇做不得没面馎饦"与"远井不救近渴"。陈无己用来作诗："巧手莫为无面饼，谁能救渴需远井？"

"远井不救近渴"，就是我们今天所说的"远水不解近渴"。大概当时的人们主要吃井水——现在城市里的居民早已不知井为何物，他们吃水靠自来水管。

"巧媳妇做不得没面馎饦",我们今天也有一句对应的谚语:巧妇难为无米之炊。巧媳妇的难事不少,但总围着锅台转。"馎饦"是什么呢?就是汤饼。欧阳修《归田录》卷二说:"……汤饼,唐人谓之'不托',今俗谓之馎饦矣。"看来馎饦就是汤饼,汤饼就是馎饦,两者是一回事。宋代巧媳妇的标准似乎是要做一手好面。如果在宋代,马夫人够得上巧媳妇。馎饦也好,汤饼也好,这句谚语我媳妇不爱听——她不爱做饭。她总说现在妇女解放了,男女平等了,擀面会把她的胳膊擀粗,炒菜会把她的脸熏黄。所以一炒菜她就赶紧叫我。炒菜总是我的事。她解放了,我不解放了。她还不满足,要把我培训成二级厨师,而且不达目的誓不罢休……那句谚语到了我媳妇嘴里,恐怕就该变成:好丈夫难为无米之炊。当然,到了宋代就该改口:大丈夫做不得没面馎饦!听起来似乎还不错:豪气冲天,气壮如牛,让人想到猛张飞或者黑旋风……

陆游《老学庵笔记》卷三讲了个故事:晏景初尚书请一和尚去做某寺院的住持,但和尚推辞不干,说资金太少,条件也太简陋,不行。景初说:"高才固易耳。"(以先生的高才,事情其实也蛮简单。)和尚说:"巧妇安能做无面汤饼乎?"景初说:"有面则拙妇亦办矣。"(要有面,拙妇也能做,还要你干啥。)和尚惭愧不已,告退。

所谓尚书,是指祠部尚书。宋代的祠部,相当于我们今天的宗教事务管理局。祠部长官称尚书。我觉得和尚那样说有点不伦不类,给人的感觉,好像他把自己比作媳妇,或者在说他自己的媳妇。身为和尚,这个可不行,和尚是不能娶媳妇的,这个众所周知——不论是巧媳妇,还是笨媳妇。这个故事说明:身处红尘之外的和尚,都知道那句汤饼谚语。

"巧妇难为无米之炊",我很早就听说过。当时我就想,这米是小米呢还是大米?起初我觉得是小米,因为在20世纪70年代的北方小城,炊大米根本无法想象——没有大米可炊。可是小米那东西,产量太低,在我的经验里,它只能做粥。用小米粥填饱肚子,是我对过往困难年月的痛苦记忆。当然,小米也不是只能做粥。在很久之后的后来,我才知道山西的少数地方也拿小米作主食的,他们把小米下锅煮,煮到刚开花就捞起来,叫作"捞饭"。但那种地方毕竟太少。所以我怀疑米是指大米。或许是建都南方的某个王朝,成就了这句谚语。

4

在宋代,面食不仅在北方流行,在南方也流行。如果以爱吃面来定义太原人,那么,宋代到处都是太原人。

陆游《老学庵笔记》卷一载:苏轼、苏辙贬官南下,在梧(即梧州,治今广西梧州市)、藤(即藤州,治今广西藤县)之间,兄弟相遇了。路边有个卖汤饼的,两人就买来吃。可是那汤饼味道差,下咽有困难。苏辙丢下筷子长嘘短叹,而苏轼已经吃光了。苏轼放下碗筷抹抹嘴,教训兄弟说:"九三郎,尔尚欲咀嚼耶?"——兄弟,你还要细嚼慢咽吗?然后,大笑而起。

苏轼是有名的美食家,却也能忍受粗恶的饮食,这一点颇神奇。四川人爱吃面,这一点与太原人接近,而且这种爱好由来已久,上文"川饭店"里就有两种面。现在的太原城里,卖面条的很多是四川人,这个恐怕跟他们爱吃面有关……广西的汤饼味道差,太原的面食可口。太原面食馆的烧梅(烧麦)是特色,太原人都应该吃过。所谓烧梅就是小包子,只是这包子个儿小,而且皮极薄,薄到几乎透明,馅儿嘛,是多汁的肉团。在太原的起凤街,据说有种蚂蚁上树面,是全国四种不同的面的组合,很别致,很好吃。老板也够热情,会向你介绍他们的面的特点……

苏轼对自己的处境很看得开,而同胞兄弟苏辙就未必了。这个例子说明,在当时的广西也有面食。据此推测,当地人应该也喜欢吃面。道理很简单:如果没人爱吃,卖汤饼的早就关门歇业啦!苏轼吃那碗汤饼的时候,肯定是狼吞虎咽的。不是因为好吃,而是因为难吃。

5

如果据苏轼的经历得出结论:当时的南方人都不会做面,那可就错了。

宋代的烹饪书《山家清供》里,记载了一种"梅花汤饼",并说当时泉州(今福建泉州)的紫帽山,曾经有位高人做过:以水浸白梅、檀香末,然后用这种香水和面,做馄饨皮。每一叠,用梅花样的模子拓。然后下到锅里,煮熟,捞在鸡汤里。每位客人,"止二百余花"。

我们小区后边的菜场里,有家四川人开的"鲜面店",其中有饺子皮卖。有一阵子我特别好奇:压面机如何压出饺子皮来?我翻来覆去地想,一连数天,睡不香,食无味,但是百思不得其解。好在此项技术并非秘不示人。有天我买面时看见:他们先把压好的面片叠起来,然后用剪掉一半的饮料罐,口朝下,摁下去,一叠饺子皮就出来啦!梅花汤饼的制法,与此相仿。

精致的碗里漂满雪白的"梅花",白梅、檀香,还有鸡汤,想来味道应该非常好……据说在太原的新建北路,有家麦子油泼面,有人是排了三个月的队才吃上一碗啊！那个味道，想来应该跟梅花汤饼有一拼……吃面用"花"作单位，我还是头一回听到。你不得不佩服这位老兄的生活情调，高人就是高人，这种吃法值得一试。不过，我觉得还应该撒上葱花，最好，再有两根绿菜在"梅花"中间，若隐若现……据说在太原桃园南路的某条巷子里有一家小拉面馆，那里的卤猪手、鸡脖、溜肥肠相当不错，如果来上二两汾酒，喝好了再来一碗小拉面，就是给个神仙也不干啦！

2009年3月10日于太原听风山房

茄瓠

早上去小区后面的菜场买菜，门口有老乡在卖瓠——我们的小区靠近城市的最东边，经常有老乡挑了自家种的蔬菜水果来卖。由此我想到，在宋朝的东京汴梁，四月有"茄瓠"初出上市。

宋朝的夏历四月，有个很重要的节日：四月八日，佛生日。佛的生日不仅是僧人们的事情，市井百姓往往也参与其中，佛生日实际是个大众的节日。幽兰居士《东京梦华录》卷八"四月八日"条说：四月八日这一天，东京汴梁"十大禅院，各有浴佛斋会，煎香药糖水相遗，名曰：浴佛水"。各大寺院都有浴佛斋会，斋会上有"浴佛水"奉送。这种"浴佛水"不是刷洗石佛的脏水，而是用香药煎成的糖水。

该条又说：当月"茄瓠"初出上市，"东华门争先供进，一对可直（值）三五十千者"。东华门是皇宫的东门，那儿因而形成一个市场，皇宫日常一应所需，都在那里采购。三五十千在宋代可是一笔数目可观的钱，要知道当时饭店里的一碗羹，才值十五文。

瓠在今天的北方已少见，但在宋代，它却是重要的蔬菜。

汴梁有不少的"瓠羹店"。这种"瓠羹店"似乎随处都是，遍布东京汴梁的大街小巷。《东京梦华录》卷二"东角楼街巷"条说，在宋代京师汴梁皇宫的东南角街巷，有"徐家瓠羹店"；而卷三"大内前州桥东街巷"条又说，那儿有"贾家瓠羹"。用瓠作羹，而且有专门的店，这在今天已难想象。当时瓠的用量应该不会少。

这种瓠羹店似乎专做早点生意。《东京梦华录》卷三"天晓诸人入市"条说，每日交五更，东京各寺院的行者就打铁牌子或者木鱼，沿门报晓。这些行者各管一片：早晨报晓，白天化缘。这时候的城市就醒了。上朝入市的人，就都起来了。各处的市场也开始营业："如瓠羹店门首坐一小儿，叫：'饶骨头'。"瓠羹店里的早点有些什么呢？"间有灌肺及炒肺，酒店多点灯沽卖，每分不过二十文，并粥饭点心。"有灌肺和炒肺。"分"是宋代特有的计量单位，它可以是一碗，也可以是一碟，具体要看商品的价值大小。

读者恐怕要问了：瓠羹店门口的小孩为什么叫"饶骨头"呢？我们看看瓠羹店的装潢，就会明白。《东京梦华录》卷四"食店"条说：又有瓠羹店，门前以檀木结缚如"山棚"，"上挂成边猪羊，相间三二十边"。"山棚"形制上类似北方夏天西瓜地里看瓜人住的瓜庵。此处的"山棚"显然够高大也够结实，因为上边要挂二三十扇猪羊肉。那些猪羊肉应该不仅仅是用来装饰门面的饰物，因为那太奢侈，而且也太缺乏美感；应该也不是直接当生肉卖的，因为汴梁城里有专门的肉店。它们大概是店里的原料。早点的灌肺、炒肺，应该由此而来。"饶骨头"应该也由此而来。饶有增加、添加的意思。

"茄瓠"到底是什么呢？它为什么又那么贵呢？

关于第一个疑问，我可以回答说，"茄瓠"可能是一种茄形的瓠——瓠通常是棒槌形的，而"茄瓠"像茄子一样是球形的。它可能由嫁接而来，宋代的嫁接技术非常发达。关于第二个疑问，我可以回答说，因为它们稀少，物以稀为贵。

2009 年 6 月 21 日于太原听风山房

御　宴

宋人的饮食其实简单而清淡,即便有皇帝参加的御宴,同样如此。

幽兰居士《东京梦华录》所载《宰执亲王宗室百官入内上寿》,记录了一次御宴。上寿,祝寿。说具体点,就是皇帝的寿宴。皇帝的寿宴当然是当时最高级别的宴会。此次御宴的时间,在十月初二日,哪一年,没有记载,不过哪一年也一样,因为御宴有定制。宋徽宗十月初十日生,此次寿宴的主角,就是他。我们都知道,这种场合往往形式的成分会比较大,就是说大家主要不是去吃去喝,而是去完成一定的仪式。因此每一盏酒都有歌舞杂技,这是主要的,吃喝在其次。我们的兴趣正好相反:歌舞杂技不去管它,我们只谈吃喝。

御宴的地点是在集英殿。"宰执、禁从、亲王、宗室、观察使已上,并大辽、高丽、夏国使副,坐于殿上;诸卿少百官诸国中节使人坐两廊;军校以下排在山楼之后。"这是个讲究身份的场合,级别不同,所坐的位置也不同。所有人都已按规定就座。

来看各位面前的吃喝:"每分列环饼、油饼、枣塔为看盘,次列果子。惟大辽加之猪羊鸡鹅兔连骨熟肉为看盘，皆以小绳束之。又生葱韭蒜醋各一碟。三五人共列浆水一桶，立杓数枚。"看来御宴实行的是分餐制，各人吃各人的，不像现在好多人坐一张桌子。这一点很符合卫生，因为不容易传染肝炎。环饼就是馓子。油饼、枣塔，不知道是什么东西。当时的辽国大概以吃肉为主，没肉不算吃饭，所以辽国使节面前的"看盘"特别增加熟肉。"看盘"只是摆摆样子，不能吃的。能吃的只是"果子"。"果子"并非水果，是一系列点心，基本都是些素食。这个词有些地方还在用，比如我们早晨上班，如果匆忙，来不及在家里吃早饭，会在门口来上一个"煎饼果子"，就是鸡蛋煎饼里边卷根油条。每人面前都有几个碟子：生葱、韭、蒜、醋。吃东西就葱，这习惯有点像山东人。当然，爱吃醋又有点像山西人。前两盏酒，下酒的就是这些"果子"。

到了第三盏酒，肉来了："凡御宴至第三盏，方有下酒肉、咸豉、爆肉、双下驼峰角子。"

第四盏，下酒的有"炙子骨头、索粉、白肉胡饼"。

第五盏，"下酒群仙炙、天花饼、太平毕罗、干饭、缕肉羹、莲花肉饼"。

第六盏，"下酒假鼋鱼、蜜浮酥捺花"。

第七盏，"下酒排炊羊、胡饼、炙金肠"。

第八盏，"下酒假沙鱼、独下馒头、肚羹"。

第九盏，"下酒水饭、簇钉下饭"。

然后，皇帝离座，御宴就结束了。

每样吃喝解释起来都是一篇文章，以后再细说。总的感觉，宋代御宴的吃喝和我们现在的八大菜系根本没法比。宋人的吃法很"贫农"。

我总感觉我们对宋人有误解，比如饮食，现在说来似乎当时多么多么穷奢极侈，实际恐怕不是那么回事。《东京梦华录》《都城纪胜》等书，基本都是北宋亡国以后，文人士大夫的追记之作，里边寄托了他们浓浓的故国之思。就好像我们羁旅在外，对故乡的回忆总是美好的一样，他们对故国京师汴梁的回忆，都带有很多的美化成分，包括吃喝。此外，南宋定都杭州，当时的杭州偏居东南，自然与经营了上百年的汴梁，不可同日而语。相比之下，北宋的东京汴梁，自然就好得不得了，汴梁的吃喝也是好得了不得。

2009 年 8 月 20 日于太原听风山房

夜　宴

我们来说一席千余年前的夜宴，它喧嚣在著名的《韩熙载夜宴图》中。

先来说这幅画。关于此画，宋人沈括《梦溪笔谈》卷四记道："世人画韩退之，小面而美髯，著纱帽。此乃江南韩熙载耳，尚有当时所画，题志甚明。熙载谥文靖，江南人谓之韩文公，因此遂谬以为退之。退之肥而寡髯。元丰中，以退之从享文宣王庙，郡县所画皆是熙载。后世不复可辨，退之遂为熙载矣。"当时人把韩愈和韩熙载搞混了，画出来的韩愈实际都是韩熙载。这种事我们现在也有。沈括说得模糊，"当时所画"，似乎是指《韩熙载夜宴图》，当然，也可能另有所指。

众所周知，此画卷历代传为五代南唐顾闳中所绘。如元代泰定年间人赵升跋此画卷出处时说："顾闳中，南唐人，事后主为待诏。善画，独见于人物。是时中书舍人韩熙载，以贵游世胄，多好声妓，专为夜饮。虽宾客杂糅，欢呼狂逸，不复拘制。李氏惜其才，置而不问。声传中外,颇闻其荒纵。然欲见樽俎间觥筹交错之态度不可得,乃命闳中夜至其第窃窥之,目识心记,图绘以上之。此图乃闳中之所作也。"南唐人韩熙载颓废,好声妓,为夜饮。后三李煜惜其才,不闻不问。但想见其夜宴之情状,于是命待诏顾闳中夜至韩府窥看,随后凭记忆绘成此图。

但是,沈从文先生《中国古代服饰研究》认为,此画应成于北宋初年南唐亡国以后。换句话说,这个画卷即便真的出自顾闳中之手,那也应该是北宋画家顾闳中,而不是南唐画家顾闳中。为什么呢?沈先生提出三个证据:

证据一,席面所用酒具注子和注碗是成套使用的,这是典型的宋式,不仅画作中常见,实物也常见。图中的家具器皿也都近似宋代北方常见物,河北巨鹿曾有实物出土,《清明上河图》《便桥会盟图》《胡笳十八拍图》及赵佶《文会图》等画中的茶楼酒馆,多使用同式的桌椅。

证据二,从座中男子的服色判断,更应当是宋初南唐亡国以后不久的作品。宋代王栐《燕翼贻谋录》卷四说:"江南初下,李后主朝京师,其群臣随才任使,公卿将相多为小官。惟任州县官者仍旧。至于服色,例令服绿,不问官员高下,以示别于中国也。"南唐初降时,其官员全部留用,但一概服绿。同卷又说,太宗淳化元年(990)正月戊寅赦文称:"应诸路伪授官,先赐绯人止令服绿,今并许仍旧。其先衣紫人,任常参官亦许仍旧。"由此可知,南唐诸臣官服有绯、紫等色,但入宋以后,淳化以前,照法令一概只许服绿;淳化元年大赦以后,才许依照官品服绯、紫,和宋朝官员相等。图中男子一概服绿,可作此画成于南唐亡国入宋以后的一个有力旁证。因为如为南唐时所画,不可能那样配合宋朝的禁令。

证据三,"叉手示敬"是两宋制度,画作中凡闲着的人,都叉手示敬。

回头来说赵升的题跋。赵升的题跋起码说明，此画在元代泰定（1324－1328）年间就是那个样子了。赵升讲到了韩熙载和南唐后主李煜，但他讲得不够清楚：似乎南唐后主李煜有心颓废，正好拿韩熙载做榜样，他对韩熙载的颓废不闻不问，却关心夜宴的具体细节。赵升大概不是史家，他也不读史书。韩熙载的事迹，《宋史》有记载。

《宋史》卷四百七十八说：

韩熙载字叔言，潍州北海（今山东省潍坊市）人。他曾是个有才华的青年："后唐同光中，举进士，名闻京、洛。"出身也不错："父光嗣，为平卢军节度副使"，可以算是高干子弟。同光末，青州发生兵变，"逐其帅符习，推光嗣为留后"，似乎喜从天降。但是天有不测风云："明宗即位，诛光嗣。"韩熙载为避祸，奔江南，历任吴国滁、和、常三州从事。从事是州的属官。

李昪建立南唐后，韩熙载为秘书郎，"令事其子景于东宫"，李昪让他做了太子李景的属官。李景即位，迁虞部员外郎、史馆修撰。熙载自言："受昪知遇，不得显位，是以我属嗣君也。"韩熙载很聪明，他能变劣势为优势：李昪未重用他，意思是要让李景重用。"遂上章，言事切直，景嘉纳之"，韩熙载直言极谏，李景对他欣赏有加。"又改吉凶仪礼不如式者十数事"，订正错误仪礼十多处。他的作为使权臣警惕起来："大为宋齐丘、冯延巳所忌。"

韩熙载的运气好，不久，机会又来了。"昪将葬，以熙载知礼，令兼太常博士。"当时南唐草创，典章制度很不健全，"议者以昪继唐昭宗之后，庙号合称宗"。而韩熙载"以为古者帝王己失之，己得之，谓之反正；非我失之，自我复之，谓之中兴，中兴之君庙号宜祖。以为昪兴既坠落之业，请号烈祖"。韩熙载很会抓机遇，送了个顺水人情，提高了李昪的地位。"景由是益加恩礼，擢知制诰"，提高了老子的地位儿子自然高兴，李景因此对他更加优待，升他为知制诰。但是"熙载性懒慢，朝直多阙，未几罢去"，他性格散漫，纪律性差，不久就被停职了。

后晋开运（944－947）末年，中原多事，无暇南顾，而南唐兴盛，大臣陈觉、冯延鲁主张讨伐闽国，结果却吃了败仗，师败而还。但李景并不问罪。韩熙载与徐铉共同上疏，请依法治罪。陈觉、冯延鲁是宋齐丘的同党。韩熙载因此遭到宋齐丘的排挤，被贬和州司马。韩熙载在南唐基本相当于白手起家，要撼动权臣，自然殊非易事。很久以后，召为虞部郎中、史馆修撰，拜中书舍人。

然后就到了最关键的时节：韩熙载文章好，"江东士人、道释载金帛以求铭志碑记者不绝"，出大价钱请他写墓志铭之类文字的人络绎不绝。他又屡获赏赐，钱对他来说不是问题了。"由是畜妓妾四十余人，多善音乐，不加防闲，恣其出入外斋，与宾客生徒杂处。"韩熙载有魏晋士风，有了钱就养妓妾，而且管理宽松，妓妾可以与宾客等接触。李煜因他尽忠言事，打算任为宰相，"终以帷薄不修，责授右庶子，分司洪州"，最终因为他的私生活问题，反将他贬官了。"熙载尽斥诸妓，单车即路"，韩熙载似乎下了挺大的决心，他要改邪归正了。于是，"煜留之，改秘书监，俄而复位"，李煜对他很宽容，又让他官复原职。可是，"向所斥之妓稍稍而集，顷之如故"，韩熙载很快故态复萌，被遣散的妓妾又重新回来，不久就一切照旧了。李煜叹道："吾亦无如之何！"李煜也拿他没办法。迁中书侍郎、光政殿学士承旨。宋开宝三年（970），卒，年六十。李煜大为痛惜，赠左仆射、平章事，谥文靖，葬于梅岭冈谢安墓侧，并命徐锴集其遗文。

韩熙载的事迹基本就是这样。

有一种说法认为，南唐后期朝政日非，韩熙载那样做是为了逃避宰相的任命。这种说法可疑。从韩熙载之前的表现来看，他是处心积虑地要攀上高位的,所以拒绝宰相的任命,我认为不大可能。退一步讲,朝政日非,他该努力整顿才对。而且,都国将不国了,他又能逃到哪里去?依我看,韩熙载的一贯做派就是那样,他不是故意作秀。

我们再回到夜宴。传世的《韩熙载夜宴图》,可能是宋初画家的仿品,其中的宴饮部分反映的,是宋初北方的饮食习惯。

来仔细端详画卷。画卷设计了听乐、观舞、休息、清吹、宾客酬应五个场景。第一段,听乐,韩熙载安坐榻上,与众宾客听琵琶。第二段,观舞,韩熙载击鼓,与众宾客观舞。第三段,休息,韩熙载盥手,休息。第四段,清吹,韩熙载持扇箕坐,听诸妓吹奏。第五段,宾客酬应,夜阑更深,韩熙载扬手告退。

从整个画卷来看,宴饮是次要的,音乐和舞蹈才是主要的。韩熙载及众宾客的注意力都集中在节奏和舞姿上,吃喝不过是摆摆样子。古人的夜宴很雅致的,不是只有吃喝而已。

来看那些精致的盘盏吧。宴饮只出现在第一段,这似乎可以说明宋人的晚餐时间是较早的。主客面前共有三张桌案,案上陈列的食物一式三份,都是八品:四个高足的浅碗,外加四个小碟子。有一碗的颜色是鲜红的,很惹眼,仔细看,是带蒂的柿子。有一碗是白色的扁圆球形的东西,像是外面裹了米粒的饼子。其他看不清楚是什么。案上不见有筷子、叉子一类的餐具,这说明那些食物都可以用手直接拿来入口。只有韩熙载面前有酒壶和酒杯,其余一概没有。宋人的宴会就是这样简单。

关于宋人宴会的形制,我们还可以从北宋的"洛阳耆英会"和"真率会"上,得到更多的知识。这两个会,司马光都有参加。

先说"洛阳耆英会"。宋神宗元丰五年(1082)正月,时兼西京留守的文彦博,"悉集士大夫老而贤者",为"洛阳耆英会"。司马光受命记其事，于是有《洛阳耆英会序》。

根据司马光的记载，"洛阳耆英会"除司马光、王拱辰外，其余十一个成员分别为：富弼（字彦国，七十九岁）、文彦博（字宽夫，七十七岁）、席汝言（字君从，七十七岁）、王尚恭（字安之，七十六岁）、赵丙（字南正，七十五岁）、刘凡（字伯寿，七十五岁）、冯行己（字肃之，七十五岁）、楚建中（字正叔，七十三岁）、王慎言（字不疑，七十二岁）、张问（字昌言，七十一岁）、张焘（字景元，七十岁）。"洛阳耆英会"活动似乎多在户外。邵伯温《邵氏闻见录》卷十说："洛阳多名园古刹，有水竹林亭之胜，诸老须眉皓白，衣冠甚伟，每宴集，都人随观之。"集会成了当时洛阳一景。

耆英会的会约中提到宴会的饮食："为具务简素，朝夕食各不过五味，菜果脯醢之类共不过二十器。酒巡无算，深浅自斟，饮之必尽。主人不劝，客亦不辞。逐巡无下酒时作菜羹不禁。"就是说酒菜一定要简单，早晚的主食各不超过五种，副食总共不超过二十盘，酒看个人的量，随便，不死劝，下酒菜没了，可以做些菜羹，不限。宋人的饮食简单，这一点《韩熙载夜宴图》和耆英会的会约可以互证。

司马光后来退出了耆英会，另组"真率会"，此会的成员有：司马光、司马旦（字伯康）、席汝言（字君从）、王尚恭（字安之）、楚建中（字正叔）、王慎言（字不疑），以及叔达。另外，成员可能还有范纯仁（字尧夫）、鲜于侁（字子骏）。

关于饮食，"真率会"也有约定，据《邵氏闻见录》卷十的记载，约定是这样："酒不过五行"，即斟酒不超过五遍；"食不过五味"，即主食不超过五种；"惟菜无限"，即蔬菜不作限制。与耆英会相比，多了酒上的限制，也没有再提到果、脯、醢，显然，标准降低了。

脯是干肉，醢是鱼肉等制成的酱。"洛阳耆英会"因为是在白天，所以有这些东西。韩熙载的是夜宴，就没有这些了，他们只是就着柿子饮酒。

2009年10月18日星期日写于听风山房

宋朝的新年

过几天就是新年,鞭炮声零零星星地传来,城市里的年味越来越浓了。让我们到宋朝去过个新年吧。

王安石有诗《元日》,写的是大年初一:

爆竹声中一岁除,
春风送暖入屠苏。
千门万户曈曈日,
总把新桃换旧符。

看来,宋朝的新年也是有鞭炮的。想来宋朝的京师汴梁,新年也应当是鞭炮声声、红屑遍地了吧。至于小孩子,大约和我小时候一样,最先沉浸在年的气氛中:战战兢兢凝神屏气去点燃炮捻儿,然后拼命地跑开,随着一声震耳欲聋的炸响,无比幸福的笑容在一张张小脸上同时绽放。

小时候过年，头等大事似乎就是放鞭炮。从进入腊月开始，就一分两分地攒钱。不过最终，穷我们之财力，也只买得起一挂一百响、顶多二百响的小鞭。然后，把它藏在一个稳妥的地方，每天要好几遍地查看，看看它们还在不在，少了没有。这样一种揪心的幸福一直漫长地持续着，直到大年初一的早上。为了让快乐最大限度地持续，只有化整为零，把鞭拆开，一个一个小炮单独地放。当我们身穿新衣、手拿香炷、怀揣鞭炮庄严出门的时候，俨然是去参加一场盛大的典礼。

　　宋朝的新年没有春联，这似乎是个遗憾。但宋朝的新年并不缺少喜庆的氛围：除了王安石提到的桃符，还有一种幡。宋人陈元靓《岁时广记》卷五引《皇朝岁时杂记》："元旦以鸦青纸或青绢剪四十九幡，围一大幡，或以家长年龄戴之，或贴于门楣。仲殊《元日》词云：'椒觞献寿瑶觞满，彩幡儿轻轻剪。'又云：'柏觞潋滟银幡小。'"那种幡的形制想来应当精致，贴了彩幡的门楣一定会很热闹。

　　还有屠苏。屠苏是什么呢？是一种酒。宋人赵彦卫《云麓漫钞》卷八说："正月旦日，世俗皆饮屠苏酒，自幼及长……"可为什么叫屠苏呢？它究竟是一种什么酒呢？人们又为什么要在正月初一喝这种酒呢？

　　《云麓漫钞》卷八又说："（屠苏）或写廇麻，《千金方》云：'廇麻之名不知何义？'"看来屠苏的意思，在唐代药王孙思邈那里，已经搞不清楚了。但赵彦卫有新的发现。南梁的宗懔《荆楚岁时记》说："是日（正月初一）进椒柏酒，饮桃汤，服却鬼元，敷于散，次第从小起。"赵彦卫认为屠苏就是这里的"敷于"："敷于"因为人们读音错误，以讹传讹，遂成屠苏。我现在在想，这两个词的读音相差这么远，怎么读错也错不成另一个呀！不过，古今字音不同，大概它们当时是相近的吧。

关于屠苏的来历，宋人陈元靓有另一番解释。陈元靓《岁时广记》卷五引《岁华纪丽》说："俗说屠苏者草庵之名也。昔有人居草庵之中，每岁除夕，遗里闾药一贴，令囊浸井中。至元日，取水置于酒樽，合家饮之，不病瘟疫。今人得其方而不识名，但曰屠苏而已。"陈元靓的意思，屠苏当初是一草庵的名字，后来便用作那种药方名称了。由此看来，屠苏酒当是一种药酒。人们正月初一喝它，是为了预防瘟疫。

宋朝的新年，鞭炮放了，桃符换了，屠苏酒也喝过了，我们来看看还有什么好玩的节目吧。

幽兰居士《东京梦华录》卷六载："正月一日年节，开封府放关扑三日。士庶自早，互相庆贺。"宋朝的新年里，大家一早起来就相互庆贺。当然大家不能光是拱手，吃在任何时候都不会缺席。陈元靓《岁时广记》卷五引《风土记》说："正元日俗人拜寿，上五辛盘、松柏颂、椒花酒、五熏炼形。五辛者，所以发五脏气也。"这里的拜寿应当是指拜年。大家互相拜完年，宾主落座，一边彼此说些吉祥的话，一边随手拣些东西来吃。"五辛盘"应该比较刺激吧？"椒花酒"是一种酒了。"松柏颂""五熏炼形"这是些什么？现在已经很难想象。宋人庞元英《文昌杂录》卷三又说："唐岁时节物，元日则有屠苏酒、五辛盘、咬牙饧……"又说："今岁时遗问略同。"屠苏酒、五辛盘都说过了。饧是用麦芽之类熬成的糖稀，"咬牙饧"，为什么咬牙？是因为它比较粘牙吗？还有一种"索饼"。陈元靓《岁时广记》卷五引《岁时杂记》："元日京师人家多食索饼，所谓年馎饦者，或此类。"所谓索饼，我怀疑就是我们今天的麻花。

拜过了年，吃过了那些东西，然后就该出门去"关扑"了。初一至初三，正是宋朝的汴梁城最热闹的时候。这和我们现在的习惯可大不相同：正月初五之前除了走亲戚，我们通常可是不出门的。

需要解释下的是"关扑"。什么是"关扑"呢？简单点说就是带赌博性质的买卖。这种形式的买卖当时国家是允许的，但在北宋只有特定的节日才可以，到南宋就随时随地了。既是赌博，自然会有风险。宋人洪迈《夷坚志补》卷八"李将仕"条说：某生见一人手持永嘉黄柑从门口经过，就喊住和那人"关扑"。可是他运气坏，输万钱，气自然不打一处来，嚷嚷说："坏了十千，而一柑不得到口！"这位应该算是特别倒霉的。

当时的买卖人，很多身负绝艺的。《说郛》卷十九载：京师一卖饧的，做一大圆盘，直径三尺许，上边画禽鱼器物数百枚，"长不过半寸，阔如小指，甚小者只如两豆许。禽之有足，鞋之有带，弓之有弦，纤悉琐细，大略皆如此类"。以针作箭，别以五色羽毛。转动圆盘，买者投一钱，然后取箭射，射中得饧。往往数箭齐发，圆盘仍在转动中，卖饧的就唱道："白中某，赤中某，余不中。"待圆盘停下，竟是真真如此。卖饧的又自己射，原来射中禽之足，绝不使中禽之翼，原来射中弓之弦，绝不使中弓之弰，与买者之前所中，竟是不差毫厘。这样的绝艺真不知道他是怎么练出来的！

现在想来，"关扑"这种形式，在我小时候还有遗留。像今天一样，那时候的小学校门口总会有很多小商贩，卖些铅笔橡皮或者零食小吃之类。每逢课间或者下学，那些商贩总是学生们趋向的中心。当时有位老头，他就有上文描述的那种圆盘和针箭，不过圆盘没有那么大，也就直径一尺吧，他的画艺也一般，只是将圆盘用直线分开。他把要销售的商品写进那些格子里，当然圆盘上会有更多的空格。这一套装置都是架在他的自行车后座上的。我们只要掏一分钱就有权利射一箭，射中什么得什么。如果你射中的是空格，那就自然是对不起，什么也没有了。

言归正传，还说宋朝的新年。宋朝的新年可谓声势浩大。幽兰居士《东京梦华录》卷六载:"坊巷以食物、动使、果实、柴炭之类,歌叫关扑。如马行、潘楼街,州东宋门外,州西梁门外甬路,州北封丘门外,及州南一带,皆结彩棚,铺陈冠梳、珠翠、头面、衣着、花朵、领抹、靴鞋、玩好之类,间列舞场歌馆,车马交驰。"沉浸在新年里的汴梁城,简直就是狂欢的海洋,到处是忙着"关扑"的人们,歌叫之声,响彻云霄。傍晚,贵家妇女也加入狂欢的行列,她们或看人们"关扑",或入市店饮宴,全凭个人兴致。即便是穷人,"亦须新洁衣服,把酒相酬尔",也要把自己打理干净,停下一年的奔忙,喝点酒,轻松一下。

2009年1月20日22时18分写于太原听风山房

上元狂欢夜

我们今天的正月十五元宵节，宋朝的人们更多地称它"上元节"。据说，这是因为道家以正月十五为上元。当时，道教可谓国教，它在人们日常生活中的重要性，今日已难想象。

在我的老家晋南，人们通常会这样度过元宵节：傍晚，一家人围坐在一起吃元宵；夜幕降临，去看耍龙灯、耍狮子；夜深沉，手挽着手，去观灯。元宵节的灯笼比天上的星星还要多，人间的狂欢达到沸点。

宋朝的上元狂欢夜，有过之无不及。

我们知道，宋代的宫城，即皇宫大内，大致位于京城的正中。它周围五里，南三门：中为宣德，东为左掖，西为右掖。自宣德楼南去，是"御街"，御街宽二百余步，两侧是"御廊"，旧许于其间买卖，后来禁止。宣德门和御街，形成上元狂欢夜的轴心。

关于御街还可以有如下补充：它的形式大于实用。御廊下两边各安立黑漆"杈子"，靠里又安立朱漆"杈子"两行，中心是"御道"。所谓"橵子",俗名"挡众",又名"叉子",其形制和用意从字面上一望可知。这些安放在御街上的"橵子",好像我们今天马路中间的护栏。如今我们在城市里走路,如果需要穿马路又怕费鞋,有些人就会选择"跨栏"——当然,这不值得提倡,因为今天的城市里,车流太过密集,车速也太快,假如运气不好,会被撞翻。宋朝的御街当然没有奔腾不息的车流,但跨"橵子"同样危险,因为"御道"乃皇帝专用,通常严禁其他行人车马通行。行人必须在廊下黑漆"橵子"之外。需要提及的是,尽管御街缺乏实用,但它的绿化值得我们向往:朱漆"橵子"以里,有砖石砌就的御沟水两道,宣和年间(传说中水浒英雄们出没的年代),尽植莲荷,近岸则遍植桃李梨杏,杂花相间,春夏之间,"望之如绣"。假如今天的城市里拥有几条这样的街道,那么这个城市得"联合国人居奖"的几率会很大。

古人的节日,比我们要隆重得多。据幽兰居士《东京梦华录》卷六记载:

大内前,自年前冬至后,开封府就开始结缚"山棚"。"山棚"正对宣德楼。"山棚"的形制,想来应该同北方西瓜地里看瓜人住的"瓜庵"相仿佛,只是"山棚"极高大,是放大版的"瓜庵"。蔡绦《铁围山丛谈》卷一说:"国朝上元节烧灯……为彩山峻极而对峙于端门。"究竟有多高大,我们下文再说。

民间艺人则云集御街:"御廊"下奇术异能、歌舞百戏,鳞次栉比,乐声嘈杂达十余里;"击丸蹴鞠,踏索上竿,赵野人倒吃冷淘,张九哥吞铁剑,李外宁药法傀儡,小健儿吐五色水,旋烧泥丸子,大特落灰药,榾柮儿杂剧,温大头、小曹嵇琴,党千箫管,孙四烧炼药方,王十二作剧术,邹遇、田地广杂扮,苏十、孟宣筑毬,尹常卖五代史,刘百禽虫蚁,杨文秀鼓笛。更有猴呈百戏,鱼跳刀门,使唤蜂蝶,追呼蟣蚁,其余卖药卖卦,沙书地谜,奇巧百端,日新耳目。"

"冷淘"据说就是凉粉，倒吃？是赵野人大头朝下吞吃凉粉吗？杂技表演是当时人们的主要娱乐项目之一，也是节日表演的重要内容。当时的人们有了闲暇做什么？大概就是吃酒听曲看杂技。这样的背景使得杂技空前繁荣，根据宋人笔记记载，它的种类之多、技艺之绝，令人叹为观止。

至正月初七，灯山（即"山棚"）上彩绸金碧辉煌，锦绣交辉。面北以彩绸结"山沓"，上绘神仙故事，或坊市卖药、算卦之人；彩山左右以彩绸扎制文殊、普贤二菩萨，跨坐狮子、白象，菩萨各于手指出水五道，其手摇动；用辘轳绞水上灯山尖高处，用木槽储存，逐时放下，有如瀑布。关于"山棚"我们还有如下补充："山棚"上不仅有绸质的菩萨，还有鲜活的"名娼"。所谓"名娼"，就是身怀绝艺的女艺人，当然她们面容姣好，如果实在要和今天有所对应的话，我会说她们大约就是宋朝的演艺界明星。这些女艺人在山棚上，作各种表演。陈元靓《岁时广记》卷十引《皇朝岁时杂记》说："……又左右厢尽集名娼，立山棚上"，皇帝车驾出时，"山棚棘盆中百戏皆作"。山棚可真是个热闹的所在，它基本相当于空中的舞台兼乐池。想象一下，丝竹之声从空中飘渺而下，听来一定有如仙乐。

又在左右门上，各以草把扎制草龙，再用青色的帐幕遮笼，然后在草龙上密置灯烛数万盏，远望如双龙蜿蜒。自灯山至宣德楼之间的横大街，宽百余丈，以棘刺围绕，叫作"棘盆"。内设两长竿，高数十丈，用彩绸缠绕，以纸糊百戏人物，悬于竿上，风起，宛若飞仙。"棘盆"中设乐棚，衙前乐人（官府乐队）奏乐表演。其中又有"左右军百戏"，就是京师民间艺人的各色杂技表演。想象中左右门上的双龙，应该有今天的霓虹灯效果。长竿及飞仙，可是从旗帜得来的灵感？"棘盆"是又一个大舞台兼大乐池。

皇帝和嫔妃们在宣德楼上观看，宫嫔嬉笑之声，下边都听得到。

那时候的老百姓,或许是距离皇帝最近的吧。

宣德楼下用檀木垒成露台一所,围栏束彩绸,两边禁卫排立:锦袍幞头簪赐花,手执骨朵子(古兵器,后用作仪仗,俗称"金瓜"),面对乐棚。教坊钧容直(军乐队)、露台弟子,轮番表演。靠近宣德门,也有内等子班直排立。内等子相当于皇帝的警卫连成员。老百姓都在露台下观看;乐人时引百姓,山呼万岁。宋朝上元节的夜晚,就像在开一场盛大的音乐晚会!

上元之夜,宋朝的京师汴梁也挂灯笼,而且一挂就是五个晚上。宋人蔡绦《铁围山丛谈》卷一载:上元节张灯,各地都是三夜,唯独京师五夜——自正月十四日至正月十八日。京师多出的两夜,据传是因为蜀孟氏初降,正当乾德五年(967)的正月,宋太祖赵匡胤因为年丰时平,纵军民狂欢,诏开封府特增两夜,自此成为惯例。五个晚上,真是好阔气!

宋朝的上元夜应该是灯烛辉煌、亮如白昼吧。可是,有些什么稀奇的灯笼呢?《东京梦华录》卷六说,两朵楼挂灯笼各一,"约方圆丈余,内燃椽烛"。直径一丈多,该是多大的灯笼!"椽烛"又该是多粗的灯烛!还有种莲花灯,它的做法宋人有记载。陈元靓《岁时广记》卷十引《岁时杂记》说:"上元灯檠之制,以竹一本,其上破之为二十条,或十六条,每二条以麻合系其梢,而弯曲其中,以纸糊之,则成莲花一叶,每二叶相压,则成莲花盛开之状,爇灯其中,旁插蒲捧荷剪刀草于花之下……今禁城上团团皆植灯檠,犹用此制。"以整根竹子来做灯,其规模应该小不了。想象一下,宫墙上莲花盛开,该是多美的景致。

灯笼不仅是空中的风景,它也是仕女们的首饰。陈元靓《岁时广记》卷十一引《岁时杂记》说:"都城仕女有插戴灯球灯笼,大如枣栗,如珠茸之类。又卖玉梅、雪梅、雪柳、菩提叶及蛾蜂儿等,皆缯楮为之。"因此古词有云:"金铺翠,蛾毛巧,是工夫不少。闹蛾儿拣了蜂了卖,卖雪柳,宫梅好。"又有:"灯球儿小,闹蛾儿颤,又何须头面。"那些微型的灯笼以及玉梅雪梅雪柳菩提叶蛾蜂儿,想来应该生动。宋朝不同的节日,女孩子们会有不同的节日饰品,这一点颇为有趣。

这样的狂欢之夜,少了味觉的盛宴,该有多么遗憾。宋朝的人们,会来点什么犒劳自己呢?陈元靓《岁时广记》卷十一引《岁时杂记》说:"上元节食焦䭔最盛且久,又大者名柏头焦䭔。"《玉篇·食部》说:"蜀呼蒸饼为䭔。"蒸饼就是馒头,焦䭔会是用火烤熟的馒头吗?可以确定的是,卖此种食品的行头特殊:"凡卖䭔必鸣鼓,谓之䭔鼓。每以竹架子出青伞缀装梅红镂金小灯球儿,竹架前后亦设灯笼,敲鼓应拍,团团转走,谓之打旋罗。列街巷处处有之。"这样的装备招摇过市,肯定相当吸引眼球。

还有各种果子。陈元靓《岁时广记》卷十一引《岁时杂记》说:"京师贾人预畜四方珍果,至灯夕街鬻,以永嘉柑实为上味,橄榄、绿橘皆席上不可阙也。"商家总不会错过任何商机。似乎永嘉柑、橄榄、绿橘在当时已算普通。"庆历中,金柑映日果不复来 其果大小如金橘,而色粉红。"金柑映日果是什么?想来应该很可爱。"嘉祐中,花羞栗子皆一时所尚。"花羞栗子是我们今天的开口栗子吗?"又以纸帖为药囊,实干缕木瓜、菖蒲咸酸等物,谓之下酒果子。"干缕木瓜就是干的木瓜丝。宋朝人总喜欢以"果子"下酒,所谓铺下果子按酒,指的就是这些东西。

宋朝的人们,也吃元宵吗?陈元靓《岁时广记》卷十一引《岁时杂记》:"京人以菉豆粉为科斗羹,煮糯为丸,糖为臛,谓之圆子盐豉,捻头杂肉煮汤谓之盐豉汤,又如人日造茧,皆上元节食也。"糯米丸子大概跟我们的汤圆接近。有糖该是甜的吧,可为什么又是"圆子盐豉"？难道羹是咸的，而糯米丸子是甜的？"盐豉汤"肯定是一种肉汤。古人以正月初七为"人日"。"造茧"是什么？会不会就是我们现在的汤圆？

据幽兰居士《东京梦华录》载，上元节时还会有"诸般市合"：鹌鹑骨饳儿、圆子馅拍、白肠、水晶鲙、科头细粉、旋炒栗子银杏、盐豉汤、鸡段、金橘、橄榄、龙眼、荔枝，等等。宋人所说的"市合"是指节日供应食品，包括各种小吃和水果。它们"团团密摆，准备御前索唤"。皇帝会不时点菜的。而仕女游观，"中贵邀住，劝酒一金杯令退"。有些摊主会借机抬高身价："惟周待诏瓠羹贡余者，一百二十文足一个，其精细果别如市店十文者。"一碗瓠羹的价格能飞涨1100%！那些摊主们大概都在眼巴巴地盼着皇帝索唤吧。

正月十六三更之后，狂欢有了新的中心。据幽兰居士《东京梦华录》卷六"十六日"条记载：

正月十六日，至三更，皇帝回宫，山楼上下灯烛数十万盏，一时尽灭。于是，贵家车马，"自内前鳞切，悉南去游相国寺"。寺中大殿前设乐棚，"诸军"奏乐。又有新的灯笼。两廊有诗牌灯云："天碧银河欲下来，月华如水照楼台"及"火树银花合，星桥铁锁开"。此灯"以木牌为之，雕镂成字，以纱绢幂之，于内密燃其灯，相次排定，亦可爱赏"。真是独具匠心。资圣阁前，"安顿佛牙，设以水灯，皆系宰执戚里贵近占设看位"。最热闹处是九子母殿，及东西塔院惠林、智海、宝梵，那里"竞陈灯烛，光彩争华，直至达旦"。正月十六夜晚的相国寺，是个辉煌的不夜天。

其余宫观寺院，都许百姓烧香，如开宝、景德、大佛寺等处，都有乐棚，奏乐燃灯；但也有例外，"惟禁宫观寺院，不设灯烛矣"。此外，葆真宫"有玉柱玉帘窗隔灯"。

商铺也不甘落后。"诸坊巷马行诸香药铺席、茶坊、酒肆灯烛，各出新奇,就中莲华王家香铺灯火出群。"不仅如此,他们有新的招数:"而又命僧道场打花钹,弄椎鼓,游人无不驻足。"什么是"打花钹""弄椎鼓"呢?李有《古杭杂记》载:有丧人家,请僧人做佛事,必邀亲戚妇人观看,"主母"则带"养娘"随从,"养娘"先问有和尚弄花棒鼓吗?说有,则"养娘"争肯前去。"花棒鼓者,谓每举法事,则一僧三四棒鼓,轮流抛弄,诸妇女竞观之以为乐。"古人的丧事也能办得如此赏心悦目。

整个城市都沉浸在狂欢当中。"诸门皆有官中乐棚,万街千巷,尽皆繁盛浩闹。"狂欢中的人们容易迷失方向,特别是小孩子。不过,有预防措施就不怕了:"每一坊巷口,无乐棚去处,多设小影戏棚子,以防本坊游人小儿相失,以引聚之。"

为皇帝服务总有些意外的好处。比如殿前班在皇宫右掖门里,则相对右掖门设一乐棚,而且"放本班家口登皇城观看,官中有宣赐茶酒妆粉钱之类"。和我们今天一样,节日有些人必须值班——诸营班院,于法不得夜游。但他们可以就地娱乐:"各以竹竿出灯球于半空,远近高低,若飞星然。"

快乐的时光总是短暂,景色浩闹,不觉更阑。似乎是该回去的时候了,"宝骑骎骎,香轮辘辘,五陵年少,满路行歌,万户千门,笙簧未彻"。如果是在唐朝,你就不得不面临在外过夜的安排;不过在宋朝,你不会有这样的担心,因为"至十九日收灯,五夜城门不禁"。城门是彻夜不下关的。

宋徽宗宣和年间(1119-1125),曾有旨节日延长,自十二月直至上元,叫作"预赏"。这位花花公子可真是富有想象力,用一个半月作为上元节的预演。

好戏终须散场。十九日,收灯了。但没关系,人们可以相约去城外"探春"。据幽兰居士《东京梦华录》卷六"收灯都人出城探春"

条记载：

正月十九日"收灯毕，都人争先出城探春"。又说："大抵都城左近，皆是园圃，百里之内，并无闲地。"这情形相当于城外百里之内全是园林。百岁寓翁《枫窗小牍》卷下载："州南则玉津园，西去一丈佛园子、王太尉园、景初园；陈州门外园馆最多，著称者奉灵园、灵嬉园；州东宋门外麦家园、虹桥王家园；州北李驸马园；西郑门外下松园、王太宰园、蔡太师园；西水门外养种园；州西北有庶人园；城内有芳林园、同乐园、马季良园；其他不以名著约百十，不能悉记也。"不仅城外有很多园林，城内也有。宋朝的东京堪称园林城市。

宋朝东京的居民已争相出城探春。可这时节的太原正在落雪，从窗户望出去，小区的院子里许多孩子在堆雪人、打雪仗。太原的春天还早，但宋朝的东京已春意蓬勃："次第春容满野，暖律喧晴，万花争出，粉墙细柳斜笼，绮陌香轮暖碾。芳草如茵，骏骑骄嘶，香花如绣，莺啼芳树，燕舞晴空。红妆按乐于宝榭层楼，白面行歌近画桥流水，举目则秋千巧笑，触处则蹴鞠疏狂。寻芳选胜，花絮时坠金樽，折翠簪红，蜂蝶暗随归骑……"

2009年2月1日于太原听风山房

东坡肉

旧历年前,六岁的女儿打来电话,说她小姨从杭州给她捎来了东坡肉。她小姨在杭州读博士后。女儿得过敏性紫癜,遵医嘱饮食禁肉数月,眼下馋肉馋得厉害。我就打趣说:"啊!人肉?可怕!"她很认真地纠正:"傻瓜!是猪肉。是苏东坡发明的。"

苏东坡,才华横溢的食客。

没错,东坡肉是猪肉。苏东坡爱吃猪肉。

宋人邵博《邵氏闻见后录》卷三十载:经筵官资善堂会餐,东坡盛赞河豚美味。有人问河豚什么滋味。东坡答:"直那一死。"下次会餐,东坡又盛赞猪肉美味。范淳甫问:"奈发风何?"范淳甫即范祖禹,司马光编修《资治通鉴》时,他是主要助手。风,通"疯",病名。《后汉书·华佗传》说:"太祖苦头风,每发,心乱目眩。"东坡大笑:"淳甫诬告猪肉。"

苏轼、范祖禹同为经筵官,时间当在宋哲宗元祐年(1086—1094)以后,当时苏轼已成苏东坡,也就是说,苏轼已经离开黄州。

范祖禹那样问，似乎当时有传言说吃猪肉使人发疯。苏、范同为四川人，一个喜欢吃猪肉，一个却说吃了要发疯。苏轼吃猪肉的爱好，不是在家乡养成的吗？反正，苏东坡的喜欢，是有在黄州时的亲身试验做后盾的。

宋朝的猪肉是下里巴人，而羊肉是阳春白雪。

有如下事实为证。

《宋史·仁宗本纪》赞扬仁宗仁慈，说："宫中夜饥，思膳烧羊，戒勿宣索，恐膳夫自此戕贼物命，以备不时之需。"膳，进食。戕贼，摧残，伤害。为千千万万羊儿的性命，皇帝竟能忍饥挨饿一整夜。宋仁宗真是够仁慈的。

关于这件事，宋人魏泰《东轩笔录》卷三记载得详细：一日早起，仁宗对伺候他的近臣说："昨夕因不寐而甚饥，思食烧羊。"皇帝辗转难眠，感到肚子饥饿，想吃"烧羊"。侍臣就说："何不降旨取索？"仁宗答："比闻禁中每有取索，外面遂以为例。诚恐自此逐夜宰杀，以备非时供应，则岁月之久，害物多矣。岂可不忍一夕之馁，而启无穷之杀也？"比，近来。禁中，宫内。馁，饥饿。仁宗说完，左右人等，皆呼万岁。有人甚至感动得涕泗横流。顺便说一句，曾布是唐宋八大家之一曾巩的弟弟，也是王安石变法班子的主要成员。魏泰是曾布的小舅子。曾、魏关系密切。我说这些的意思是：魏泰与高官交往颇多，以上记载应当可信。

仁宗皇帝半夜饿得发慌，不要烤乳猪，只要烧全羊。为什么呢？不是因为皇帝害怕发疯，而是御厨向来只用羊肉。

宋人周辉《清波杂志》卷一载：宰相吕大防等曾向哲宗皇帝进讲"祖宗家法"："祖宗家法甚多，自三代以后，唯本朝百三十年中外无事，盖由祖宗所立家法最善……"意思是说尧舜禹以后，只有本朝百余年天下太平，原因就是祖宗家法立得好。接下来列举家法十数条。

其中关于饮食部分是这样:"饮食不贵异味,御厨止用羊肉……"

从吕大防前后所举那些家法理解,他的意思似乎是说,羊的天性会传染给吃它的人。照这样的逻辑,我该去吃大老虎——吃了大老虎,我强悍无比,声震八荒,谁都不用怕!当然,果真遇上大老虎,谁吃谁还不一定呢。

御厨有家法,民间少讲究。宋朝的京师汴梁,人们吃猪肉已普遍。

幽兰居士《东京梦华录》卷二"朱雀门外街巷"条说:京师的南薰门,因为正对皇宫大内,普通士庶的殡葬车舆,一律不许经由此门出城。但民间所宰猪,却可以由此门进京,它们大摇大摆,成群结队:"每日至晚,每群万数,止数十人驱逐,无有乱行者。"每群一万头,真是够壮观!而且,只有几十个人驱赶,却不乱跑,纪律也够好!想来,必定是赶猪人手段了得!

那些进京的猪,第二天就上市了。《东京梦华录》卷三"天晓诸人入市"条说:"每日交五更……其杀猪羊作坊,每人担猪羊及车子上市,动即百数……"动辄百数,真是够量!

我小时候娱乐活动少,没网可上,也没电视可看。因此,常去看屠户杀猪。看到热气腾腾的大锅,钩子链子哗啦哗啦响,明晃晃的杀猪刀,猪大概有预感,左冲右突地嘶叫着想要逃走。可是晚了。它已经进入埋伏圈。抓猪光靠屠夫一个是不行的,通常要请三五壮汉帮忙。三五壮汉包围了它。一个壮汉猛扑上去,将黑猪扑倒在地。其余壮汉紧跟其后,摁头的摁头,绑腿的绑腿……人喊猪嚎,响彻云霄。围猎的场面,大概也不过如此。屠户技术娴熟,工夫不大,刚才还活蹦乱跳的大黑猪,已被煺成白白净净的猪肉,悬在了架子上……关于杀猪的事就说到这儿,这事儿血腥。吃肉的时候不能想杀猪,想多了就饱了,不用吃了。

宋朝京师汴梁的肉店也别具特色。《东京梦华录》卷四"肉行"

条说:"坊巷桥市,皆有肉案,列三五人操刀,生熟肉从便索唤,阔切片批、细抹顿刀之类,至晚即有燠曝熟食上市,凡买物不上数钱得者是数。"从便,随便。肉案上生熟肉横陈,必定活色生香。小时候我生活在晋南,人们管肉店叫"肉案"。比如家里来了客,主人会说:"我去肉案上割二斤肉,咱们包饺子吃!"这个"肉案"源远流长。当时卖生肉、熟肉都在一起,想要什么随你点。屠户的刀法也足够纯熟:"阔切片批、细抹顿刀",够形象!

我们知道,苏轼因为"乌台诗案",被羁押在御史台一百多天。然后,朝廷发出圣谕,将苏轼贬往黄州,官位降低,充团练副使,不准擅离该地区,而且,无权签署公文。当时苏轼的身份是犯官,直接后果就是:他的薪水大受影响。苏轼答王巩诗云:"若问我贫天所赋,不因贬谪始囊空。"平时就大手大脚,现在更是雪上加霜。一大家子人要吃饭。诗人无奈之下,开始在黄州城外,率领全家,开荒种地。

遇上这样的事,常人多半要垮了。但苏轼是天然的乐天派。

正是此次贬谪,成就了苏东坡——苏轼从此自号东坡。而且,也成就了东坡肉。

苏东坡确是生活困难,他花钱有一个特别预算方法。《东坡全集》卷七十四《答秦太虚书》说:"初到黄,廪入既绝,人口不少,私甚忧之。但痛自节俭,日用不得过百五十。每月朔便取四千五百钱,断为三十块,挂屋梁上。平旦用画叉挑取一块,即藏去叉。仍以大竹筒别贮,用不尽者,以待宾客。此贾耘老(贾收)法也。度囊中尚可支一岁有余。至时别作经画,水到渠成,不须预虑,以此胸中都无一事。"秦太虚即秦观,苏门四学士之一。廪,官府发放的口粮。平旦,天刚亮。将铜钱吊在屋梁上,限定每日的消费,计划开支。一个月下来如有盈余,则另存于大竹筒中,用作款待好友的专费。此法值得在"月光"族中推广。

有个好消息：黄州物价低廉。苏轼在写给朋友的信中说："黄州……鱼稻薪炭颇贱，甚与穷者相宜。"在另一封信中又说："羊肉如北方，猪牛獐鹿如土，鱼蟹不论钱。"

猪肉价格低贱如土，这话我们现在听了恐怕要生气。因为在我们的城市里，猪肉不便宜。年前更是不得了，肉价飞涨。我们也想一起贬去黄州——猪肉便宜，还都是绿色食品，没有添加瘦肉精！我们天天在吃瘦肉精！这事不能想，想起来我们该绝食。

苏东坡遇上廉价的黄州好猪肉，于是发明了东坡肉。

南宋周紫芝《竹坡诗话》载："东坡性喜嗜猪，在黄冈时，尝戏作《食猪肉诗》：'黄州好猪肉，价贱如粪土；富者不肯吃，贫者不解煮。慢著火，少著水，火候足时他自美。每日起来打一碗，饱得自家君莫管。'"

富人不肯吃，穷人不会煮。这首《食猪肉诗》是苏东坡写给黄州穷人的吗？东坡肉的秘诀其实简单：小火慢炖，炖烂为止。这在穷人，不难做到。吃过东坡肉的朋友都知道，这种方法做出来的肉，肥肉不腻。前两天女儿在电话中问我几时回去，要给我吃东坡肉，肥肉，我问为什么呀，回答说肥肉香啊！就此打住，口水要流出来了。

2009年2月18日22时33分写于太原听风山房

中秋夜玩月

宋人称赏月为"玩月"。

当然,中秋之夜除了"玩月",宋朝的人们还有别的事可做。《东京梦华录》卷八"中秋"条说:"中秋节前,诸店皆卖新酒。重新结络门面彩楼,花头画竿,醉仙锦旆。市人争饮。至午未间,家家无酒,拽下望子。是时螯蟹新出,石榴、榅勃、梨、枣、栗、孛萄、弄色橙橘,皆新上市。"午时,上午十一点至下午一点。未时,下午一点至三点。宋朝东京的街市,中秋节的前几天,节日的气氛已浓:酒店重新布置门面,都卖新酒;市人争饮,下午三点以前,酒店就打烊了。中秋,新上市的水果有石榴、梨、栗、葡萄、弄色橙橘等。螯蟹,螃蟹。宋朝的人们也吃大闸蟹吗?

到了晚间,大家就都"玩月"了。《东京梦华录》卷八"中秋"条接下去说:"中秋夜,贵家结饰台榭,民间争占酒楼玩月,丝篁鼎沸。"中秋夜,有能力的人家就在自家,台榭装饰一新,合家团圆,共同赏月;老百姓则争占酒楼,去酒楼上赏月。酒楼的有利位置,想必是要提前预订的，就像我们去饭店用餐，想要包间的话，非预订不可。丝竹之声鼎沸，宋朝的人们赏月，是要有音乐的。

宋人金盈之《新编醉翁谈录》载："京师赏月之会，异于他郡。倾城人家，不以贫富，能自行者至十二三，皆以成人之服饰之。登楼或于庭中焚香拜月，各有所期。男则愿早步蟾宫，高攀仙桂……女则愿貌似嫦娥，圆如洁月。"男女各有所愿，男的愿早中进士，女的愿貌若天仙。

我们都熟悉苏轼的《水调歌头》，作者在词的小注中说："丙辰中秋，欢饮达旦，大醉。作此篇，兼怀子由。"丙辰中秋，即宋神宗熙宁九年（1076）的中秋。子由，即作者的胞弟苏辙，苏辙字子由。词人在那个中秋之夜，彻夜痛饮，结果大醉。他写下这些脍炙人口的句子，表达对胞弟苏辙的思念：

明月几时有，把酒问青天。不知天上宫阙，今夕是何年。我欲乘风归去，又恐琼楼玉宇，高处不胜寒。起舞弄清影，何似在人间。

转朱阁，低绮户，照无眠。不应有恨，何事长向别时圆。人有悲欢离合，月有阴晴圆缺，此事古难全。但愿人长久，千里共婵娟。

上阕词人放眼天上，他把酒问天，想要奔月而去，且又有顾虑：天上寒冷，孤孤单单。下阕词人的眼光回到人间，自己与胞弟天各一方，而月圆且亮。现代人们可以打电话发微信互诉衷肠，宋朝的人们只能一起去看月亮。

《东京梦华录》卷八"中秋"条又说："近内廷居民，夜深遥闻笙竽之声，宛若云外。"皇家的生活对百姓来说，总是陌生而神秘的，宫廷里的中秋节,就是宛若来自天外、隐隐约约的笙竽管弦之声。

其实,皇帝的生活很寂寞的。潘永因《宋稗类钞》卷一载:王岐公任翰林时,中秋之夜有月,皇帝问当值学士是谁?左右回答是谁。皇帝命在小殿对设两座,召王来赐给酒。王上奏说君臣对坐无此先例。皇帝说:"月色清美,与其醉声色,何如与学士论文。若要正席,则外廷赐宴。正欲略去苛礼于怀饮酒。"意思是说今夜月色这么好,与其沉醉声色,不如与学士谈诗论文,这时小殿没有别人,正要省去礼节,与你开怀畅饮。王坚持,皇帝不许,于是两拜就座。依我看,皇帝太寂寞,他要与人谈诗论文,饮酒聊天。

儿童永远是节日的主角。《东京梦华录》卷八"中秋"条还说:"闾里儿童,连宵嬉戏。夜市骈阗,至于通晓。"儿童彻夜嬉戏。夜市通宵达旦,不打烊的。

2009 年 8 月 4 日写

宋朝的大白菜

1

按照中国古老的历法，十月已是冬季的第一个月，称作孟冬。

如果这个季节你到菜场里去，就会看见一车一车的大白菜：它们产自附近的郊区或者郊县。长的我们管它叫筒子白，圆的我们管它叫包头白……人们推着小车，将整车整车的大白菜化整为零，蚂蚁搬家一样运回各家去，成为冬天餐桌上的一味蔬菜。宋朝汴京的这个时节，也该是这样一幅景象。幽兰居士《东京梦华录》卷九"立冬"条说：京师寒冷，冬季无蔬菜，因此每年的十月，上至皇宫大内，下至平民百姓，都要贮藏，以供一冬食用。于是，一场声势浩大的储藏冬菜运动，在宋朝的汴京展开："车载马驼，充塞道路。"驼，通"驮"。汴京的冬菜中，包括了大白菜。宋人苏颂《本草图经》说："菘旧不载所出州土，今南北皆有之。"菘就是大白菜。当时的大白菜南方北方都有，已成大路菜。

十月是贮藏大白菜的月份。由此我就想到，过去我在农村，这个时候就该为大白菜们挖坑了——大白菜露天存放不耐久，埋在坑里能保存很长时间。我此时仿佛能看到，在初冬略带某种晦涩意味的阳光下，少年的我正挥汗如雨地挖坑。一锹土一锹土，我挖成一个长方形的大坑。站在坑里，地面没过了我的膝盖。我抬起手臂擦去额头上的汗珠，望望西斜的夕阳，露出幸福的微笑。之前，母亲和我已将那些大白菜砍下。现在，它们横躺竖卧，遍地都是。经过几天的晾晒，表层的菜叶因失去水分而显得颓唐。坑挖好以后，大白菜就该入坑了：将表层的菜叶整理好，大头朝下，一颗紧挨着一颗，整整齐齐地码进坑里。最后，再薄薄地撒上一层土……很久以后的后来，我看到的一本农书上说，这种方法叫作"埋藏法"，它的原理是这样："利用土藏的热容量大，土温变化缓慢，在潮湿冷凉状态下保持白菜新鲜。"那本书上还说，北方贮藏大白菜除了"埋藏法"，还有"堆藏法"和"窖藏法"。所谓"堆藏法"，就是在户外露天堆放贮藏，一般只在冬季温暖的地区采用。而"窖藏法"是北方贮藏大白菜最普遍的方法：掘地作窖，上覆窖顶，白菜贮藏其中……

那个年代的冬天，我们的蔬菜除了白萝卜、胡萝卜，就是这种大白菜。查书我知道，和我相伴多年的那种大白菜叫作"夏县大青帮"。书上这样介绍它："叶球呈头部略粗大的圆筒形，球顶略平。每棵平均20斤，生长100天到105天，耐藏性好。"耐藏性好，这点我深有体会：埋藏的大白菜我们一直能吃到第二年的春天……

宋朝的汴京如何贮藏大白菜呢？

不清楚。依我看，宋朝汴京的冬天不温暖，"堆藏法"不可行，"埋藏法"和"窖藏法"有可能。但"埋藏法"实施起来有个困难，那就是非得大片地面不可——坑里只能码一层。宋朝的东京人口稠密，大片的地面不好找，因此，当时贮藏大白菜，最可能的就是"窖藏法"。关于此种贮藏大白菜方法的记载，见于明朝李时珍《本草纲目》："北方者多入地窖。"用此种方法贮藏大白菜，明代必定不是最早的。

关于"窖藏法"，本人也有实践经验。我小时候家里的院子当中就有个菜窖，其形制我觉得——仅仅是形制上——像口陷阱。与陷阱相比，菜窖没那么深，底部也没有竹签和钢刀，而且，也不必精心伪装。关于此种方法，我可以介绍说，我们先挖一个深一点的坑，大约有一人多深。坑挖好以后，将大白菜码进去，横着放，自下而上，码好多层。然后，我们在坑口横一些树枝、木棍之类。最后，上面盖一层油毡。当然，要留下出入口，因为我们埋藏的不是金银而是蔬菜，冬天取菜要从那儿进出。那些个冬天，我无数次地从那个口子爬上爬下，因为我瘦小，出入方便，取菜都是我的事……后来我家养兔子，那个菜窖有了妙用，菜窖成了兔子窝。那年夏天，当看到一窝一窝的小兔子从菜窖里成群结队地出来，我又惊又喜，大呼小叫。

2

我们和宋朝人长得像不像？这个不好说。从传世的画像来看，窃以为，不大像。也许是画风的问题。无论如何，宋朝大白菜的长相和我们今天的相去甚远。

宋朝的大白菜并不大。

前边我们已经知道，宋朝的大白菜称"菘"。宋人说到菘，总喜欢拿它跟蔓菁比。即便已经进化到今天，蔓菁才多大点！当时的大白菜，估计大不到哪儿去。

那么，宋朝的大白菜长什么样呢？

时人本草类著作中多有描述。

我们现在都知道《本草纲目》是一部药书。很多人可能都有个误会，以为《本草纲目》空前绝后，前无古人，后无来者。其实不是这样，明代以前此类著作已有不少。像很多其他伟大的著作一样，《本草纲目》也有前人的贡献在里头。中医认为药食同源，食物也是药物。现在我们经常说到"食疗"，此种提法即由中医的药食同源理论而来。总而言之，宋代的本草类著作中，记载了很多当时的蔬菜，其中就包括大白菜。

宋朝日华子《日华子诸家本草》说："梗长叶瘦高者为菘，叶阔厚短肥而及梗细者为芜菁菜也。"芜菁，即蔓菁。菘直茎长，叶子瘦高；蔓菁直茎细，叶子宽厚短肥。这里给出宋朝大白菜的长相：和蔓菁相比，菘的直茎更长，叶子瘦而高。宋朝苏颂《本草图经》则说："菘与芜菁相类，梗长叶不光者为芜菁，梗短叶阔厚而肥痹者为菘。"痹，通"卑"，低矮。菘与蔓菁相似，蔓菁直茎长，叶子不光；菘直茎短，叶子宽厚肥矮。苏颂与日华子所说显然有矛盾：一个说菘直茎长，一个说菘直茎短。会不会是谁误记？这个疑问我们先留着，过会儿再说。

现在我们走进菜场里，琳琅满目，什么菜都有，即便是数九寒天，各色的新鲜绿菜也不会缺。在全国各大城市众多的农产品交易市场里，每天都有成百上千种蔬菜汇集，然后零星散入城市的大街小巷，走进各家的厨房，最后端上餐桌。但如果时间往前倒退几十年，就没有这种便利，那时候大白菜"一统江湖"：到了冬天，全体市民、千家万户，清一色通吃大白菜。初冬时节市民们要尽可能多地购买大白菜，用于贮藏。那时节全国各大城市里堆满了成千上万吨的大白菜，而市民们生活中的第一要紧事，就是排队购买大白菜，一买就是成百上千斤。

随手翻了下周祥麟的《山西大白菜》（山西人民出版社，1979年6月），关于太原市的大白菜，书上这样记述：

> 全省栽培大白菜面积最大的是太原市，近年来每年均在二万五千亩以上，冬春两季需要一亿五千万斤才能保证市场供应……解放以后……栽培面积较前扩大了几十倍，但是每年仍需要外地支援一部分……从1974年开始扭转了不能自给的局面，除自给以外，每年还能支援其他地区一部分。

太原市每年种植大白菜二万五千亩，冬春两季太原市民要吃掉大白菜一亿五千万斤……我的天！这是什么概念！

来说那个疑问。两人都没有误记。两人所说不是一种大白菜——当时的大白菜不止一个品种。南宋诗人范成大有诗《田园杂兴》："拨雪挑来塌地菘，味如蜜藕更肥浓。"现在的农学家认为，诗中的"塌地菘"，就是现在南方的"乌塌菜"——它是大白菜在南方的一个变种。农学家这样解释乌塌菜的成因：可能是古代在南方秋季栽培普通小白菜时，发生一些比较塌地的植株，它们能延至冬季生长，从而延长白菜的供应期，人们对此一变异进行培养和选择，使它们进化为乌塌菜变种。

日华子所说是当时的普通大白菜，而苏颂所说是这种乌塌菜。

3

如果要我描述现在大白菜的味道，我会说它煮熟以后有点甜，嫩，入口即化。这是说包头白。要是换了青麻叶，我会说，甜味就要减淡，纤维稍粗，吃起来使我想到吃葡萄：吃葡萄要吐葡萄皮，吃青麻叶要吐粗纤维。

宋朝大白菜的味道如何呢？

宋朝寇宗奭《本草衍义》说："菘菜……其味微苦，叶嫩……"这里给出了宋朝大白菜的味道：微苦。宋朝的大白菜有淡淡的苦味，而且，还有口感：嫩。嫩是相对蔓菁的叶子而言——蔓菁的叶子硬邦邦，吃起来感觉老。

以上是普通大白菜的味道。正如我们今天的大白菜，品种不同味道也会不同。

宋朝苏颂《本草图经》说："扬州一种菘，叶圆而大，或若箑，啖之无滓，绝胜他土者，此所谓白菘也。又有牛肚菘，叶最大厚，味甘，疑今扬州菘近之。紫菘叶薄细，味小苦，北土无有。"箑，扇子。啖，吃。圆而大，像扇子，应该是指大白菜的叶子——如果说整棵大白菜像扇子，那该是什么样的扇子。扬州的"白菘"纤维细，吃起来没渣滓。牛肚菘唐人曾提到。唐朝苏恭《唐新修本草》说："有牛肚菘，叶最大厚，味甘……"苏颂认为扬州的白菘可能与唐代的牛肚菘接近。宋朝的扬州"白菘"味甘，有甜味。紫菘，稍苦。有人说紫菘是指白萝卜的叶子。

前边说到的"塌地菘"，范成大说它"味如蜜藕更肥浓"，蜜藕，大概指蜜浸藕根吧，那么，塌地菘也该是甜的。

宋朝人怎样吃大白菜呢？会不会来一盘辣子白？

不会。理由有二：第一，当时没有辣椒。辣椒是外来蔬菜，宋朝时还没有传进来。幽兰居士《东京梦华录》卷二"饮食果子"条说："又有小儿子着白虔布衫、青花手巾，挟白磁缸子，卖辣菜。"这里的辣不是辣椒的辣，可能是指生姜或者葱蒜之类的辣。第二，宋人不怎么吃炒菜。说到辣子白，我不由得想起两件往事。第一件：我小时候蔬菜少，特别是冬天。没有其他蔬菜我们就吃辣椒——辣椒属浓缩型蔬菜，敞开了吃也吃不了多少。秋天的时候，我们把收获的红辣椒穿成串，挂在向阳的墙上。到了冬天，我们就有了干辣椒。我们将干辣椒捣碎成辣椒面。革命电影里，敌人的残酷刑罚之一就是灌辣椒水，辣椒水大概就用辣椒面做成的。反正我一直是这样想的，一看到电影上要灌辣椒水，马上就想到我家墙上的红辣椒。在捣好的辣椒面里切进少许葱花，倒些开水进去，和匀。然后就到了最关键的时刻：在旺旺的炉火上热少许菜籽油——不是不想多，当时油很稀缺。滚烫的热油倾入用开水和好的辣椒面时发出的"刺啦"一声，我这辈子都难忘怀。就算让我尝遍普天下所有的山珍海味，我还会毫不迟疑地断定：天下最美的美味，还是刚出锅的热馒头夹刚做好的油泼辣椒。第二件：我们无数次地吃过辣子白。下面是从网上搜到的"香辣白菜"的做法：1.将大白菜菜叶部分切下，只留中间的白菜帮，洗净切作两半，顺菜切成条，宽约1.5厘米。将干辣椒、葱、姜切细丝。2.将切好的白菜条放进盆内，撒上精盐，盐要撒匀；腌3－4个小时后，用手挤出菜条中的水分，摆进盆内。3.香油入锅，烧热，投入干辣椒丝炸出辣味；放入葱丝、姜丝，炒出香味；烹入醋，加水50克、白糖适量；锅开后离火晾凉，浇在白菜条上；腌5小时，入冰箱存放。吃时改刀，一切两段。再把葱姜丝摆在白菜条上，浇上辣椒汁即成。这种做法不像在做菜，倒像是做科学试验。而且太耗时，从开做到上桌，最少要八个小时。我们等不了那么久。这不是我所说的辣子白，我说的辣子白是炒菜。关于辣子白先说到这儿。不能忘了宋朝的大白菜。

苏东坡曾发明一种羹，叫作东坡羹，羹里有大白菜。东坡羹的具体做法是用两层锅，下面是东坡羹，上面是米饭——米饭在菜羹上蒸，同时饭菜两熟。羹里除了大白菜，还有萝卜、荠菜等。下锅之前"皆揉洗数过，去辛苦汁"，仔细揉搓多次，去掉菜中的辛辣味，再放点姜。在中国古代，羹里照例要放些生米进去，所以东坡羹实际上是一种菜粥。

还有东坡鱼，里头也有大白菜。《苏轼文集》卷七十三《杂记·草木饮食·煮鱼法》中说："子瞻在黄州，好自煮鱼。其法，以鲜鲫鱼或鲤治斫，冷水下入盐如常法，以菘菜心芼之，仍入浑葱白数茎，不得搅。半熟，入生姜、萝卜汁及酒各少许，三物相等，调匀乃下。临熟，入橘皮线，乃食之。其珍食者自知，不尽谈也。"

苏轼字子瞻。斫，整治、收拾。冷水下，未开火，先下鱼。芼，调配。这是种水煮鱼。白菜心也是放进锅里煮熟。橘皮线就是橘皮丝，古人喜欢在汤里放些橘皮调味。

宋人基本就是这样，吃大白菜多用水煮。除了煮还有蒸。宋人烹调多用蒸煮，这一点值得我们借鉴。现代人炒菜和油炸食品吃得太多，所以得"三高症"的人比较多。如果借鉴下宋式饮食，部分改用蒸煮，情况肯定会大有改观。

4

现代农学上按包心不包心，将大白菜分为四大类：散叶白菜、半结球白菜、花心白菜和结球白菜。散叶白菜完全不包心，这类好像正逐渐被淘汰，小时候还比较多，现在已经不大容易见到。半结球白菜半包心，中心包着，松松垮垮，外边的叶子支棱着。花心白菜的菜叶大部合抱，但叶尖向外反卷，呈一朵开放的花形。结球白菜完全包心，这个最常见，即所谓的包头白。

宋朝的大白菜包不包心呢？或者换作专业术语，宋朝的大白菜是结球白菜还是散叶白菜？

实物自然已无法见到。但值得庆幸的是，当时的药书为我们保存下宋朝大白菜的图片。从图片上看，宋朝的大白菜不包心，一蓬子，像白萝卜秧子，是散叶白菜。

实际上，明代以前的大白菜都是散叶白菜。

《本草纲目》上说："菘即今人呼为白菜者，有二种：一种茎圆厚，微青；一种茎扁薄而白，其叶皆淡青白色。"由此看来，白菜的称谓，至迟在明代已经出现。结不结球呢？李时珍没有说。《本草纲目》有附图，所附"白菘"是开了花的：中心是花苔，花跟油菜花差不多；下边一蓬子，是叶子。结球白菜即便开了花，叶子也是向中心兜着的，跟散叶白菜不同。因此可以断定，明代的大白菜是散叶白菜。

结球白菜的记载，最早出现在清代。

清乾隆十七年（1752）重修《胶州志》载："其品为蔬菜第一，叶卷如纯束，故谓之卷心白。"卷心白肯定是结球白菜无疑。纯，大。束，一捆。叶子卷成一大捆。据此推测，当时的卷心白可能是直筒型的。清代所修《顺天府志·产品录》也说："今京师以安肃白菜为珍品，肥美香嫩，南方士大夫以为渡江所无。按黄芽菜为菘之最晚者，苔直心黄，紧束如卷。"安肃，在今河北省境内。黄芽菜紧束如卷，自然是结球白菜。

关于结球大白菜的原产地，没有争论，国内外的农学家一致公认是中国。目前世界各国种植的结球白菜追溯起来，最后都能追到中国来。但关于大白菜的第一原产地，国外有农学家认为是地中海沿岸。这简直是一派胡言！既然承认结球白菜原产中国，而结球白菜由中国的散叶白菜进化而来，第一原产地怎么会去了地中海沿岸？这样糊涂的洋农学家不由我不生气。

这个问题先放下。我们来看宋朝大白菜的一个变种：黄芽菜。

《梦粱录》卷十八"菜之品"说："黄芽，冬至取巨菜，覆以草，即久而去腐叶，以黄白纤莹者，故名之。"巨菜该是多大的菜？冬至将大白菜盖在草底下，时间既久，外边的菜叶腐烂，扒去烂菜叶，吃里边的菜心。黄白纤莹，颜色倒是可人，不过，这种吃法使人想到烂苹果：苹果搁得时间久了，坏了，舍不得扔掉，于是，用刀子剜去腐烂部分……这种吃法不健康。

宋朝的黄芽菜显然与清代的不同。《顺天府志》所记黄芽菜长在地里，好像是连菜带薹一起吃的。明代也有黄芽菜，但它是另外一种东西。《本草纲目》上说："燕京圃人又以马粪入窖壅培，不见风日，长出苗叶，皆嫩黄色，肥美无滓，谓之黄芽菜……盖亦仿韭黄之法也。"明代的燕京即今天的北京。宋代的黄芽菜是外边菜叶腐烂之后硕果仅存的菜心，而明代的则是在暗无天日的地窖里新长出的嫩白菜。但两者也有一样相同：求嫩。大概当时的大白菜大都纤维粗而多，所以人们才想出以上的办法来。

5

现在大白菜在我国北方栽培最发达，变种和类型也最多。但是当初的情形却完全不是这样：唐代以前北方没有大白菜，北方的大白菜由南方传来。

唐朝苏恭《唐新修本草》说："菘菜不生北土，有人将子北种，初一年半为芜菁，二年菘种都绝。将芜菁子南种，亦二年都变。土地所宜，颇有此例。"菘菜即菘菜。唐代有人将大白菜种子从南方带来北方播种，结果长出来的是蔓菁。

唐朝萧炳《四声本草》则说："北人居南方，不胜土地之宜，遂病足，尤宜忌菘菜。"唐代的北方人去南方，水土不服会得脚病，尤其忌吃大白菜。由此也可推知，当时的北方没有大白菜。要不然在北方吃习惯了,到了南方哪还用再怕。

唐朝孟诜、张鼎《食疗本草》也说:"又北无菘菜,南无芜菁……"菘菜与蔓菁泾渭分明:北方无菘菜,南方无蔓菁。

此种格局可以一直追溯到《诗经》时代。

《诗经·邶风·谷风》说:"采葑采菲,无以下体?"邶,在今天河南、河北两省交界处。下体不是下身,是植物的根。诗的意思是说,采葑和菲,只要叶而不要根吗?就是说别光看地上的叶子,还要看地底下的根。为什么还要看根呢?因为当时的葑和菲,是连根带叶一起吃的。

《诗经·鄘风·桑中》也说:"爰采葑矣,沫之东矣。"何处采葑?在沫之东。爰,在何处。鄘,在今山东省境内。

《诗经·唐风·采苓》则说:"采葑采葑,首阳之东。"在首阳之东采葑。唐,在今山西省境内。

其中的"葑"是蔓菁。有西汉《礼记·坊记》为证:"葑,蔓菁也。"

《诗经》里只有蔓菁,没有菘。

前边我们已经看到,同是黄芽菜,宋、明、清三代所指完全不同。古今同名异物这种事多得是。那么,这个蔓菁是否就是我们今天的蔓菁呢?

《尔雅》是一部我国上古时代的汉语词典。汉语在发展,后人不断为《尔雅》作注解:对《尔雅》原文的注解叫作"注",对注的再注解叫作"疏"。《尔雅注疏》原文说:"须,葑苁。"晋代郭璞注:"葑苁,似羊蹄,叶细,味酢,可食。"这是在解释葑苁。酢,酸。下边解释到"葑"。宋朝邢昺疏:"蘴与葑,字虽异,音实同。则葑也,须也,芜菁也,蔓菁也,葑苁也,荛也,芥也,七者一物也。"邢昺认为葑、须、芜菁、蔓菁、葑苁、荛、芥是同一种东西。他为什么会这么认为呢?西汉研究各地方言的著作,可能是邢昺得出以上结论的依据。西汉扬雄《方言》说:"蘴、荛,芜菁也。陈、楚谓之蘴,齐、鲁谓之荛,关西谓之芜菁,赵、魏之部谓之大芥。"陈,在今河南省境内。楚,在今安徽省境内。齐、鲁,均在今山东省境内。关西,在今陕西省境内。赵,在今山西省境内。魏,在今河南省境内。

依据我的经验,蔓菁和葐芜不是一种东西。郭璞说葐芜像羊蹄子,叶子细,味道酸。而据我所知,蔓菁不酸,它有点甜。

这种经验不光我有。有农学家据此推测,当时的葑大概是一种集合名词,它包括蔓菁、白萝卜、芥菜等许多种十字花科植物在内。这是有道理的。但有农学家又往前一步,认为葑也包括了大白菜的前身,《诗经》时代以降,大白菜逐渐传至南方。这就没什么道理了——即便大白菜与蔓菁同属十字花科,它们也没必要都产在北方;而且,大白菜不是"王化",完全没必要由北往南。

当然,还有另一种可能:经过两千多年的人工培育,今天的蔓菁在外形和味道上,已与当时相差很多。换言之,蔓菁还是蔓菁,名称自古而然,并无变化,只是它的外形和味道变了。

到了晋代,菘出现。晋代嵇含著《南方草木状》,提到菘。嵇含是嵇喜的孙子。嵇喜我们陌生,但他有个著名的弟弟——嵇康。书中记录草木八十种,主要产于今天的广东、广西及越南、老挝、柬埔寨等地。其中卷上"蔓菁"条主要说蔓菁:"芜菁,岭峤以南俱无之。偶有士人因官携种,就彼种之,出地则变为芥。亦橘种江北为枳之义也。"岭峤,即五岭,是我国长江流域与珠江流域的分界线。晋代的北方人去岭南做官,带去了蔓菁种子,结果长出来的是芥。自古以来总有人在做这方面的事,各地的物种交流,他们功莫大焉。书中提到菘只是捎带,嵇含接下去说:"至曲江方有菘,彼人谓之秦菘。"到曲江这个地方才有菘,当地人叫它"秦菘"。曲江,在今广东省境内。很显然,当时的菘和蔓菁不同,它是另一种植物。在晋代,太南了没有菘,曲江是南边的界线。北边的界线在哪儿,嵇含没有说。

至南齐,南京一带已有菘。《南齐书·周颙传》载:"颙于钟山西立隐舍,休沐归之。"休沐,官员的例行假日。周颙在钟山以西盖了一别墅,一放假就去那儿住着。颙终日吃素。文惠太子问他:"菜食何味最胜?"周颙答:"春初早韭,秋末晚菘。"

到了北魏,贾思勰著《齐民要术》。众所周知,这是一部农书,它主要反映当时黄河流域的农业情况。书中卷三在种蔓菁法中附带提及:"种菘、芦菔法与蔓菁同。"有农学家据此认为:要么当时北方有菘,但相对南方而言,不重要;要么这里的菘与南方的菘,不是一种植物。后一个"要么"不大可能。因为贾思勰是农学家,对植物当有明确认识,不可能犯这种低级错误。前一个"要么",对一半:相对南方不重要这是肯定的。但说北方有菘,恐怕不能确定。书中还有小字注释:"菘菜似蔓菁无毛而大。"这个注释无疑是注给北方农人看的。这样的注释说明,当时的北方农人对大白菜陌生。有两种可能:第一,当时北方没有大白菜。第二,当时北方有大白菜,但只是零星种植。由后来的记载来看,第二种可能不可能。关于这一点,我们稍后再说。

《齐民要术》卷九又有"芜菁、菘、葵、蜀芥咸菹法"。菹,腌菜。咸,作动词用。其中介绍说:"收菜时即择取好者管蒲束之。作盐水令极咸。于盐水中洗菜,即内瓮中……其洗菜盐水澄取清者,泻著瓮中,令没菜肥即止,不复调和。菹色仍青,以水洗去卤汁煮为茹,与生菜不殊。"蒲,一种水生植物。腌咸菜之前要束好,看来当时的大白菜是散叶的。内,纳。腌好的咸菜还是原来的绿色,说明当时的大白菜是青菜。腌咸菜也算是我国古代大白菜的一种吃法。

到了梁代,大白菜在南方已经很大路。南朝梁代陶隐居《名医别录》说:"菜中有菘,最为恒食……"值得一提的是书中还说:"其子可作油，敷头长发，涂刀剑，令不锈。"长，生长。白菜籽榨出的菜籽油能当生发剂，这对我可是个福音。我近年来发际后撤，脑门越来越大，有同样烦恼的朋友可以一试。白菜籽油可当防锈剂使，这个我小时候试过，很管用。还说："服药有甘草而食菘，即令病不除。"甘草和大白菜相克，在吃中药的朋友切记。

6

北方无菘菜，南方无蔓菁，此种格局到了宋代被彻底打破。

宋朝苏颂《本草图经》说："旧说菘不生北土，人有将子北土种之，初一年半为芜菁，二年菘种都绝，犹南人之种芜菁，而今京都种菘都类南种，但肥厚差不及耳。"宋朝汴京所种大白菜跟南方的差不多，只是个头不及。自唐至宋的若干年里，大白菜由南向北传播，终于突破重重防线，传至河南开封。

这种突破如何发生的呢？大概跟五代十国时期的离乱有关：天下大动乱，物种大交流。政治动乱对老百姓来说是坏事，对物种交流来说却是好事。

关于北方无菘菜，李时珍《本草纲目》说："自唐以前或然……"唐以前或许如此。此后变化即悄悄发生。

宋朝的大白菜不仅已从南方传至北方，在南方也出现更多的变种。

宋朝吴自牧《梦粱录》卷十八"菜之品"记：杭州大白菜有"矮黄、大白头、小白头、夏菘"等数种。又有"薹心矮菜"，现代农学家认为它可能就是我们现在所说的菜薹。菜薹的出现原理，农学家认为是这样：大概种植过程中出现一些在秋季能抽薹开花的植株，人们发现白菜的嫩薹很美味，于是专门选择这种当年能抽薹的植株，向花薹肥大和多枝的方向培育而成。人工选择和培育在植物进化中的作用极大,我们今天的大白菜也由这种人工培育而来。

宋朝杨彦龄《杨公笔录》载:江西有一种"杓头菘","其本肥厚,叶端卷缩如杓,食之无滓,为蔬食之珍"。杓,勺子。本,应指大白菜的直茎。叶端卷缩如勺,这里的勺子应该是朝上的,换句话说,"杓头菘"的叶端向外反卷。这应该是种散叶白菜,但从叶端反卷的情况来看,它又很像花心白菜。

南方的大白菜如何逐渐传至北方呢?古代的散叶白菜又如何逐步进化为今天的结球白菜呢?农学家有种种猜想。

先说结球白菜的分类。按其外形特征,现代农学将结球白菜分为:直筒型、卵圆型和平头型三个基本类型。

一种猜想称"分化起源学说"。该学说认为:大白菜可能是南方普遍栽培的不结球小白菜在向北方传播的过程中产生的。意思就是说古代南方的菘是小白菜,小白菜向北传播中分化出大白菜。最早出现的应是散叶白菜。散叶大白菜在向增强结球性演化中,可能先出现有稍微包心倾向的品种,而后在不同地区的自然、人工选择下,逐步分别向坚心、合抱和叠抱三个方向发展,遂形成直筒型、卵圆型和平头型三类结球白菜。

另一种猜想称"杂交起源学说"。该学说则认为:大白菜和小白菜虽有很多共同的特征和特性,但也存在相当大差异,因此大白菜不可能是由小白菜发生变异而直接产生的变种。据持该学说者观察,小白菜和蔓菁杂交所得,极似散叶大白菜。由此推论,大白菜可能是小白菜向北传播中,和蔓菁自然杂交而产生的变种。至于散叶大白菜如何进化为结球白菜,该学说认为:散叶白菜在良好的气候、栽培条件下生长,可能逐步加强其顶芽的生长而进化为半结球白菜变种。再经过培育和选择,顶芽更为发达,叶片逐渐抱合。当它们的叶片大部抱合形成叶球，但叶尖向外反卷，为花心白菜。再经人们向加强顶芽生长的方向培育，叶尖也紧密抱合起来，成为完全结球的结球白菜变种。而且，结球白菜很可能先产生于北方。该学说前半部分坚持杂交起源；后半部分又回归到"分化起源学说"。当然，学说不是旧时代的婚姻，不必从一而终。

时间无法逆转，谁也不能回到从前。关于大白菜的起源，只能是种种猜想。猜想也有趣。

需要捎带提一下的是，杂交对我们有许多好处，它使我们的餐桌丰富：

第一，结球白菜的三个基本类型之间相互杂交，产生结球白菜的各派生类别。

第二，结球白菜的三个基本类型与三个非结球变种之间相互杂交，也产生各杂交类型：与散叶变种的杂交后代都是散叶的，与半结球变种的杂交后代都是半结球的，直筒型与花心变种杂交产生直筒花心，卵圆型与花心变种杂交产生卵圆花心，平头型与花心变种杂交的后代仍是平头型。

由以上的杂交试验，农学家得出结论：散叶白菜最原始，其余变种均由它进化而来。刚才请教我七十一岁的母亲，母亲说当年种白菜，同一包种子撒下去，总会有一些"毛缨"白菜，它们根本不包心。这可能因为种子退化。"毛缨"白菜是散叶白菜。此一事实似乎也可支持农学家以上的结论。

清代的《续菜谱》介绍了当时大白菜一个变种黄芽白的种法："黄芽白种法：暑前治地，地不宜精；使伏日曝之，俗称晒伏土。伏土最宜于植物，不仅黄芽白耳。立秋前治苗地……约二十日便可移栽。移栽法，将伏土治畦，四周作沟，离尺一二寸掘小穴，坐以人类粪饼等土肥，曝一二日，以锄翻转，使与土混合。至日昃移栽……至三十余日见叶卷如球,以手按之不凹,是心将满也;可用稻草缚之,缚数日其心更白,味更美。"

　　治,整。精,精细。暑前整地,立秋前播种,掘坑,施肥,日落后移栽,三十天叶卷如球,用手按不下陷,收割的时候就到了……我出身菜农,小时候常常手把锄头;现在我住在城市里,天天手敲键盘。在电脑屏幕上写下这些文字,我不由得想起美好的旧时光,它们从记忆深处汩汩而来,弥漫在我的眼前,感觉很幸福。

　　最后再来说我们的辣子白。它的做法如下:1.将大白菜的菜叶仔细摘洗干净,连叶带帮切作棋子儿大小的方块;姜切细丝,干辣椒、葱切段。2.菜籽油入锅,煤饼炉上烧热,投入干辣椒段,炸出辣味;放入姜丝、葱段,炒出香味。3."刺啦"一声白菜入锅,烹入米醋两匙,翻炒数遍,放盐适量、酱油适量,继续翻炒,待熟,起锅,倾入盘内即成。这样炒出来的辣子白,酸中有辣,辣中有酸……我的唾液开始分泌,脸上也火辣辣的,这是沉淀多年的味觉经验在起作用。这种经验宋人不会有。想到这一点蛮开心的。就此打住。

2009 年 3 月 25 日写

清徐的葡萄熟了

1

上个星期天,朋友请我们去清徐摘葡萄。清徐是山西省太原市的一个郊县。这个时节的中国北方秋高气爽,到处弥漫着成熟的气息。当我们进入一道山谷时,漫山遍野的葡萄突然展现在我们的眼前。需要补充的是,这些葡萄不是野生的,葡萄园随着山势的起伏而起伏。面对这种景象时的感受,可以用两个字来形容——震撼。

元朝的时候,有个意大利人不远万里来到中国,众所周知,他叫马可·波罗。《马可·波罗游记》卷二"太原府国"说:"所至之都城甚壮丽,与国同名,工商颇盛,盖君主军队必要之武装多在此城制造也。其地种植不少最美之葡萄园,酿葡萄酒甚饶。"马可·波罗是外国人,他不大了解中国的国情。当时并没有什么"太原府国",他大概把太原府当成一个国家了。所说的葡萄园应该是指清徐的葡萄园,因为在太原没有其他地方比清徐更适合种葡萄了。当时清徐的葡萄园能获得那样的赞美，应该不仅是规模庞大。"酿葡萄酒甚饶"，当时的太原盛产葡萄酒。"最美之葡萄园"，马可·波罗和我有同感。

　　说过了元代我们来说唐代。《新唐书》载："太原、平阳皆做葡萄干，货之四方。蜀中有绿葡萄，熟时色绿。云南所出者大如枣。西边有琐琐葡萄，大如五味子而无核。"唐代的葡萄已遍及全国。绿葡萄我们今天也有。云南的葡萄跟枣一般大，估计当时的枣不会太大。五味子我小时候见过，住在山里的同学带来的，颗粒很小。平阳即今天的山西省临汾市尧都区。当时太原、平阳出产的葡萄干，行销大唐盛世。当然，太原的葡萄干还是清徐所出产。

　　众所周知，葡萄当初是外国水果，它来自遥远的西域。

　　这一点司马迁有记载。《史记》卷一百二十三"大宛传"说："宛左右以蒲陶为酒，富人藏酒至万余石，久者数十岁不败。"汉代的葡萄写作"蒲陶"。大宛用葡萄酿酒，能保存数十年不坏。又说："俗嗜酒，马嗜苜蓿。汉使取其实来，于是天子始种苜蓿、蒲陶肥饶地。"大宛饮酒成风。张骞出使西域，带回了葡萄种子。一起带回来的还有苜蓿。"及天马多，外国使来众，则离宫别观旁尽种蒲陶、苜蓿极望。"汉代种植葡萄和苜蓿，是为招待外国使节。"极望"，汉代的葡萄种植规模，想来相当可观。

　　汉代的大宛国大致位于今天的土库曼斯坦。大宛的葡萄来自欧洲。换句话说，张骞带回来的葡萄，都是欧洲品种。这一点为现代科学所证实——根据生物学特性的分析，可以得出结论：我国的葡萄种群都是欧洲葡萄的后代。引进的葡萄品种比较适合我国北方的自然条件，遂经我国新疆逐步引入西北、华北、东北各地栽培。由于自然条件改变所引起的变异和几千年来栽培技术的影响，逐渐选育成我国特有的地方品种。

现在普遍的观点认为，欧洲最早开始栽培葡萄，里海、黑海、地中海沿岸是栽培葡萄的发源地。栽培葡萄是相对野生葡萄而言的，野生葡萄我国也有。随后，栽培葡萄沿地中海向西传入意大利、法国以及欧洲的其他地区，再从欧洲传入非洲、大洋洲、亚洲和美洲。

2

我们来说宋朝的葡萄。

宋人刘敞《公是集》卷十七《蒲萄》诗说："蒲萄本自凉州域，汉使移根植中国。凉州路绝无遗民，蒲萄更为中国珍。九月肃霜初熟时，宝珰碌碌珠累累。冻如玉醴甘如饴，江南萍实聊等夷。汉时曾用酒一斛，便能用得凉州牧。汉薄凉州绝可怪，今看凉州若天外。"当时的葡萄写作"蒲萄"。刘敞是汉史专家，他有个弟弟叫刘攽，也是汉史专家。司马光编修《资治通鉴》，刘攽是助手之一，负责汉史部分。宋朝的葡萄似乎很珍贵。刘敞作诗像做学问。诗中所说"凉州"，应该就是司马迁的"大宛"。用酒一斛就能换个凉州长官来干，这个也没什么可奇怪的。因为"大宛"基本位于今天的土库曼斯坦，实在是遥远得很，而且中间还隔着个匈奴国呢。宋代的版图小多了，跟汉代根本没法比。

葡萄有很多品种，我的最爱是玫瑰香。我的家乡在晋南，那里很多玫瑰香。这种葡萄的颗粒很小，闻起来有种玫瑰般的甜香气。据说它还可以用来酿干白葡萄酒和玫瑰香类型酒，可惜我没有喝过。张骞带回的不包括这种葡萄。玫瑰香原产英国，1900年前后才引入山东烟台，而后成为京、津、辽、冀、鲁等省的主栽品种。

有个问题：张骞到底从大宛带回了葡萄的什么？

唐人段成式《酉阳杂俎》说："葡萄由张骞自大宛移植汉宫，圆者曰草龙珠,长者为马乳,白者为水晶葡萄,黑者名之为紫葡萄。"张骞带回来的葡萄,至少有四个品种。"移植"的当然是根而不是种子。

北魏贾思勰《齐民要术》卷四说:"汉武帝使张骞至大宛,取葡萄实,于离宫别馆旁尽种之。西域有葡萄,蔓延并似虆。《广志》曰,葡萄有黄、白、黑三种者也。"虆,即虆薁,落叶藤本植物。黄、白、黑,后世葡萄能有的颜色,当时基本都有了。"取葡萄实",贾思勰却说是种子。

我们还记得,刘敞说"汉使移根植中国",认为张骞带回的是根;而司马迁则说"汉使取其实来",认为张骞带回的是种子。张骞自大宛带回的究竟是葡萄的种子还是根呢?有说是根的,也有说是种子的。根据常识来判断,司马迁和张骞基本是同时代人,他的说法应该相对可信。移植比较费事,种子比较省事。带回的是根还是种子,这涉及葡萄的繁殖方法。

我们都知道,葡萄除了用种子繁殖,还有其他的方法——扦插、压枝和嫁接。从葡萄藤上剪下一节插入泥土,叫作扦插;将葡萄藤压入地下等生根后与母株分离,叫作压枝;将葡萄藤的一节嫁接到另一株葡萄藤上,叫作嫁接。说到扦插我就想到上初中的时候,上下学都要经过一处院子,院子里的葡萄藤每到春天,就爬过了围墙。初春葡萄葱翠的叶子非常可人,我特别想从上边剪下一节来带回去扦插,可是搞不清楚那家主人什么态度。如果不征得主人的同意,我的引种行为就不那么正大光明。当时总想碰见那家的主人,可是总也碰不见,因为我根本就不知道那家的主人是谁。传播葡萄的想法最后不了了之,所以至今我还记得这件事情。

3

宋人苏颂等所著《本草图经》说："葡萄生陇西五原炖煌山谷，今河东及近京州郡皆有之。苗作藤蔓而极长大，盛者，一二本绵被山谷间。花极细而黄白色。其实有紫白二色，而形之圆锐亦二种。又有无核者，皆七月八月熟，取其汁可以酿酒。"炖煌，即敦煌。河东，大致相当于今天的山西省。宋朝葡萄的种植范围在扩大，河东路及汴梁附近的州郡都有了，河东最主要的当然还是清徐葡萄。葡萄的藤蔓可以长得很长，一两棵就可以覆盖整个山谷。宋朝的葡萄从颜色上分有紫色、白色两种，从外形上分有圆的、尖的两种，另外还有无核葡萄，都是阴历七月八月成熟，葡萄汁可以酿酒。

葡萄苗是藤蔓，虽然可以长得很长，但它柔弱无比不能站立，这一点古人早有认识。《齐民要术》卷四说："葡萄蔓延性缘不能自举，作架以承之，叶密阴厚可以避热。"南北朝时已有葡萄架。葡萄架下好避暑，这个我有切身感受。上中学的时候，我从野地采回一株葡萄苗来。需要说明的是，这株葡萄苗不是野生的，是栽培葡萄的种子长出来的，只是种子有点来历不明。采回来的葡萄苗，我把它种在我家的院子里。等到第二年夏天，葡萄架下有些荫凉了。第三年，就浓荫匝地了。那些年里，白天我搬张板凳坐在葡萄架下边胡思乱想，晚上我就在葡萄架下铺张凉席躺在上头做梦。

宋人陶穀所著《清异录》卷二说："河东葡萄有极大者，唯土人得啖之；其至京师者，百二子、紫粉头而已。"河东葡萄主要是指太原葡萄。"极大"不知道有多大，只有当地人有口福能吃到。运到宋朝京师汴梁的太原葡萄，价格极高，个头却小。大概因为当时葡萄运输不方便。

李焘《续资治通鉴长编》卷二三九说:"熙宁五年十月,提举市易司言:晋州差衙前押进奉蒲萄,而晋非所出,尽买于太原。欲令在京计置,仍令泽州封桩价钱,听本司移用。中书拟从其请,上批:蒲萄无用,更勿收买。"熙宁是宋神宗的年号,熙宁五年是1072年。晋州,治今山西省临汾市尧都区。晋州进奉的葡萄不是本地所产,而是从太原买来。估计不是当时的晋州不产葡萄,而是当时太原的葡萄品质更佳。宋朝的百姓要承担很多义务劳动,"衙前"是其中最重的一项,主要负责运送官物,如有损失须照价赔偿。宋神宗生活简朴,批示说葡萄没用,不必再买了。宋神宗甘愿放弃这种美味,实在是因为运输不便,从太原千里迢迢运来葡萄,所费不菲。

葡萄熟了要采摘,古人如何摘法呢?《齐民要术》卷四"摘葡萄法"说:"逐熟者一一零叠,一作摘取,从本至末,悉皆无遗。世人全房折杀者,什不收一。"古人仔细,葡萄要一颗一颗地摘。我们现在葡萄已普及,用不着那样的摘法,因为太费工。我疑心这个"摘"字有古意——古人是摘葡萄,我们是剪葡萄。上周在清徐,进葡萄园之前,主人发给我们一人一把剪刀,不是额外赠给我们的礼品,而是摘葡萄的工具。我们手把剪刀,就深入到葡萄架下去了。

宋人赵鼎臣《竹隐畸士集》卷九《与刘季高书》说:"并州苦寒,夏多雹、秋早霜,风土粗恶,饮食俭陋,大都不逮河朔者十七八。惟酒极醇酽,果实蒲萄之美,冠于四方。"在宋朝人赵鼎臣的眼里,当时的太原几乎一无是处——冬天太寒冷,夏天多冰雹,秋天下霜早,风土很粗恶,饮食特简陋,黄河以北的州郡,太原基本都比不了。唯一的好处就是,酒极醇厚,葡萄最好。"冠于四方",宋代的太原葡萄,其他地方比不了。

4

宋人寇宗奭所著《本草衍义》说："葡萄先朝西夏持狮子来献，使人兼赍葡萄遗州郡，比中国者皆相似；最难干，不干不可收，仍酸澌不可食。李白所谓胡人岁献葡萄酒者是此。疮疱不出，食之尽出。多食皆昏人眼。波斯国所出大者如鸡卵。"澌，解冻后随水流动的冰块。疱，皮肤上起的水泡或脓包。疹，一种皮肤病。西夏国的葡萄和宋朝的相似，葡萄不干味道酸。葡萄有个妙用：能治皮肤病。波斯国出产的葡萄，大小像鸡蛋。此说可疑。寇宗奭或者只是得之传闻，或者当时的鸡蛋就很小。

西夏进贡的葡萄跟宋朝的差不多，因为葡萄在中国的传播是由西北向东南。《齐民要术》的作者贾思勰是北魏人，他对葡萄相当熟悉，而当时的中国南方人对葡萄，却几乎毫无知识。

南北朝齐梁时代的陶弘景所著《本草经集注》中说："魏国使人多赍来，状如五味子而甘美；可作酒，云用其藤汁殊美好。北国人多肥健耐寒，盖食斯乎？不植淮南亦如橘之变于河北矣。人说即此间蘡薁，恐如彼之枳类橘耶。"赍，携带。殊，特别。当时南方人眼中的葡萄，简直像是天外来客，可见当时中国南方是没有葡萄的。陶弘景由葡萄想到橘子，认为淮南无葡萄犹如淮北无橘子。关于用葡萄藤酿酒，如果不是亲耳听到，就可能是传闻有误；如果是亲耳听到，那恐怕就是魏国使者在编故事了。

陶弘景认为北方人体格健壮耐寒，是因为吃了葡萄。这种说法由来已久。汉代医书《神农本草经》载："葡萄味甘平，主筋骨湿痹，益气倍力强志，令人肥健耐饥忍风寒。久食轻身不老延年，可作酒。"多吃葡萄增强抵抗力，耐寒，常吃葡萄延年益寿。北方气候寒冷，人们体格健壮，古来如此。我觉得吃葡萄延年益寿的说法，看来不是人们善意的想象。

宋人诗集《初寮集》卷二《厚之将试三卫有诗谢人送蒲萄为次韵》说："云海龙须断不殊，累累犹带夜光珠。直应酿作春醅绿，传与凉州亦丈夫。""蒲萄"即葡萄。宋朝的葡萄应珍贵，有人送来葡萄，诗人作诗答谢。现在不兴送葡萄了，送玉石做的葡萄还差不多。珍贵的东西才送得出手。

用"云海龙须"来形容葡萄藤，真是形象得很。但它们很娇贵的。《齐民要术》卷四说："十月中去根一步许掘作坑，收卷葡萄悉埋之。近枝茎薄安黍穰弥佳，无穰直安土亦得。不宜湿，湿则冰冻。二月中还出，舒而上架。性不奈寒，不埋即死。其岁久根茎粗大者宜远根作坑，勿令茎折。其坑外处亦掘土并穰培覆之。"穰，稻、麦等的秸秆。当时的葡萄还不耐寒，不埋进土里就要死掉。现在的葡萄好像用不着掩埋，都是露天过冬了。当时我家的葡萄是封进一口破瓮里的。那口破瓮没底，原来是为保护葡萄苗套在上面的。后来破瓮就成了葡萄苗的家，一到冬天，我爹就把葡萄藤的主要部分，从架子上小心地抽下来，然后，封进那口瓮里。至于不封会不会死，那我就不知道了。

5

司马光《司马文正公传家集》卷十四《送裴中舍（士杰）赴太原幕府》说："元戎台鼎旧，大府节旄新。边候正无事，宾筵况得人。山寒太行晓，水碧晋祠春。斋酿蒲萄熟，飞觞不厌频。"司马光曾做过并州（治今山西省太原市）通判，大致相当于副市长。司马光显然对太原比较熟悉。当时的晋祠泉水应丰沛，春天的晋祠给司马光留下深刻的印象。葡萄酒司马光也是尝过的吧。

葡萄熟了吃不完怎么办？解决办法之一就是做葡萄干。《齐民要术》卷四"作干葡萄法"说："极熟者——零压摘取，刀子切去蒂，勿令汁出，两分和内葡萄中，煮四五沸，漉出，阴干便成矣。非直滋味倍胜，又得夏暑不败坏也。"现在的葡萄干不知道怎么做的，据说新疆是风干。在新疆住过的朋友告诉我，新疆是将葡萄成串地挂在特殊的房子里，自然风干。古人是入开水锅煮，要四五沸。中间大概是要点水的吧，要不如何四五沸？煮沸了添点凉水进去，如此四五次。这种煮法我觉得像煮饺子。煮好了捞出来，阴干，就好了。古人认为葡萄干味道胜过鲜葡萄，而且不怕夏天的高温。

宋人庄绰所著《鸡肋编》中记了两首诗。时人黄鲁直有《送张谟河东漕使诗》。河东即河东路，约相当于现在的山西省。漕使即转运使，略相当于现在的省长。朋友要去河东做转运使，黄鲁直作诗相赠。诗云："紫参可撅宜包贡，青铁无多莫铸钱。"当时范仲淹任太原的地方长官，上疏论铁钱造得过多，造成了通货膨胀。黄的儿子子夷也能作诗，曾说："当易'无'字作'虽'乃可。"黄另一首赠诗云："虎头墨妙能频寄，马乳葡萄不待求。"评论家又说："维摩画像一本足矣，何用多为？"维摩是唐代的王维。王维的画像一幅就够了，多了没用。宋代的河东转运使治所在并州，就是今天的山西省太原市。当时在太原做官有个好处，那就是吃葡萄比较方便。

另一个解决办法就是藏。《齐民要术》卷四"藏葡萄法"说："极熟时全房折取，于屋下作荫坑，坑内近地凿壁为孔，插枝于孔中，选筑孔使坚，屋子置土覆之，经冬不异也。"这应当叫作窖藏法。夏天收的葡萄可以吃过冬天。一直到第二年，太原的市场上都有清徐葡萄出售，不知道是不是用的这种藏法。

需要补充的是，清徐的葡萄称"龙眼"，可能因为它的颗粒是圆形的。"龙眼"是我国最古老的葡萄品种之一，它应该最接近张骞从西域带回来的品种。这种葡萄适应性强，在旱地、轻度盐碱地，都能生长良好，而且极耐贮藏，可藏至次年的"五一"节前后。此外，"龙眼"还可用来酿制干白葡萄酒，古代的太原葡萄酒应该都是用这种葡萄酿制的。

2009 年 10 月 2 日于太原听风山房

寒　食

我们来说宋代的寒食节，它以禁火吃冷食而著称。

幽兰居士《东京梦华录》卷七"清明节"条说："寻常京师以冬至后一百五日为'大寒食'。前一日谓之'炊熟'，用面造'枣餬（饼类食物）飞燕'，柳条串之，插于门楣，谓之'子推燕'。子女及笄者，多以是日上头。"

笄，女子盘发用的簪子，古代女子十五岁成年，行插笄礼。上头，古代女子成年加笄，称作"上头"。年满十五的女孩要在这一天举行成人仪式。寒食节对宋代的女孩来说，应该是个记忆深刻的节日，它与她的成年仪式紧密相连。

幽兰居士说，京师以冬至后第一百〇五日为"大寒食"。关于这一点，宋人有不同说法。陈元靓《岁时广记》卷十五引《岁时杂记》引《假宁格》说："而民间以一百四日始禁火，谓之'私寒食'，又谓之'大寒食'。"民间自第一百〇四日开始禁火，百姓以当日为"大寒食"。金盈之《醉翁谈录》卷三也说："寒食节冬至后一百五日，即有疾风甚雨，谓之寒食。民间以一百四日始禁火，谓之大寒食……或以一百五日为官寒食，一百四日为私寒食。"冬至后第一百〇五日为"寒食"，第一百〇四日为"大寒食"，"大寒食"又称"私寒食"。幽兰居士大概把"寒食"和"大寒食"搞混了。

有个好消息，寒食节放长假。陈元靓《岁时广记》卷十五引《岁时杂记》引《假宁格》说："清明前二日为'寒食节'，前后各三日，凡假七日。"前三日后三日再加上寒食当天，总共是七天长假。宋代的长假和我们的在天数上并无不同。我们现在有"五一"长假，有"十一"长假，但还没有寒食长假。有长假总是好的。我们将来或许也会有寒食长假。

第一百〇四日要禁火，所以"炊熟"要提前一天，为第一百零三日。金盈之《醉翁谈录》卷三说："又云，一百三日为炊熟，以为后三日禁火为烹炮燖汤之具。"第一百〇四日、第一百〇五日、第一百〇六日禁火三天，所以第一百零三日要预备好三天的食物。陈元靓《岁时广记》卷十五引《岁时杂记》也说："去冬至一百三日为炊食熟，以将禁烟，则当先具也。而以是日沐浴者，因其炊熟之盛，又从此三日无燖汤之具也。""炊熟"日的当天，蒸煮多热水多，喜欢洗澡的人，可以借机清洁下自己，而以后三天就不能啦。高承《事务纪原》卷八则说："故俗每寒食前一日，谓之'炊熟'……"我觉得此处的"寒食"，应该理解为整个节日，换句话说就是它包括第一百〇四日、第一百〇五日、第一百〇六日三天。寒食节的天气还不暖和，吃冷食饮凉水，很多人会觉得难以忍受。人情之常，古今无异。陈元靓《岁时广记》卷十五引《岁时杂记》说："庆历中，京师人家庖厨灭火者三日，各于密室中烹炮尔。后稍缓矣。"庆历（1041－1048）是宋仁宗年号。国家规定要禁火，这个不能违反，但也有变通的办法，密室里国家管不到，当时的东京汴梁，有不少人家在密室里秘密开火做饭。

幽兰居士说"炊熟"日用面做"枣锢飞燕",用柳条穿了挂在门楣,叫作"子推燕"。关于这个"锢"字,黄朝英《靖康湘素杂记》卷二有解释:"《玉篇》从食从固为锢字,户乌切,注云饼也,谓之锢饼,疑或出此。"锢就是饼。但千万别以为"子推燕"是扁平的烧饼样的东西。宋代把面做成的食物通通称作饼,如馓子称作环饼,面条称作汤饼,而馒头称作炊饼。因此,如果单凭一个饼字,还无法断定"子推燕"的形状。我们必须借助别的记载。高承《事务纪原》卷八说:"("炊熟"日)则以面为蒸饼样,团枣附之,名为'子推';穿以柳条,插户牖间。"在宋代,馒头也称作蒸饼。由此可知,"子推燕"形似馒头,上边粘着枣儿。这样的馒头必然是小馒头,因为大了柳条会受不住——柳条上的"子推燕"似乎还不止一个。金盈之《醉翁谈录》卷三也说:"以枣面为饼,如北地枣菰而小,谓之'子推',穿以杨枝,插之户间,而不知何得此名也。"北地,北方。菰,多年生草本植物,生池沼中,嫩茎的基部经某种菌寄生后膨大,可作蔬菜,名茭白。枣和茭白都不大。不过此处的"枣菰"不可能是指两种东西,应该是指一种。因为前边已经说过,枣是粘在面上的,那么所谓的"子推燕"绝不可能比枣更小。"枣菰"究竟是什么呢?这个我们过会儿再说。

先来说为什么会有那样的习俗。金盈之《醉翁谈录》卷三的解释简单:"或者以谓昔人以此祭介子推,如端午角黍祭屈原之义。"人们用"子推燕"祭介子推,好比用粽子祭屈原,古来如此,相沿成俗。高承的解释要复杂些:"相缘云,介子推逃禄,晋文公焚山求之,子推焚死,文公为之寒食断火,故民从此物祀之,而名'子推'。相传之谬,至于如此也。"相传介子推于晋有功,但因故逃进山中。晋文公想要逼他出来,不得已烧山,结果介子推被烧死了。晋文公很内疚，断火吃冷食自我惩罚，百姓遂用"子推燕"来祭他。两处的解释都说，寒食节与春秋战国时代的古晋国有关，核心人物是晋文公和介子推。如果对晋文公、介子推的故事感兴趣，可以去翻下《史记·晋世家》。

在我的家乡晋南，至今有这样的习俗：清明节上坟，家家都要做枣丹。关于枣丹我可以这样介绍：它是圆球形的食品，大小相当于两个拳头；外边是一层面，面里有盐、花椒、茴香等调料，中心包着鸡蛋或枣或核桃仁之类；包好以后在火里烤熟，所以它的表皮焦黄。上坟的时候，年长的父母会拿那些枣丹，在祖先的坟丘上滚过，这是一种象征性的仪式，以此敬献祖宗。宋代的疆域比较小，今天的山西在当时已经是很北的北方，再北就是契丹国了。习俗应该有承传的。我觉得前文说过的"枣䉵"，跟我们的枣丹应该差不多。

幽兰居士接下去说："寒食第三日，即清明节矣。"寒食是第一日，清明是第三日，寒食和清明相隔仅一天。很多人今天只知有清明，不知有寒食。两个节日挨得那么近，可能有人会以为，是清明吞并了寒食。这是今天的情形，在宋代却完全不是这样。陈元靓《岁时广记》卷十七引吕原明《岁时杂记》说："清明节在寒食第三日，故节物乐事皆为寒食所包。"在宋代，是寒食吞并清明。

和今天的清明节一样，古代的寒食节也是祭奠先祖的节日。《东京梦华录》说："自此三日，皆出城上坟，但一百五日最盛。凡新坟皆用此日拜扫。都城人出郊。"寒食集体去上坟，倾城出动往郊外。陈元靓《岁时广记》卷十五引《岁时杂记》引《假宁格》说："北人皆以此日（大寒食）扫祭先茔，经月不绝，俗有寒食一月节之谚。"自大寒食起，北方人扫祭祖茔，络绎不绝，前后持续一个月。金盈之《醉翁谈录》卷三也说："又谓寒食为一月节者，自一百四日，人家出修墓祭祀，如是经月不绝，故俗传有一月节之语。"一个月里人们修建坟墓,祭祀祖宗。寒食是个与思念有关的节日。

同样是祭奠亡灵,皇家的排场总是最大的,幽兰居士这样描述:"禁中前半月,发宫人车马朝陵,宗室南班近亲,亦分遣诣诸陵坟享祀。从人皆紫衫、白绢三角子、青行缠,皆系官给。"皇家的祭祀活动,半月前就开始了。当然,皇家是最有资格也最有能力讲究排场的。"节日,亦禁中出车马,诣奉先寺道者院,祀诸宫人坟;莫非金装绀幰,锦额珠帘,绣扇双遮,纱笼前导,士庶阗塞。"幰,车上的帷幔。至于"道者院",明人李濂《卞京遗迹志》卷十一说:"道者院在郑门外五里,宋时所建,每岁中元节、十月朔,设大会道场,焚钱山,祭军阵亡殁孤魂,金季兵毁。"道者院是祭奠阵亡将士的所在。节日的皇家活动规模空前,已成京城的景致。我们很多人恐怕已经猜到,这个时节是纸扎行业的黄金期:"诸门纸马铺,皆于当街,用纸衮叠成楼阁之状,四野如市。"纸扎店铺的生意当街展开。宋代喜欢扎楼阁,时代在进步,现在有扎奔驰车的。不管名义上如何,节日永远属于活人:"往往就芳树之下,或园囿之间,罗列杯盘,互相劝酬。都城之歌儿舞女,遍满园亭。抵暮而归,各携枣锢、炊饼、黄胖、掉刀、名花、异果、山亭、戏具、鸭卵、鸡雏,谓之'门外土仪'。轿子即以杨柳杂花装簇顶上,四垂遮映。"祭扫变成了野餐,举家出外去郊游。与宋朝的东京相比,太原算大北方了,所以节气要晚不少。汴梁祭扫归来的轿子上杂花簇顶,太原的窗外却基本还是灰色——树木才刚刚发芽,迎春花都还没开,杂花根本谈不上。这情形使我想起司马光。司马光在宋代的太原待过,当时他写过一首诗,诗名就叫《晋阳三月未有春色》,夏历的三月已是季春,此时的太原依旧无春色,诗中说:"上国花应烂,边城柳未黄。"太原的春天来得很晚。

祭扫归来的人们携带"黄胖"。"黄胖"是什么?就是泥人。张仲文《白獭髓》载：南宋宁宗开禧初年，某权臣将当权执政，在皇帝赐给的园子里，大宴朝臣。席间要求大家各赋诗一首。当时一俞姓朝臣在座，他分到的题目就是"黄胖"。张仲文解释："都城春间湖边，则以泥制黄土偶，谓之'土宜'。"泥人还有个别名"土宜"。俞朝臣即席赋诗："两脚捎空欲弄春，一人头上又安人。不知终入儿童手，筋骨翻为陌上尘。"从诗句我们可以想象到泥人的神态。"黄胖"原是儿童的玩物，自黄土中来归黄土中去。俞诗显然话中有话。权臣听了不高兴，俞朝臣随后就遭贬。张仲文补充道："游春黄胖，起于金明池，有杏花园游人，取其黄土戏捏为人形尔。"金明池是宋朝东京西郊的湖泊。某游人随手一捏，捏出了寒食节的节物。

寒食节的喧闹不仅在郊外，也在市场。陈元靓《岁时广记》卷十六引《岁时杂记》说："都城寒食大纵蒲博，而博扇子者最多，以夏之甚迩也。民间又卖小秋千，以悦儿童。团沙为女儿立于上，亦可举之往来上下；又以木为之，而加彩画者甚精。"宋朝东京的寒食节，国家允许以赌博的方式买卖。最主要的交易是扇子，因天夏天已近。又有小秋千，儿童们喜欢。秋千上站着个沙人。

市场上有好玩的，更有好吃的。《东京梦华录》说："节日，坊市卖稠饧、麦糕、乳酪、乳饼之类。"饧是用麦芽等熬成的糖稀。陈元靓《岁时广记》卷十五引《岁时杂记》说："寒食以糯米合采蒻叶裹而蒸之，或加以鱼肉鹅鸭卵等，又有置艾一叶于其下者。"这简直就是粽子。不同的是里边包了鱼肉、鹅蛋等。陈元靓《岁时广记》卷十五引《岁时杂记》又说："寒食煮豚肉并汁露顿，候其冻取之，谓之姜豉，以荐饼而食之。或剜以匕，或裁以刀，调以姜豉，故名焉。"豚肉就是猪肉。豆豉，用黄豆、黑豆泡透蒸熟煮熟发酵而成，有咸淡两种，均可调味。当时叫姜豉，如今叫肉冻，这个我们很熟悉。宋朝的寒食节，人们要吃肉冻夹饼——当然也可能是夹了肉冻的馒头。寒食节不许开火,冷锅冷灶,想象中宋朝的寒食节会很辛苦,其实不仅不辛苦相反还很享受。金盈之《醉翁谈录》卷三说:"是节合都士庶之家,多蓄食品,故京师谚语有'寒食十八顿'之说。又谚云:'馋妇思寒食,懒妇思正月。'正月女红多禁忌故也。"十八,极言其多,并非真的那么多顿。储备的食物多,吃喝容易无节制。馋女人盼寒食,懒女人盼正月,寒食可解馋,正月不做工。我媳妇说这是对女人的诬蔑,因为明明大家都盼么!

郊外归来春已深,幽兰居士似乎也累了:"缓入都门,斜阳御柳,醉归院落,明月梨花。"夕阳垂柳,明月梨花,人们各回各家。归来的脚步是疲惫的,心里的愉悦却是新鲜的。

皇家的仪容即便此时也马虎不得:"诸军禁卫,各成队伍,跨马作乐四出,谓之'摔脚'。其旗帜鲜明,军容雄壮,人马精锐,又别为一景也。"军卒骑马奏乐四出,旗帜鲜明,军容整肃,也成景致。

寒食节至此,就画上句号了。

2010 年 3 月 31 日于太原东山听风山房

七　夕

　　2010年7月的某个夜晚，我躺在办公室的楼顶上，举头望向浩渺的夜空。我不是要假装世外高人夜观天象预知未来，只是因为错过了末班车回不了家，只好在单位将就一晚。仰望所见，只有并不黑暗的夜空，没有半颗星星。印象里太原的夜空就是这样，没有星星，半明半暗，像一块脏抹布。这让我怀念起乡间的夜晚，黑得密不透风，而天空却是那样璀璨——星星大而明亮，像些大号的珍珠。古人所见，必是那样的星空……

　　今夜是七夕，我又躺在办公室的楼顶上。我常常错过末班车，因为回去了也是光杆儿一条，单位相对来说，起码还热闹些。我们夫妻分居两地，日常的生活就是"双城记"。露天躺着给我自信，相信自己很富有：皇帝富有天下，而我富有天上——整个天空全都是我的。我睁大眼睛望向天空，就像古代的皇帝雄视天下。使我惊讶的是，天上竟然有星星。我一直以为太原已经看不到星星了，看来，这是个误会。之所以有这样的误会，我认为原因是：自己已经很多年没有抬头了。这个发现很是让我吃了一惊。回想起来，这么多年我都是在俯视或平视，眼中所见尽是庸常和琐屑。顺便说一句，我们的小说和影视也是这样，被地球引力死死地困在地上，完全是贴着地面爬行。那些星星虽然不够明亮，却足以慰藉我孤寂的心灵——连天上的牛郎和织女都在约会，我却孤孤单单一人。星星一闪一闪，似乎要和我说些什么，可是太远听不见。无论如何，它们的热情感染了我，我的心情渐渐好起来——有这么多星星做伴，我也该知足啦。东南方向有一颗星星格外的明亮，像是远处高楼上的灯光。此时有一架飞机刚好经过，我杞人忧天地担心，担心它会被飞机撞到……

这样的夜晚该回到古代去。我们来说宋朝的七夕。

司马光有诗《和公达过潘楼观七夕市》：

　　织女虽七襄，不能成报章。
　　无巧可乞汝，世人空自狂。
　　帝城秋色新，满市翠帷张。
　　伪物逾百种，烂漫侵数坊。
　　谁家油壁车，金碧照面光。
　　土偶长尺余，买之珠一囊。
　　安知杼轴劳，何物为蚕桑。
　　纷华不足悦，浮侈真可伤。

七夕市，出售七夕节物的市场。潘楼前的七夕市，在宋代的东京规模最大。

陈元靓《岁时广记》卷二十六引《岁时杂记》说："东京潘楼前有乞巧市，卖乞巧物。自七月初一日为始，车马喧阗，七夕前两三日，车马相次壅遏，不复得出，至夜方散。其次丽景保康闹阓门外，及睦亲广亲宅前亦有乞巧市,然皆不及潘楼。"乞巧市即七夕市。交易从七月初一就开始了,七月初七前的两三天,达到高潮。宋朝东京的其他地方也有七夕市,但它们的规模和繁华程度,都比不上潘楼前的。

宋人金盈之《醉翁谈录》卷四也说:"七夕潘楼前卖乞巧物,自七月一日,车马嗔咽,至七夕前三日,车马不通行,相次壅遏,不复得出,至夜方散。嘉祐中,有以私忿易乞巧市乘马行者,开封尹得其人窜之远方,自后再就潘楼。其次丽景保康诸门,及睦亲门外亦有乞巧市,然终不及潘楼之繁盛也。"宋朝东京的七夕市,以潘楼前的为最盛。宋仁宗嘉祐年间,有人赌气在潘楼前的七夕市骑马,结果被开封府尹发配边疆。

现在很多人都知道,2月14日是西方的情人节。有好事者附会说,七夕是东方的情人节。但有人提出异议:传说中的牛郎和织女是已婚夫妇。对情人们来说,节日自然是多多益善。因此尽管有异议,七夕还是成了另一个情人节。

关于七夕,宋人秦观有词《鹊桥仙·纤云弄巧》:

纤云弄巧,飞星传恨,银汉迢迢暗度。金风玉露一相逢,便胜却人间无数。

柔情似水,佳期如梦,忍顾鹊桥归路!两情若是久长时,又岂在朝朝暮暮!

秦观的意思是说,只要感情深,不必在一起。秦观大概没有体会过分离的痛苦。一年相会只一次,天可怜见。来讲个伤感的故事吧。

宋代的泉州(治今福建省泉州市)有个僧人名叫本偁。他有个表兄,是位"海贾"。所谓"海贾",就是从事海上贸易的商人,现在应该称为做国际贸易的,如果他还开着个公司,那就该叫作跨国公司。僧人的这位表兄要去海外做生意,他要去"三佛齐"。"三佛齐"是国名,又称"宝利佛逝国",在今天的苏门答腊岛,当时和宋朝往来密切。这位表兄的船出发时,必定是满载着货物,如果不出什么意外的话,返程的时候,他的船该是满载着金银,以及南洋的种种稀罕物产……

司马光的诗中说:"织女虽七襄,不能成报章。"七襄,指织女星白昼移位七次。报章,不是报纸上的文章,是说织而成章,杼轴往复,织成经纬纹理。《诗经·小雅·大东》说:"跂彼织女,终日七襄。虽则七襄,不成报章。"看来此种说法由来已久。司马光的意思是说,织女虽然忙碌,但效果欠佳,连个合格的纺织女工都算不上。因此他接下去说:"无巧可乞汝,世人空自狂。"织女不值得效仿,乞巧莫名其妙。

接着来说我们的故事。宋代没有航海图,但已有指南针。宋朝的人们做国际贸易,带个指南针就下海了。当时去三佛齐的走法通常是这样:往南航行三日,然后转而向东,否则就要触礁,船毁人亡,人财两空。僧人的表兄出海航行,他遇上了大风。船向南二日半,他估摸着该向东转了,当即转舵。可是,已经来不及啦,船撞在了礁石上……

司马光接下去说:"帝城秋色新,满市翠帟张。"七夕刚过立秋,所以说秋色新。一过立秋天就凉了。我在办公室的楼顶上躺了一会儿,觉得浑身冰凉,因此不得不又搬回到屋子里来。再下来的诗句是:"伪物逾百种,烂漫侵数坊。"伪物,指节物。坊,宋代的居住单位。横跨好几个"坊",宋朝东京潘楼前的七夕市,必定是人头攒动熙熙攘攘。司马光说七夕节物有上百种,我们来说主要的。

首先是"磨喝乐"。

幽兰居士《东京梦华录》卷八"七夕"条说:"七月七夕,潘楼街东宋门外瓦子、州西梁门外瓦子、北门外、南朱雀门外街及马行街内,皆卖磨喝乐。乃小塑土偶耳,悉以雕木彩装栏座,或用红纱碧笼,或饰以金珠牙翠。有一对直数千者,禁中及贵家与士庶为时物追陪。"瓦子,宋代的游艺、贸易场所。直,通"值"。土偶,泥人。"磨喝乐"是一种小泥人。七夕节前,宋朝的东京汴梁,处处都卖泥人"磨喝乐"。有的装饰豪华,价格也奇高,所以司马光说:"土偶长尺余,买之珠一囊。"价格高得离谱,仍有人趋之若鹜。

在我们的故事里,表兄的船撞上了礁石。触礁以前是船,触礁以后就是木板啦。一船的人都死了,只有表兄除外——不幸中有万幸,表兄搞到一块船板。满载的货物全没了,表兄损失惨重;而且一船的人都死了,他们的安家费抚恤金,又该是多大的一笔。表兄此时肯定是心灰意冷。要换了我,此时就干脆丢开木板,也死了算了。可是表兄还没有下定决心,或者是求生的欲望压倒了一切,他还顾不上下决心。总而言之表兄暂时还泡在海水里,等着大鱼来吃他……

我们已经说过,宋朝东京潘楼前的七夕市,到处在卖一种泥人"磨喝乐"。"磨喝乐"又叫"摩睺罗"。

宋人金盈之《醉翁谈录》卷四说:"京师是日多博泥孩儿,端正细腻,京语谓之摩睺罗,小大甚不一,价亦不廉,或加饰以男女衣服,有及于华侈者,南人目为巧儿。""磨喝乐",宋朝的东京话念作"摩睺罗"。磨喝乐大小不等,价格不菲。及,通极。当时的南方人视"磨喝乐"为"巧儿"。

可是"摩睺罗"又是什么呢?有人说"摩睺罗"是"罗睺罗"的对音,而罗睺罗是佛祖释迦牟尼的儿子。

《阿弥陀经疏》卷一说:佛祖释迦牟尼出家六年后,罗睺罗才出生,因此大家都怀疑他不是佛祖的儿子。佛祖得道后,回宫说法,他的妻子为表示自己的清白，拿"欢喜丸"给罗睺罗，让他敬奉自己的父亲。佛祖知道了用意，就把弟子们全都变成自己的模样。可是，罗睺罗奉献不错。佛祖接受了欢喜丸，替身就全都消失了。大家这才相信罗睺罗真是佛祖的儿子。

表兄在海水里漂了三天。去过海边的人都知道，海水咸得很，在海水里泡三天，估计表兄已经跟咸菜差不多咸了。三天里竟然没有鱼来吃他，估计刚开始是鱼没发现他，到后来连鱼都嫌他咸啦……

宋朝东京的七夕节物，除了"磨喝乐"，还有"水上浮"："又以黄蜡铸为凫、雁、鸳鸯、鸂鶒、龟、鱼之类，彩画金缕，谓之水上浮。"凫，野鸭。鸂鶒，一种水鸟，比鸳鸯大，毛多，紫色，俗称紫鸳鸯。用黄蜡做成野鸭、鸳鸯之类并饰以彩绘。这些东西漂在水上，样子想来可爱。

还有"谷板"："又以小板上傅土，旋种粟，令生苗，置小茅屋花木，作田舍家小人物，皆村落之态，谓之谷板。"我们喜欢高楼大厦，古人喜欢田舍茅屋。小小的木板上茅屋花木俱全，"谷板"是微缩的田园。

又有"花瓜"："又以瓜雕刻成花样，谓之花瓜。"瓜该是甜瓜。"花瓜"就是雕刻成花状的甜瓜。

表兄在海里漂了三天，终于来到一个海岛。这些天我正学蛙泳，手的动作总是不对头。这不能怪教练，因为根本就没有教练，我是跟着网上的视频学的。手的动作有问题，气就换不匀，不断地呛水。等到了岸边，我大大地出一口气。表兄看到海岛的心情，肯定比我更放松，他该大大地出好几口气……

宋朝东京的七夕节物，还有"果实将军"："又以油面糖蜜造为笑靥儿，谓之果食，花样奇巧百端，如捺香方胜之类。若买一斤，数内有一对被介胄者如门神之像，盖自来风流，不知其从，谓之果实将军。"靥，酒窝。风流，遗风。用油面糖蜜做成有酒窝的笑嘻嘻的小人儿，叫作"果食"。如果买得多，其中会有位形象似门神的，叫作"果实将军"。陈元靓《岁时广记》卷二十六引《岁时杂记》说："京师人以糖面为果食，如僧食，但至七夕，有为人物之形者，以相饷遗。"那些小面人儿，平时是没有的，只有七夕才有，人们买来互相馈赠。

还有"种生"："又以绿豆、小豆、小麦于磁器内，以水浸之，生芽数寸，以红蓝彩缕束之，谓之种生。""磁器"即瓷器。"种生"是豆芽和麦芽，用彩色的丝线扎起来。陈元靓《岁时广记》卷二十六引《岁时杂记》说："京师每前七夕十日，以水渍绿豆或豌豆，日一二回易水，芽渐长至五六寸许，其苗能自立，则置小盆中，至乞巧可长尺许，谓之生花盆儿，亦可以为菹。"菹，腌菜。"生花盆儿"是盆景。盆里的绿豆苗、豌豆苗长约尺许，既能看又能做菜。这样的经验我们也有。春天的时候，我们把蒜瓣浸在盆里，用不了一个星期，窗台上就会多个盆景，既能看又能吃——蒜苗炒鸡蛋是道美味。

表兄出完了好几口气，放下木板，抬脚上岸。估计表兄此时已经不大会走路——在海水里泡上三天，就是块木头都泡软了，何况是人。他跌跌撞撞走了数十步，看到一条小路，"甚光洁"，好像常有人走。究竟是什么人呢？会不会是食人生番，像鲁滨孙见到的那样？

宋朝的七夕市上还有荷花出售："旋折未开荷花，都人善假做双头莲，取玩一时，提携而归，路人往往嗟爱。"双头莲我们今天叫作并蒂莲。七夕市上的并蒂莲是假的，但人们显然并不介意。

什么节日也缺不了孩子："又小儿须买新荷叶执之，盖效颦磨喝乐。"小孩儿手执新荷叶，模仿"磨喝乐"。而且"儿童辈特地新妆，竞夸鲜丽。"小孩们穿戴整齐，鲜艳无比。

表兄看到一条小路，好像常有人走。要是换了我，此时就该找个隐秘的所在，先躲起来再说，然后密切注意周围的动静。可是这位表兄不，他就那么站着等。大概表兄在海里漂了三天，原以为必死无疑，死过一回的人胆子就大了。或者表兄在海水里给泡傻了。反正表兄就那么干站着，如果此时他还有思想的能力，大概会想，是生是死，听天由命吧……

我们现在会以为，七夕当然是初七。可是在北宋前期，七夕不是初七而是初六。

宋人王栐《燕翼诒谋录》卷三说："北俗遇月三七日，不食酒肉，盖重道教之故。而七夕改用六日。太平兴国三年七月乙酉诏曰：七夕佳辰，近代多用六日，宜以七日为七夕，颁行天下。盖方其改用六日之时，始于朝廷，故厘正之，自朝廷始。"北宋太平兴国三年（978）以前，七夕都在七月初六过，之后才改为初七。之所以初六过，是因为当时的北方道教盛行，初七是道教的忌日。

宋人洪迈《容斋三笔》卷一也说："太平兴国三年七月，诏七夕嘉辰著于甲令，今之习俗多用六日，非旧制也，宜复用七日，且名为七夕而用六，不知自何时以然，唐世无此说，必出于五代耳。"当年七月有诏令，从此七夕改为初七。

表兄等了很久，等来的不是食人生番，而是一位妇人："久之，有妇人至，举体无片缕"，此妇人浑身上下，一丝不挂。而且，"言语啁哳不可晓"，啁哳，声音杂乱而繁细。听着陌生的语言，大概都是这种感觉。彼此言语不通，但并不影响互相交流。"见外人甚善，携手归石室中。至夜，与共寝。"妇人见表兄"甚善"，大概表兄相貌堂堂，虽是落难之人，仍难掩倜傥风流。妇人对表兄有好感。有好感不藏着掖着，不扭扭捏捏，她径直抓起表兄的手。办事直截了当，这是文明程度较低的好处——文明高了顾虑也就多了。妇人拉着表兄的手，把他带入一"石室"。所谓"石室"，大概就是天然的山洞。到了晚上，就同床共枕了。故事到此发生了大转折：海难变成了艳遇……

前边都是铺垫，到了初六、初七，节日正式开始："至初六日、七日晚，贵家多结彩楼于庭，谓之乞巧楼，铺陈磨喝乐、花瓜、酒、炙、笔、砚、针、线或儿童裁诗，女郎呈巧，焚香列拜，谓之乞巧。妇女望月穿针，或以小蜘蛛安合子内，次日看之，若网圆正，谓之得巧。里巷与妓馆，往往列之门首，争以侈靡相尚。"

到了初六、初七的晚间，有能力的人家要在院子里搭建彩楼，叫作"乞巧楼"。关于"乞巧楼"的形制，陈元靓《岁时广记》卷二十六引《岁时杂记》说得详细："京师人七夕以竹或木或麻秸编而为棚，剪五色彩为层楼，又为仙楼，刻牛女像及仙从等于上以乞巧，或只以一木剪纸为仙桥，于其中为牛女，仙从列两傍焉。"彩，彩色丝织物。"乞巧楼"是用竹、木或麻的秸秆编成，外面饰以五彩丝织物。楼上有牛郎、织女及其侍从的形象。有简单些的，是用木头当桥，上有用纸剪成的牛郎、织女等。

"乞巧楼"前的桌案上，有"磨喝乐"、酒、笔、砚、针、线等物，人们焚香祭拜，叫作"乞巧"。关于桌案上的陈设，陈元靓《岁时广记》卷二十六引《岁时杂记》说："京师人祭牛女时，其案上先铺楝叶，乃设果馔等物，街市唱卖铺陈楝叶。"楝叶，楝树的叶子。我小时候在晋南家乡，和朋友们在楝树上捉迷藏。楝树很高，树上捉迷藏当然很危险。一位朋友有次就从树上掉下来，所幸有树枝挡着，基本是站到了地上，并没有摔伤。宋朝东京"乞巧楼"前的桌案上，要先铺一层楝树的叶子，然后再铺其他东西。

七夕节妇女们要月下穿针。关于这一点，宋人金盈之《醉翁谈录》卷四说："其夜妇女以七孔针于月下穿之，其实此鍼不可用也，鍼褊而孔大。"鍼，针。褊，通扁。针是七孔针，针鼻有七个。月光不可能太亮，月下穿针是个仪式，所用的针也只是个道具，针很扁，针鼻很大。

还要在小盒子里放只蜘蛛，次日揭开盖子来看，如果蜘蛛结的网是圆形的，就算"得巧"。宋朝的人们玩蜘蛛，这个够新奇。古人很会娱乐。我家的卫生间里现在有两只蜘蛛，这种八只脚的生物样子吓人，我有点害怕。

晚上，妇人与表兄同床共枕，到了第二天早上，"举大石窒其外，妇人独出"。窒，堵塞。妇人搬来大石头，堵住洞口，然后一个人出去了。"至日晡时归，必赍异果至，其味珍甚，皆世所无者。留稍久，始听自便。如是七八年，生三子。"晡时，即申时，下午三点到五点之间。到了下午三五点，妇人回来了，带回稀罕的野果，味道好得很，以前从来没尝过。一段时间以后，才可以自由活动。这样过了七八年，妇人生下三个儿子。这情形使人想到被拐卖的妇女，只是男女角色颠倒了过来……

宋朝的七夕不放假。宋人庄绰《鸡肋编》卷下说："徽宗尝问近臣：'七夕何以无假？'时王黼为相，对云：'古今无假。'徽宗喜甚，还语近侍，以黼奏对有格致。盖柳永《七夕词》云：'须知此景，古今无价。'而俗谓事之得体者，为有格致也。"宰相的对答巧借了著名词人的句子，宋徽宗因此高兴得很。这样的皇帝真是入错了行。柳永的词是这首《二郎神·炎光谢》：

炎光谢。过暮雨、芳尘轻洒。乍露冷风清庭户，爽天如水，玉钩遥挂。应是星娥嗟久阻，叙旧约、飙轮欲驾。极目处、微云暗度，耿耿银河高泻。

闲雅。须知此景，古今无价。运巧思穿针楼上女，抬粉面、云鬟相亚。钿合金钗私语处，算谁在、回廊影下。愿天上人间，占得欢娱，年年今夜。

柳永写罢天上写地上，天上在约会，地上在穿针。

表兄在海岛上生活了七八年，有老婆有儿子，但他想念家乡，想念在泉州的亲人。一天他散步至海边，刚好有船靠岸，是被风刮来的泉州人，而且船主是旧相识，于是急急上船。此时妇人赶来，已经撑不上啦，"呼其人骂之，极口悲啼，扑地气几绝"。妇人喊着表兄的名字大骂，悲痛欲绝，几乎背过气去。妇人难过，表兄也不好过："其人从篷底举手谢之，亦为掩涕。"表兄在船帆底下举手谢罪，掩面而泣。船帆已涨起，妇人越来越小，变成了一个点，最后完全消失。这样表兄又回到了宋朝的泉州。从此海岛上多了位织女，泉州添了位牛郎……

宋朝的七夕就是这样。至于那个故事，它出自宋人洪迈所著《夷坚志》甲集卷七，篇名叫作《岛上妇人》。

2010年8月16日写于太原听风山房

烧　羊

1

此刻是2010年10月24日，我独自窝在太原六楼的家里发抖。电视上说近几日有寒流侵袭，而暖气要到下月初才会来。我围着被子坐在床上，什么都不想做，什么都不想听，透过窗户望出去，天色越来越暗。时针已经指向18点，生物钟告诉我，该放下被子去吃晚饭。这样的情境下，我对晚饭的渴望，就是一碗热气腾腾的羊肉汤……一千年前的皇帝，不同的处境、不同的时节，却和我有着相似的渴求。

《宋史·仁宗本纪》说宋仁宗："宫中夜饥，思膳烧羊，戒勿宣索，恐膳夫自此戕贼物命，以备不时之需。"膳，进食。现在叫烤羊，宋代叫烧羊。戕贼，摧残、伤害。宋仁宗夜来饥饿，想吃烤羊肉，但他不肯下旨索要，因为怕底下人从此为备不时之需，每日宰杀，日积月累，伤害生命无数。

皇帝可以下旨索要，但他放弃了。我不是皇帝，想要一碗羊肉汤，当然不能下旨，只能亲自到楼下去。虽然很不情愿，也没有别的办法。我正打算放下被子，亲自到楼下去，亲自去吃这碗羊肉汤……

关于宋仁宗晚上想吃烤羊肉的事，宋人魏泰《东轩笔录》卷三说得详细。一日早起，仁宗对伺候他的近臣说："昨夕因不寐而甚饥，思食烧羊。"皇帝夜来辗转无眠，腹中饥饿，想吃"烧羊"。侍臣就问："何不降旨取索？"仁宗回答："比闻禁中每有取索，外面遂以为例。诚恐自此逐夜宰杀，以备非时供应，则岁月之久，害物多矣。岂可不忍一夕之馁，而启无穷之杀也？"比，近来。禁中，宫里。馁，饥饿。皇帝如果一次夜里要吃烤羊肉，底下人就会做好皇帝天天夜里都要吃烤羊肉的准备。年深月久，杀羊无数。为千千万万只羊的性命，皇帝忍饥挨饿一整夜。仁宗说完，左右人等皆呼万岁，有人甚至感动得涕泗横流。

皇帝忍饥挨饿，有人以泪洗面。我不想感动谁，因此没必要挨饿。现在是18点一刻，我该响应肠胃的号召，长啸一声出门去——天气实在太冷，不长啸下不了决心出门……

仁宗皇帝半夜饿得发慌，他不要烤乳猪，只要烧全羊，为什么呢？

因为宋代的御厨，向来只用羊肉。宋人周辉《清波杂志》卷一载，宰相吕大防等曾向哲宗皇帝讲到"祖宗家法"："祖宗家法甚多，自三代以后，唯本朝百三十年中外无事，盖由祖宗所立家法最善……"意思是说尧舜禹三代之后，只有本朝百余年天下太平，原因就是祖宗家法立得好。接下来吕大防列举家法数条，其中饮食部分是这样："饮食不贵异味，御厨止用羊肉……"不嗜山珍海味，御厨只用羊肉。

吕大防的意思似乎是说，吃羊肉就会传染上羊的天性，皇帝会因此变得仁慈，施行仁政。众所周知，宋代素号"积弱"，经常遭受契丹与西夏的欺侮。如果吕大防的理论真的成立,那么大宋皇帝的羊肉也吃得太多了。他们该适当吃点猛兽的肉,比如老虎、豹子或者棕熊的,那样兴许国家会强大起来……如今的猛兽都是保护动物,城市里的都进了动物园,野外的很稀少不容易碰上,不过即便有幸碰上,谁吃谁基本也是一目了然。所以我不想在野外碰上猛兽,我只想平平安安地吃上一碗羊肉汤。

2

我有一位朋友在酒楼里喝汤,他一气喝了十八碗,喝得服务员瞠目结舌。宋代有位张齐贤,与我的这位朋友相比,有过之无不及。

欧阳修《归田录》卷一说:"张仆射齐贤体质丰大,饮食过人,尤嗜肥猪肉,每食数斤。天寿院风药黑神丸,常人所服不过一弹丸,公常以五七两为一大剂,夹以胡饼而顿食之。淳化中罢相知安州。安陆山郡,未尝识达官,见公饮咽不类常人,举郡惊骇。尝与宾客会食,厨吏置一金漆大桶于厅侧,窥视公所食,如其物投桶中,至暮,酒浆浸渍,涨溢满桶。郡人嗟愕,以谓享富贵者,必有异于人。"张齐贤体形庞大,食量过人,尤其嗜吃肥猪肉,一吃好几斤。一种治病的药丸,常人小小一丸足矣,张齐贤得半斤多,夹在烧饼里,一气吞下。安州,治今湖北省安陆市。当时的安州地处偏远,当地人对此公食量惊骇不已。张曾与宾客饮宴,厨子于厅侧置一大桶,张齐贤吃喝什么,厨子就往桶里倒进什么。到了晚间,大桶满溢。郡人惊叹:富贵之人,有异常人。郡人的惊叹不无道理:这样的食量,贫家如何养活得起?

我们继续来说羊肉。宋代的皇宫里有道名菜,名字叫作"旋鲊",它由羊肉制成。

关于此菜的由来，宋人蔡绦《铁围山丛谈》卷六说："开宝末，吴越王钱俶始来朝。垂至，太祖谓大官：'钱王，浙人也。来朝宿共帐内殿矣，宜创作南食一二以燕衎之。'于是大官仓促被命，一夕取羊为醢，以献焉，因号'旋鲊'。至今大宴，首荐是味，为本朝故事。"开宝是宋太祖赵匡胤的年号。醢，鱼肉等制成的酱。旋，顷刻、随即。鲊，经过加工的鱼类制品，如腌鱼、糟鱼等。荐，进献。北宋开国未久，南方的吴越国王主动来朝见，宋太祖赵匡胤为了表示亲热，命御厨烹制南方菜肴招待他。御厨仓促受命，用羊肉做成"旋鲊"，就是用羊肉制成的肉酱。"旋鲊"自此成为北宋宫廷第一道大菜。

宫廷的风尚传染给民间，北宋市井也以羊肉为贵。

苏轼初到黄州时，写信给他的朋友说："黄州……鱼稻薪炭颇贱，甚与穷者相宜。"黄州物价低廉，很适合穷人居住。苏轼被贬官去了黄州，他却发现黄州的好处。在另一封信里他又说："羊肉如北方，猪牛獐鹿如土，鱼蟹不论钱。"猪肉牛肉价廉如土，羊肉却和北方一样。在整体物价低廉的情况下，羊肉的价格已是天价。

到了南宋，风俗依然。陆游《老学庵笔记》卷八说："建炎以来，尚苏氏文章，学者翕然从之，而蜀士尤盛。亦有语曰：'苏文熟，吃羊肉。苏文生，吃菜羹。'"建炎是南宋高宗年号。苏轼文章风行南宋，熟读东坡文章，容易踏上仕途，顿顿吃羊肉，不然的话，就只好顿顿菜羹了。在宋代人的眼里，有羊肉吃才算好生活。

在我的故事里，我在羊汤馆里坐定。关于太原羊汤馆的格局，我可以这样描述：有一口特大号的铁锅，直径约有三尺许；锅里煮着一架完整的羊骨；乳白色的羊汤沸腾着。需要补充的是，羊汤沸腾的姿态保持一整天。太原的羊肉汤分大小碗，但实际上碗的大小并无分别，分别只在羊肉的多少。像我置身其间的这种羊汤馆，太原有很多很多家，最有名的位于柳巷北口，店名"郝刚刚羊杂割"。想在这家店里吃碗羊肉汤，你通常得排很长时间的队。而且还要估算好时间，因为不管有多少顾客等着，该店绝对雷打不动，只营业到下午两点钟……此时我已经交完了钱，静静地等着我的羊肉汤。

3

接着来说张齐贤的饭量。

宋人邵博《邵氏闻见录》卷七说：张文定公齐贤，"饮啖兼数人"，一个人的饭量顶好几个常人。"自言平时未尝饱，遇村人作愿斋方饱。"愿斋，因还愿而设食施斋。张齐贤说自己平日从未吃饱，只有遇上村人作"愿斋"敞开了吃，才能饱上那么一回。"尝赴斋后时，见其家悬一牛皮，取煮食之无遗。"曾去赶这样的"愿斋"迟到，吃的都被别人吃光了，他见人家里挂着一张牛皮，当即取来煮熟，吃了个精光。"太祖幸西都，文定公献十策于马前，召至行宫，赐卫士廊餐。"宋太祖赵匡胤驾幸西都洛阳，张齐贤于马前献策，太祖将其召至行宫，赐给饮食。"文定就大盘中以手取食，帝用柱斧击其首，问所言十事。文定且食且对，略无惧色，赐束帛遣之。"张齐贤直接伸手入盘，用手抓饭大嚼特嚼。太祖用他的著名的柱斧敲张的头，问所献策是什么。张一边吞咽一边回复，面不改色心不跳。"帝归，谓太宗曰：'吾幸西都，为汝得一张齐贤宰相也。'"太祖归来后对太宗说：此次西都之行，为你物色到一位张宰相。

宋太祖赵匡胤是何等英明的皇帝，他绝不可能根据饭量来选择宰相，那样只能选到饭桶。宋太祖应该是根据张齐贤所献计策，以及他对答时的从容。

我的热气腾腾的羊肉汤已经放在眼前，触手可及。关于羊肉汤的内容，我可以这样介绍：汤是乳白色的；汤的表面有几片熟透的羊肉；肉片的周围，接近白色的是切碎的葱白，而鲜翠欲滴的是新鲜的香菜；在羊肉汤的深处，是柔软而韧劲十足的粉条。此外，还有一个烧饼。太原人吃羊肉汤，必得就烧饼。烧饼在宋代该称作"胡饼"或者"炉饼"。

我的面前是一碗蒸腾着热气的羊肉汤，由此我想到了家乡的"羊肉胡卜"。我的家乡在山西的南部。小时候如果想吃羊肉，思维的指向就是一碗"羊肉胡卜"。关于这种北方的乡间美食，需要解释的是"胡卜"：它是一种烹调的方法。具体的程序是这样：先将事先煮好的羊肉汤舀几勺入锅，接着加凝成蜡状的羊油少许，然后将一种特制的面饼切条备用，锅开后放入饼条煮沸片刻，最后放调料、葱花、香菜等即成。

记得小时候的羊肉，羊膻味特别重，后来我知道那是山羊肉，绵羊肉就没有那种怪味。由此我得以明白，羊肉的品质有高下之别。宋代的英州出产一种乳羊，它是与众不同的妙品。

宋人周辉《清波杂志》卷三"乳羊"条说："英州碧落洞乳羊，饮钟乳涧水，体白如乳。遇刲方见，然不常有也。"英州，治今广东省英德市。刲，割、刺杀。这种羊稀罕得很，它饮钟乳涧的水，通体洁白如乳。关于这种羊，《萍州可谈》卷二说：乳羊肉"大补羸"，这种羊肉对体质弱的人大补。宋人范成大《桂海虞衡志》"志兽乳羊"条还说：英州"出仙茅，羊食茅，举体悉化为肪，不复有血肉。食之宜人"。羊吃了当地一种茅草，血肉全部化为油脂。这种羊肉体质弱的人吃了能大补，体质正常的人吃了也有裨益。我对这种乳羊肉梦寐以求，只是不知道今天还有没有出产。

4

张齐贤食量惊人，可他偏偏出身贫贱，这是对矛盾。他有自己的解决办法。司马光《涑水记闻》卷七载："张齐贤为布衣时，倜傥有大度，孤贫落魄，常舍道上逆旅。"张齐贤未做官以前，穷愁潦倒，经常住在旅店里。"有群盗十余人，饮食于逆旅之间，居人皆惶恐窜匿。齐贤径前揖之，曰：'贱子贫困，欲就诸大夫求一醉饱，可乎？'"有群盗十数人，在旅店里畅饮，旅客惊惶四散，唯独张齐贤不跑，他上前一揖，说自己想求一顿饱饭。"盗喜曰：'秀才乃肯自屈，何不可者？顾吾辈粗疏，恐为秀才笑耳。'即延之坐。"群盗高兴地说，秀才肯屈尊当然没问题，只是我等粗疏，怕要被你取笑。"齐贤曰：'盗者，非龌龊儿所能为也，皆世之英雄耳。仆亦慷慨士，诸君又何间焉？'"张齐贤说盗贼都是当世英雄，我也是慷慨之士，因此不必介意。"乃取大碗，满酌饮之，一举而尽，如是者三。又取猪肩，以指分为数段而啗之，势若狼虎。"啗，同啖。张齐贤取大碗斟酒，一饮而尽，连干三大碗。又取猪肘子肉，撕开成数段，狼吞虎咽。"群盗视之愕眙，皆咨嗟曰：'真宰相器也。不然，何能不拘小节如此也！他日宰制天下，当念吾曹皆不得已而为盗耳，愿早自结纳。'竟以金帛遗之。"群盗惊愕不已，感叹说真乃宰相之器，否则哪能这样不拘小节！日后经纬天下，应念及我等做盗贼也是迫不得已，愿及早结交。说完群盗争相赠他礼物。"齐贤皆受不让，重负而返。"张来者不拒，满载而归。

我们接着来说羊肉。

我面对一碗羊肉汤，正准备享用它。桌上的调料有白胡椒、精盐、味精、鸡精等等，我喜欢白胡椒，用小勺舀起一些撒入羊肉汤，然后我也像张齐贤分猪肘子肉一样，用手指将烧饼分开，浸入羊肉汤。浸透需要时间，我先夹起一片羊肉放进嘴里。这片羊肉薄如蝉翼，基本是入嘴即化，煮得非常之软，这样的羊肉才容易消化。

宋人周辉《清波杂志》卷九"说食经"条说："食无精粗，饿皆适口。故善处贫者，有'晚餐当肉'之语。"饿了什么东西都好吃。安步当车，晚食当肉，这是穷人的自处之道。"辉家与宗室通婚姻，常赴其招。家家类留意庖馔，非特调盉应律令，且三字'烂、热、少'。"周辉家与宋朝的宗室联姻，常去他们家里做客，宗室家家留意饮食，不仅烹调得法，而且力求烂、热、少。"烂则易于咀嚼，热则不失香味，少则俾不属厌而饫后品。"烂就容易咀嚼，热就不失香味，少就回味无穷。"辉顷出疆，自过淮，见市肆所售羊边甚大，小者亦度重五六十斤，盖河北羊之胡头，有及百斤者。"边，整羊沿脊椎一分为二，就是两边。当时市面上出售的羊肉，每边有五六十斤，最大的接近百斤。"驿顿早晚供羊甚腆，既苦生硬，且杂以芫荑酱，臭不可近。"芫荑，木名，果仁可做酱，味辛。旅店里羊肉供应充足，可惜生硬得很，又混了芫荑酱，简直难以下咽。"若用前二说制以饷客，岂不快屠门之嚼哉！"如果再能烂一些、热一些，就好极啦！

羊肉必须烂才好吃，这一点我与周辉有同感。

5

张齐贤早年做过一个梦，这个梦与羊肉有关。宋人周辉《清波杂志》卷八"食料羊"条说："淳化宰相张公齐贤，布衣时尝春游嵩岳，醉卧巨石上。梦人驱群羊于前，曰：'此张相公食料羊也。'既贵，每食数斤，犹未厌饫，健啖世无比者……以是知贵人鼎养丰厚，冥冥中自有定数，贫儒岂可不安藜藿之分！"淳化是宋太宗的年号。

张齐贤春游嵩山,喝醉了躺在巨石上沉入梦境。他梦见有人赶着一群羊上前来,说这些都是张宰相的口中物。张齐贤发达以后,每顿能吃好几斤,仍觉意犹未尽。周辉最后感叹:富贵在天,冥冥中自有定数,贫儒只好安贫认命。

前文我们说过,张齐贤嗜吃肥猪肉。照理他该梦见有人赶着一群猪来才对。之所以梦见羊而不是猪,大概因为只有吃羊肉,才足以象征富贵。如果换作今天,就该梦见有人赶着鲍鱼来。

周辉很注意养生,主张食物要烂,羊肉怎样煮才容易烂呢?宋人陈元靓《事林广记·煮羊肉法》说:"老羊同瓦片煮,则易烂;羝羊同核桃煮,则不膻。凡煮羊,浆水略浸,同茯苓煮,极佳。"羝羊,公羊。浆水,一种饮料,类似米酒而味酸。茯苓,中药名,又名云苓、白茯苓。老羊的肉和瓦片同煮易烂,公羊的肉与核桃同煮不膻,羊肉用浆水略微浸泡,再与茯苓同煮极佳。古人的做法我们值得一试。

宋人林洪《山家清供》记载了一种"山煮羊",类似我们今天的羊肉煲,具体做法如下:"羊作臠,置砂锅内,除葱、椒外,有一秘法,只用槌真杏仁数枚,活水煮之,至骨糜烂。"臠,切成小块的肉。活水,有源的长流水。羊肉切块入砂锅,搁葱段、花椒及杏仁等,添"活水"煮,至肉烂。这种做法简单易行,只除了"活水"不容易搞到。

羊肉除了煮熟,还有个简便的吃法,就是切片涮熟。《山家清供》中记载到涮羊肉,当时叫作"拨霞供":"向游武夷六曲,访止止师,遇雪天,得一兔,无厨人可制。师云:'山间只用薄批,酒、酱、椒料沃之。以风炉安座上,用水少半铫,候汤响一杯后,各分以箸,自令夹入汤摆熟,啖之,乃随意各以汁供。'因其用法,不独易行,且有团栾热暖之乐……猪、羊肉皆可。"武夷山有九曲,第六曲为仙掌峰。风炉,铜铁铸成的鼎形炉子,唐宋时流行。銚,盛水工具。林洪下雪天上武夷山访友,友人搞到一只兔子。整治干净后切薄片,浇上酒、酱等调料腌渍片刻。水开后在锅里涮熟,蘸汁入口。此法不仅简便,而且很有团聚的气氛。此处主要说的是兔肉,但羊肉、猪肉也可。"拨霞供"既可以是涮兔肉,也可以是涮羊肉。

在我的故事里,我已经做好准备,准备享用一碗羊肉汤。在这个关键的时刻,店里进来一对年轻的恋人,在我的邻桌落座。男的去柜台上交完了钱,回到座位上等着。他们轻声呢喃,声音之细近似耳语。工夫不大,他们的羊肉汤端了上来,只有一碗。两人共食一碗羊肉汤,这多有创意。更妙的创意是他们的吃法——他们给对方喂汤,共吸一根粉条。尽管我尽力约束自己的眼睛,他们的创意还是闯入了我的眼帘。因为他们的以上创意,我那碗羊肉汤就吃得乱七八糟的,不知道为什么我心乱如麻。

2010年10月24日星期日写于太原东山听风山房

黄　柑

现在是北方的冬天，窗外的风景并不赏心悦目：远处的烟囱，懒懒散散地飘着白烟；花园里草地枯黄；灌木丛有些绿色，但像块脏抹布；乔木基本都是光秃秃的，叶子在秋天就落了，有些没来得及落，死白死白的，全是些干叶子；松柏不落叶，但跟那些灌木丛也差不多……这个季节的北方，基本是黯淡的，它缺乏生气，看多了让人沮丧。

说点有颜色的事物吧，我们来说黄柑。

众所周知，明代刘基有《卖柑者言》，其中说："杭有卖果者，善藏柑，涉寒暑不溃。"故事发生在明代的杭州。卖柑者大概跟我们街头的水果贩子相近，不过他还要贮藏，他贮藏、出售一条龙。"出之烨然，玉质而金色。"其人贮藏有术，柑子历经寒暑，依旧光彩照人。"置于市，贾十倍，人争鬻之。"价格虽高，顾客趋之若鹜。"予贸得其一，剖之，如有烟扑口鼻，视其中，干若败絮。"当时的柑子是论个儿卖的。刘基买到一颗，剥开烟扑鼻，定睛一看，瓤似破棉絮。"予怪而问之曰：'若所市于人者，将以实笾豆、奉祭祀、供宾客乎？将炫外以惑愚瞽也？甚矣哉，为欺也！'"笾、豆，盛祭品的两种器具。刘基吃了一股烟，不由得怒火往上蹿，他质问水果贩子，这种柑子既不能祭鬼神，又不能待客人，你这是把顾客当傻子和瞎子，你存心欺骗，你太过分啦！

刘基字伯温，是明代的著名政治家，政治家写文章不白写，他意在影射尸位素餐的官僚。我们的兴趣却在柑子。刘基写的是明代的柑子，它金玉其外而败絮其中，中看不中吃。这个故事说明，柑子不耐久存，经过一寒一暑，柑子成了"木乃伊"。尝柑须趁鲜。

在植物分类学上，黄柑属于柑桔。我国是柑桔的原产地，南起海南，北至山东黄河以南地区，都有种植。只不过山东黄河以南地区及河南南阳等地，因气候较冷，雨量又少，分布面积很小。柑桔不仅指柑和桔两类植物，它是指芸香科柑桔亚科柑桔族中柑桔亚族的一群植物，共有13属，柑、橘、柚、橙等都包括在内。13属当中有经济价值、供栽培或嫁接时用作砧木的有三属：枳属、柑桔属、金柑属。我们通常所说的柑桔类果树，主要就是指这三个属的植物。现代园艺学认为，柑是桔与橙的杂交后代。桔的个头小或中大，常呈扁圆形，皮色橙黄或橙红，较薄，味甜或酸。屈原著《离骚》，其中就有《桔颂》一章。要区别柑与桔，有个简单的标准：柑的皮较厚，比较难剥离；桔的皮较薄，很容易剥离。

我国种植黄柑的历史甚为悠久。汉代的司马相如作《上林赋》，说："黄柑、橙、榛，罗乎后宫，列乎北园。"汉代的皇家园林里，黄柑随处可见。唐代诗人柳宗元有诗《柳州城西北隅种柑树》："手种黄柑二百株，春来新叶遍城隅。"柳宗元在柳州大搞植树造林，亲手种下黄柑二百株，到了春天，新绿遍布城西北。

来说宋代的黄柑。

司马光有《黄柑》诗：

　　黄金缀缥蒂，摇落楚江涯。
　　采助杯盘胜，羞将橘柚偕。
　　时移香不变，物远味尤佳。
　　欲种沧州树，何年此意谐？

偕，比，并。谐，成，办妥。

在司马光的想象当中，黄柑缀满绿树，像些金质的灯笼，一阵风过，飘飘洒洒，纷纷坠落。我们都知道，柑桔是亚热带的常绿果树。司马光是北方人，但他小时候在安徽和四川生活过，长大以后又在苏州做过地方官，他对树上的黄柑，是有直观印象的。

我也是北方人，但我在北方出生，也在北方长大。所以过去我对黄柑基本没什么知识，几乎到了五谷不分的程度。在我童年的生活当中，似乎只有桔，它鲜红鲜红的，装在竹筐子里，竹子带着新鲜的翠绿。过年的时候，家里会奢侈地买上一筐子，它是年货的一部分。因此，我的词汇里一度只有桔，不论是买柑子、桔子或是同类的其他水果，我都会问：桔子多少钱？还有，"橘"字使我困惑：它是另外的东西吗？它和桔有什么不同？

我虽无知却好学上进，字典是最方便的老师，我去查字典。字典上的解释是这样：橘，俗作桔。桔是橘的另一种写法。孔乙己说"回"字有四种写法，"桔"字则有两种写法。橘就是桔，桔就是橘，橘和桔根本就是一回事。我还去翻书，书上说：柑桔种类繁多，名称复杂，同名异物或同物异名现象普遍。看来柑桔的名称，即便在专业的学者当中，也是个不易搞清的问题。为什么呢？书上解释：柑桔类果树属间、种间极易自然杂交，而且枝条容易发生芽变，种子一般为多胚性，萌芽时无性胚占优势。因此变异后的植株容易通过种子繁殖，形成新的类型系统。此处颇多专业术语，不大好懂，简单点说就是，柑桔极容易发生变异，而变异后又容易通过种子繁殖，因此名称总是滞后于实际，命名因此变得困难。

司马光的诗句隐隐表达了这样的意思：柑子比桔子和柚子珍贵。那么，柑子的可贵之处何在呢？元代林昉《柑子记》说："柑，橘柚之甘者也。"柑桔当中，柑子以甘甜著称。

此时的北方太原，西北风到处乱窜，树梢发出的声响，就像鞭梢猛地抽向空中，天气真是冷得要命。可再冷的天气，也挡不住水果贩子的营生，街边有柑子出售，它们使人想到黄色的火焰。下午下班等车的工夫，我捎了些回来。此时我掰开一颗，放一瓣在嘴里，咬下去，冰冰凉，沁人心脾。冰中带甜，甜中带冰，这是北方冬天吃柑的妙处。《全宋诗》卷二五八有梅尧臣诗《和正月六日沈文通学士遗温柑》："禹书贡厥包，未知黄柑美。竞传洞庭熟，又莫永嘉比。适观隐侯诗，获此殊可喜。诵句擘露囊，香甘冷熨齿……"正月初六，有人赠给诗人黄柑，既香又甜又冰，浸润诗人齿牙。黄柑的寒甜，古今一般无二。

我们刚才说到，柑桔类植物当中有经济价值、可供栽培或嫁接时用作砧木的有三属：枳属、柑桔属、金柑属。其中的枳属植物，是一种灌木状的小乔木，分布北起河北、山东，南至广东、广西，以华中一带栽培最盛。枳子圆形或梨形，表面有密毛，果肉富胶液，味道既苦且辣。柑桔属植物均为乔木，果皮宽松易剥离，其分布的北限至江苏无锡、苏州，陕西汉中，甘肃文县、武都一带。金柑属植物均为灌木，果实小，皮厚，肉质化，味香甜，果肉小而少，味酸，分布在福建、广东、浙江、广西、江苏、湖南等地。

说到枳，很多朋友恐怕会立刻想到春秋战国时人晏婴，他曾提到枳子。《晏子春秋·晏子使楚》中说：当时齐国的宰相晏婴出使到了楚国，楚王赐晏婴酒，酒酣，二吏人缚一罪犯至楚王前。楚王问："缚者曷为者也？"意思问被绑的人犯了什么法。吏人回答："齐人也，坐盗。"意思说是齐国人，犯了盗窃罪。楚王转脸看着晏婴，阴阳怪气地问："齐人固善盗乎？"意思是问齐国人是否本性爱盗窃。晏婴离开座位，很尊重地回答："婴闻之，橘生淮南则为橘，生于淮北则为枳，叶徒相似，其实味不同。所以然者何？水土异也。今民生长于齐不盗，入楚则盗，得无楚之水土使民善盗耶？"桔生淮南则为桔，生于淮北则为枳，叶子相似，味道迥异。为什么呢？因为水土不同。百姓生长齐国不盗窃，到了楚国就盗窃，因为楚国的水土不好。晏婴很机智。楚王本想羞辱晏婴，结果反被晏婴羞辱。楚王最后苦笑道："圣人非所与熙也，寡人反取病焉。"熙，同嬉，开玩笑。圣人不可以随便开玩笑，寡人这是自讨没趣。楚王倒是坦白，他善于自我解嘲。春秋战国的人们已经注意到，桔与枳生长地域不同，他们认为那是因为水土的关系。

梅尧臣的黄柑产自温州，宋代的黄柑以温州出产为最佳。宋人张世南《游宦纪闻》卷五说："永嘉之柑，为天下冠。"永嘉即指温州。

但宋代不是只有温州才出产黄柑。

宋人王栐《燕翼诒谋录》卷五载："承平时，温州、鼎州、广州皆贡柑子，尚方多不过千，少或百数。其后州郡苞苴权要，负担者络绎，又以易腐，多其数以备拣择，重为人害。天圣六年四月庚戌，诏三州不得以贡余为名饷遗近臣，犯者有罚。然终不能禁也。今唯温有岁贡岁馈，鼎、广不复有之矣。"

苞苴，贿赂。温州，治今浙江省温州市。鼎州，治今湖南省常德市。广州，治今广东省广州市。天圣是宋仁宗的年号，天圣六年是

1028年。宋仁宗时三州进贡黄柑，后来只有温州进贡，是因为鼎州、广州的黄柑品质下降吗？

皇宫多不过千枚，少则只有数百枚。当时运输不方便，肩挑车载不容易。我们注意到，三州当中有两州在东南沿海。为什么呢？我们已经说过，柑是桔与橙的杂交后代，现代园艺学认为，从华南沿海岸线向北发展的亚热带性橙类，与从长江下游向南发展的温带性桔类，在具有海洋性和湿润气候特点的浙闽粤沿海地区汇集，两者杂交形成柑类。

司马光的黄柑如何得来呢？或许是"传柑"。

苏轼有诗《上元侍饮楼上三首呈同列》，其三云："老病行穿万马群，九衢人散月纷纷。归来一点残灯在，犹有传柑遗细君。"上元，即正月十五元宵节。楼，指宣德楼，宋代宫城周围五里，南三门：中为宣德，东为左掖，西为右掖。细君，妻子。苏轼自注说："侍饮楼上，则贵戚争以黄柑遗近臣，谓之传柑。"在宋代，上元节的宣德楼前广场，会有盛大的节日表演，皇帝和嫔妃们在宣德楼上观看，皇帝会召某些近臣上楼宴饮，表示一种礼遇，皇亲贵胄纷纷赠送近臣黄柑，叫作"传柑"。上元节的晚会散得迟，苏轼回家晚，到家时，残灯如豆，妻子在等他，苏轼以"传柑"相送。

"传柑"之俗其实由来已久，起码唐代已有。

元代林昉《柑子记》说："唐开元，天子元夕，会宰执、侍从，饷黄柑。既拜，赐怀其余以归，转相馈遗，号曰传柑，不数橘柚矣。"开元，唐玄宗年号。元夕，正月十五夜。宰执，宰相。皇帝招待宰相，每人赏几枚黄柑，宰相带回来，转而馈赠亲友，叫作"传柑"。

唐代的"传柑"，产自温州。《柑子记》接下去说："然此特温柑，非台柑也。宣和中，植温柑数十本于艮岳，台柑犹未知名。"宣和，宋徽宗年号。艮岳，宋徽宗在东京汴梁景龙山侧筑土山，山周围十余里，分东西两峰，最高峰九十尺，因在都城之艮方（东北方），故名。宋徽宗在东京造园林，园内种植黄柑数十棵，它们都来自温州。温州黄柑在宋代可谓独领风骚。《全宋诗》卷八五九苏辙《毛君惠温柑荔枝二绝》其一："楚山黄橘弹丸小，未识洞庭三寸柑。不有风流吴越客，谁令千里送江南。"宋代的温州黄柑，个头应该够大。温州的黄柑之佳，此诗可佐证：朋友千里迢迢赶来，送给诗人几枚黄柑，如果不是足够珍贵，朋友就太小题大做了。

当然，司马光的黄柑也可能跟我的一样，是从市场上买来。

宋人洪迈《夷坚志补》卷八"李将仕"条说：某生见一人手持永嘉黄柑从门口经过，就喊住和那人"关扑"。所谓"关扑"简单点说，就是带赌博性质的买卖，这种形式的买卖为当时的国家所许可。但是他运气坏，输万钱，于是气不打一处来，嚷嚷说："坏了十千，而一柑不得到口！"花了一万钱，一瓣黄柑也没吃着。当时的一万钱是个不小的数目，幽兰居士《东京梦华录》载，下馆子吃面，一碗才不过十钱。这都怪"关扑"，如果他直接买，肯定不必花那么多，一手交钱，一手交柑，黄柑早就是他的了。

苏轼又有《食柑》诗："一双罗帕未分珍，林下先尝愧逐臣。露叶霜枝剪寒碧，金盘玉指破芳辛。清泉蔌蔌先流齿，香雾霏霏欲噀人。坐客殷勤为收子，千奴一掬奈吾贫。"旧例，赐近臣黄柑，以罗帕包裹，每人二枚。噀，喷。被贬官南方并非只有坏处，黄柑可以先尝为快。黄柑的汁液如清泉汩汩……不能再说了，口水在分泌，打住。

2010年1月21日8时24分写于太原听风山房

春　韭

1

　　如今我住在太原的东部，小区位于半山腰，向西俯瞰，太原城尽收眼底。小区往东是绵延的太行山。离开小区不远就是松庄，清代大儒傅山先生曾在那里住过。每天早晨如果时间充裕，我通常会步行去上班。从小区的家里到单位的办公室，大约需要三刻钟。我走小路，因为小路少有汽车尾气，有一段还立着些不准备做木材的杨树，正是这些杨树，让太原城保留了些简朴的诗意。路边有人开了块地，种韭菜。最近一次经过，割过一次的韭菜，大约又有三寸高了。

　　这就是春韭。

　　唐代诗人杜甫有诗《赠卫八处士》：

　　人生不相见，动如参与商。

今夕复何夕，共此灯烛光。
少壮能几时，鬓发各已苍。
访旧半为鬼，惊呼热中肠。
焉知二十载，重上君子堂。
昔别君未婚，儿女忽成行。
怡然敬父执，问我来何方。
问答未及已，驱儿罗酒浆。
夜雨剪春韭，新炊间黄粱。
主称会面难，一举累十觞。
十觞亦不醉，感子故意长。
明日隔山岳，世事两茫茫。

唐肃宗乾元元年（758），杜甫因为上疏搭救朋友房琯，结果被贬为华州司功参军，次年春诗人从洛阳出发，往华州赴任，路遇老友卫八。其时安史之乱已持续三年有余。古代交通不方便，朋友见面不容易。参、商，参星和商星，二星分在东西方，出没不同时。离别二十载，今日忽重逢，烛光下的诗人，恐怕如在梦中。说话间朋友的儿女已经准备好了酒菜。"夜雨剪春韭"，夜里正下着雨，春韭是冒雨剪来的。翠绿的春韭叶上，想必还带着些雨珠。"新炊间黄粱"，杂有黄米的饭。黄米之外是什么，就不知道了。春韭的美味又加故人的情谊，奔走乱世的唐代诗人，当时的心境该是温馨的吧。今日才相见，明日又分离，山河多阻隔，世事两苍茫。春韭的美味成为乱世当中唯一可靠的内容。

《说文解字》这样说到"韭"字："象形，在一之上。一，地也。"韭是象形字，一表示地面，六个小短横表示韭叶。春韭离离，随风摇曳。古人所见，与今天无二致。

《说文解字》是东汉人许慎编撰的。我们种植韭菜的历史更久远。《诗经·风·七月》说:"四之日其蚤,献羔献韭。"在春秋战国以前,韭菜和羊羔肉已经是供桌上的祭品。

说到春韭,有个人不得不提——南齐时人周颙。《南齐书·周颙传》载:"颙于钟山西立隐舍,休沐归之。"休沐,官员的例行假日。周颙在钟山以西盖了别墅,一休假就上那儿住着去。周颙终日吃素。文惠太子问他:"菜食何味最胜?"就是问他蔬菜当中哪种最美味。周颙答:"春初早韭,秋末晚菘。"早春的韭菜和晚秋的大白菜。

这件事宋人林洪所著《山家清供》中也有提到。

周颙真是春韭的知音。

2

我们来说宋朝的韭菜。

宋朝政府于1058年下诏,向全国征集药物产地的实图,由苏颂等人整理,于1061年辑成《本草图经》。《本草图经》上说:"韭旧不著所出州土,今处处有之。"韭菜在宋代已相当普及,它是当时的大路菜。捎带说下,韭菜遍及宋代州军,如今更是无处不有。据有关专书所载,今日韭菜之栽培,东至沿海各省,西至西北高原,南至台湾,北至黑龙江,遍及全国各地。苏颂又说:"圃人种莳一岁而三四割之,其根不伤,至冬壅培之,先春而复生,信乎一种而久者也。在菜中此物最温而益人,宜常食之。""圃人"即农人。农人种韭菜,一年三四割。《说文解字》解释韭菜时说:"一种而久生者也,故谓之韭"。苏颂对这样的解释,完全赞同。在植物分类学上,韭菜归百合科葱属,"一种而久生",用植物学上的术语来说,就是"多年生宿根植物"。先春而复生的是春韭。苏颂认为韭菜性温,对人体有益,宜常食。

此外还有野生韭菜。《本草图经》上说："又有一种山韭，形性亦相类，但根白叶如灯心苗，《尔雅》所谓藿山韭。"山韭菜就是野韭菜。宋代的野韭菜，根白叶细。宋人掌禹锡等所著《嘉祐补注神农本草经》这样提到《尔雅》："云藿山韭释曰，《说文》云菜名，一种而久者故谓之韭，山中生者名藿。"农人种植称韭，生于山中称藿。农人种植的韭菜，可能由野韭菜培育而来。

杜甫的诗句，被宋代词人辛弃疾化入词作《昭君怨·送晁楚老游荆门》：

夜雨剪残春韭，明日重斟别酒。君去问曹瞒，好公安。度看如今白发，却为中年离别。风雨正崔嵬，早归来。

荆门，即荆门军，治今湖北省荆门市。曹操小字阿瞒。公安，县名，三国时蜀置，宋代属江陵府，治今湖北省荆州市西北。崔嵬，高耸状。辛弃疾是少白头，他白发飘飘。夜雨剪春韭，已成离别前的仪式。

杜甫的春韭不知是如何吃法。我喜欢的是清炒：植物油要稍多点，而调料只用盐。新焖熟的米饭就炒韭菜，是春天我的最爱。春韭最美味，古今有共识。杜甫会像我一样吗？也许吧。唐代有隐士卫大经，居蒲州，就是今天的山西省永济市蒲州镇，有人说卫八可能是卫大经族子。唐代的华州治所在今天的陕西省华县。杜甫从河南洛阳赶往陕西华县，路经蒲州完全可能。蒲州会有白米饭吗？我的家乡距古蒲州不远，二十岁前我没吃过白米饭。不过盛唐气象非计划经济时代可比，唐代的蒲州近京畿，南方的物产源源不断地运来北方，蒲州顿顿白米饭，也不是不可能。宋代诗人陆游有诗《上巳书事》："黄鸡煮脛无停箸，青韭淹菹欲堕涎。"上巳，即夏历三月初三，在春天，所以青韭也是春韭。脛，同臐，肉羹。菹，腌菜。陆游对着腌韭菜要掉口水。说到这里我也开始咽口水，因为想起了少年时代家里常吃的醋腌韭菜。那时候家里不富裕，餐桌上很简单，就是一碟腌韭菜，偶尔会换换花样，是腌芜菁。陆游的诗句使我回想起并不美好的旧时光。陆诗人的餐桌上有鸡肉，我们的餐桌上只有腌韭菜。光有腌韭菜简直是灾难。杜甫面对的春韭，是这样的腌菜吗？

陆游的腌韭菜如何制成的呢？不知道。但宋人林洪《山家清供》中的做法，可做参考："柳叶韭：韭菜嫩者，用姜丝、酱油、滴醋拌食。"韭菜要嫩，老了全是纤维；宋人做菜喜欢放点姜丝；韭菜要用酱油和醋来腌。

好多年没有吃过腌韭菜了。想象一下，餐桌上一碟青嫩的春韭，也不乏简朴的古意，而且，颜色上也很是赏心悦目。

3

春韭并不全是青韭。还有黄韭。

宋代诗人苏轼有句子："渐觉东风料峭寒，青蒿黄韭试春盘。"黄韭，我们今天叫作韭黄。

众所周知，光照是影响植物叶绿素形成的主要原因，缺乏光照就无法形成足够的叶绿素。因此在黑暗环境中生长的韭菜，叶子呈黄色，而且纤维组织不发达，含水量高，质地柔嫩，植物生理学上将这种现象称作"黄化现象"。

关于"春盘"，辛弃疾有词《汉宫春·立春日》：

春已归来，看美人头上，袅袅春幡。无端风雨，未肯收尽余寒。年时燕子,料今宵梦到西园。浑未办黄柑荐酒,更传青韭堆盘。

却笑东风,从此便薰梅染柳,更没些闲。闲时又来镜里,转变朱颜。清愁不断,问何人会解连环?生怕见花开花落,朝来塞雁先还。

浑未办,还未办。生怕,最怕。收复北方是纠结辛弃疾一生的情结。词人春愁浓。苏轼的春盘中是黄韭,而辛弃疾的春盘中是青韭。还未办,言外之意本应办。宋人为什么如此看重春盘呢?唐代名医咎殷所著《食医心镜》说:"正月之节食五辛以辟厉气:蒜葱韭薤姜。"春盘中就是这五样东西。厉气,邪恶之气。古人认为春天吃辛辣可以抵御邪气。

今天除了黄韭,还有绿白黄三色韭,更有绿紫红黄白五色韭。

现代园艺学上将韭菜的栽培方式分为两大类型:露地栽培和促成栽培。黄韭、三色韭、五色韭,都属于促成栽培。促成栽培中有简单的风障栽培,就是在韭菜畦地周围,树立秸秆等障碍物,以抵御风寒。也有较复杂的盖韭栽培和囤韭栽培。所谓盖韭,就是在冬季就原有畦地,增加覆盖物防寒,促其继续生长,覆盖物有草帘、玻璃、蒲席、麦糠、马粪、塑料等等。所谓囤韭,就是冬季将韭菜连根挖出,移到温暖的地方,促其继续生长,有温室囤韭、阳畦囤韭、窑洞囤韭、掘窖囤韭等等。

促成栽培起码宋代已有,因为露地栽培长不成韭黄。其实我国促成栽培的历史还要远得多,至少可以上推至汉代。《汉书·召信臣传》载:"汉世大官园,冬种葱韭菜茹,覆以屋庑,昼夜燃蕴火,得温气乃生。"冬种葱韭,覆盖屋宇,昼夜文火,葱韭乃生。这样种植韭菜的方式,似乎属于促成栽培中的囤韭。

我们来说五色韭。据有关专书介绍，五色韭有淡绿色的叶尖、上部紫色和下部红色的叶片、黄色的叶鞘和白色的叶鞘基部。五色韭可谓五彩斑斓，它究竟如何长成呢？它是用覆盖麦糠的办法办到的。也有盖棉籽皮的，据说效果更佳。具体方法是：用高粱秆和稻草等做成挡风的风障，竖立在韭畦周围，东南西北各一排，以免麦糠被风刮走。北面的风障高些，防西北风，约高2米—2.3米；南面的风障低些，以缩小风障在北面的遮阴，约高1.5米—1.7米；东西两排成斜坡状，北端与北排风障齐，南端与南面风障齐。四角各留一个出入口。盖麦糠前先培土，以增加白色的叶鞘基部。培土之后盖麦糠。麦糠须定期晾晒：每隔两三天晾晒一次，分期分批进行，并且分区轮流。

谁知盘中韭，叶叶不容易。农人劳作多苦辛，这一点我有切身体会。本人少时多年种菜。以种韭为例，从比芝麻粒还小的种子，到高仅三寸的新韭，其间所要经历的程序，就极为复杂：先要整地，然后播撒种子；新长出的韭菜比针尖还细；随着时间的推移，针尖逐渐变成麦芒；又随着时间的推移，麦芒变成春草；春草只是秧苗，它们是散乱的，是芜杂的，夹杂着野草；将秧苗从野草中分离出来，才完成了第一步育秧。整个过程的每个环节，都不能大意，否则将可能前功尽弃。从播种到收割，别的不说，单是需要的耐力，已经非常巨大。

继续说五色韭。韭菜长到10厘米左右时，就要进行晾色。用竹耙将碎糠搂净，经过头天的日晒和次日晨的低温，叶尖下15厘米—16厘米处便出现紫红色；此后保持15厘米—16厘米的叶尖露出麦糠外，可使叶尖的一部分保持紫红色。下面常留10厘米厚的麦糠不动，韭菜基部于是黄化。这样，韭菜上下各部位因为受光的时间长短不同，就出现五种不同的颜色。

五色韭五彩可爱，农人的付出多多。

《本草衍义》说:"未出粪土为韭黄,最不益人,食之即滞气。"宋人种韭黄的方式显然属盖韭,他们盖粪土。滞,不流通。气,古代医学用语,指人的精气、元气。宋人认为吃韭黄使人精气郁结,郁结要得病。

4

我们都知道,不同季节的韭菜,味道会不一样。早春的最好,到了夏天,就不行了:味道很差,而且全是纤维,吃起来像草。

《食疗》告诫说:"五月勿食韭。"五月指夏历的五月。为什么呢?《本草衍义》有解释:"韭春食则香,夏食则臭,多食则昏神。"春韭香,夏韭臭,夏韭吃多了,人会昏昏欲睡没精神。黄帝也说:"五月勿食韭,损人滋味,令人乏气力。"《黄帝内经》认为,夏韭坏人胃口,使人乏力。

在我的家乡晋南,也有这样的谚语:六月韭,驴不瞅。

夏天的韭菜,形同毒药。

转眼夏去秋来,韭菜开始长韭薹。

韭薹炒鸡蛋是秋天餐桌上的一道美味。韭薹脆嫩,顶端的韭花含苞待放。炒韭薹一定要盛在象牙白的瓷盘中,光洁的白色衬着炫目的翠绿,光是颜色上,就已经让人心旷神怡。

据有关专书记述,有一种薹用韭菜,其花薹高而粗,质地脆嫩,形似蒜薹,而风味过之。这种薹用韭菜,以甘肃兰州及台湾所产,最为有名。我平生还没有到过这两个地方,无法知道它们的味道。有机会的朋友,一定不要错过。

然后,又有韭花。

众所周知,传世的五代书法家杨凝式作品中,有一幅著名的行楷，叫作《韭花帖》。此帖内容如下："昼寝乍兴，朝饥正甚，忽蒙简翰，猥赐盘飧。当一叶报秋之初，乃韭花逞味之始。助其肥羜，实谓珍馐。充腹之余，铭肌载切。谨修状陈谢，伏维鉴察，谨状。"猥，谦辞，鄙贱。载，助词，加强语气。飧，泛指熟食。这是一封感谢信，古风质朴：朋友写信来，赠给一些韭菜花，杨回信表示感谢。杨凝式是梁、唐、晋、汉、周五朝元老，官至太子太保，他是真觉得韭花美味。羜，出生五个月的小羊。肥羜，我们现在有个形象的叫法——小肥羊。杨凝式的韭花是用来佐小肥羊的。有一次朋友们在东来顺用膳，当时的情形是这样：餐桌上的火锅里热气腾腾，每人面前一碟韭花，研碎了的；我们在火锅里涮羊肉，涮好了蘸韭花吃。杨凝式的韭花也是这样吃的吗？

年迈的父母从老家来，带来亲手做的韭花酱。做韭花酱最好是用石头碾子。母亲说现在磨小麦粉都用电磨了，石头碾子越来越少，她好不容易才在附近的村子找到了这个石头碾子。在我们那个地方，韭花酱的做法通常是这样：先用井水将石头碾子冲洗干净，然后将洗净晾干的鲜韭花，和去核去蒂同样洗净晾干的小沙果，一齐平铺在碾子上，碾碎。过去这样的韭花酱家家都有，能吃上一个冬天。

长了薹的韭菜就老了。秋天要吃韭菜，得选未长薹的。秋韭的品质相对夏韭稍好，但量少不易得，因为正值培养根株的预备期，如果收割，会大大削弱来年长势，因此农人选择不收或少收。

冬天来了，万物萧瑟，如果是露天，韭菜该干枯了。

不过还有地下的根。

韭菜根有妙用。《食疗》说："初生孩子可捣根汁灌之，即吐出胃中恶血永无诸病。"古人认为用韭菜根捣汁，给刚出生的婴儿灌服，即令婴儿吐出胃中恶血，祛病强身。韭菜根捣汁味道肯定好不了。如果有父母要给自己的宝宝试验这种方法，请一定先请教下中医。

韭菜根到底什么味道呢？这个古人也有经验。《晋书》载：石崇与王恺斗富。石崇冬天能搞到韭菜，捣碎了招待客人。王恺自恨不及。后来王恺买通石崇手下，问其所以，答道："是捣韭根杂以麦苗耳。"是韭菜根和麦苗放在一起捣：味道是韭菜根的，颜色是麦苗的。这说明石崇有掺假，另外韭菜根有韭菜的味道。

据专书所载，有一种根用韭菜，专吃韭菜的根，有韭菜的辛香味。这种韭菜的叶较宽，肉质须根粗壮而肥大，又名苄菜、宽叶韭、大叶韭，主要产在我国西南地区的云贵川藏。当地人冬天将韭菜的肉质根挖出来腌渍，加糖、盐、香料等，味道鲜美，为当地名产。

近两年发际后移，额头越来越凉快，以下的文字令我振奋。《名医别录》说："(韭)根主养发。"可是怎么用呢？南朝齐梁时代的陶弘景所作《本草经集注》，也有相同的主张："云韭子入棘刺诸丸，主漏精，用根入生发，膏用药。"以根入药，做成药膏。

5

接着来说宋代的韭菜。

《宋史》卷一七三《食货志一·上》载，宋太祖赵匡胤曾颁诏，"申明周显德三年之令"。周指五代十国时期的后周，周显德三年是公元956年。诏令的内容之一是督促百姓种韭："男女十岁以上种韭一畦，阔一步，长十步。"百姓不分男女，只要年满十岁，就要种韭一畦。而且要求："乏井者，邻伍为凿之。"韭菜要长好，灌溉须方便，水井乏少的，同一单位的人，有义务帮助开凿。"令、佐春秋巡视，书其数，秩满，第其课为殿最。"地方官员要定期巡视，并登记在册，任满，种韭成绩的好坏，是考核的重要指标。

其实，对韭菜的重视由来已久。《汉书》载：龚遂做渤海太守时，劝民务农桑，"令口种百本薤，五十本葱，一畦韭"。薤，多年生草本植物，鳞茎可食。龚遂下令百姓，每人种一百棵薤、五十棵葱，一畦韭。

《尔雅》是我国第一部词典，学术界公允的观点认为，该书约成于秦汉间。《尔雅·翼》说："稻曰嘉蔬，韭曰丰本，联而言之，岂古非重视欤？"秦汉之际的人们，喜欢将稻与韭相提并论。前文说过，我喜欢新熟的米饭和新炒的春韭，看来我的喜好是有历史渊源的。秦汉时已经在说古代了。对韭菜的重视，真可谓久远。

《史记·货殖列传》说："千畦姜韭，其人与千户侯等。"种韭千畦，可比千户侯。太史公不小瞧工商业者。面对强大的生存压力时，人们的价值观念，往往会趋向实际。在发生于20世纪60年代初的自然灾害时期，很多享受工资的人，毅然放弃稳定的工作，重返农村。他们在做这样重大的人生抉择时，是否想到了太史公的这句话呢？

《食疗本草》说："若值时馑之年，可与米同地种之，一亩可供十口食。"饥馑之年，韭菜可救命：米与韭菜间种，一亩可活十人。

在苏辙所著《龙川略志）引》中，作者说到自己的惨痛经历：自筠（筠州，治今江西省高安市）徙雷（雷州，治今广东省雷州市），自雷徙循（循州，治今广东省龙川县西北，两年之间，水陆辗转近万里。老幼百数十口，衣食仅能自致。平生家无尤物，有书数百卷，全都托付他人。"既之龙川，虽僧庐道室，法皆不许入。哀橐中之余五十千以易民居，大小十间，补苴弊漏，粗芘风雨。"当时的法律有规定，被贬官员不许寄住寺院道观。诗人只好自己出钱购买民居：大小十间，修修补补，将就可避风雨。"北垣有隙地可以毓蔬，有井可以灌，乃与子远荷锄其间。既数月，韭、葱、葵、芥，得雨垄出，可菹可芼，萧然无所复事矣……"唯一的好处就是有空地可以种菜。诗人与儿子耕作期间，数月后，韭菜等就郁郁葱葱了。破土而出的韭菜，曾带给诗人无限的慰藉吧。

北魏贾思勰《齐民要术》卷三"种韭"条说："治畦下水粪覆，悉与葵同，然畦欲极深。"整畦下水施肥盖土。盖土为沤粪，粪要沤熟才能用。畦要极深。为什么呢？"韭一剪一加粪，又根性上跳，故须深也。"韭菜每剪一次要上一次粪；"根性上跳"是说生在鳞茎上的须根，会随着新生的鳞茎向上延长，新根也不断向上延伸。"二月七月种，种法以升盏合地为处，布子于围内。"为什么呢？书中有解释："韭性内生不向外，畏围种，令科成。""薅令常净。"书中解释："韭性多秽，数薅为良"，"高数寸剪之。"书中补充："初种时止一剪。"新种的韭菜，只剪一次。"至正月扫去畦中陈叶，冻解，以铁耙耧起，下水，加熟粪，韭高三寸便剪之。剪如葱法，一岁之中不过五剪。"农学上的解释，加强阳光照射，提高土壤温度，还可加强呼吸作用，促进养分转化。下边补充："每剪耙耧下水加粪悉如初。""收子者一剪则留之。若旱种者但无畦与水耳，耙粪悉同，一种永生。"、

春韭的知音南北朝有，宋朝也有。

宋代方岳有诗《次韵潘令君访予半村》：

> 锄烟荷雨自村村，不惯高车入里门。
> 石老只堪麋鹿伴，山寒未放蝶蜂喧。
> 欲分桃李春何限，共话桑麻道转尊。
> 但得诸公如卓鲁，晚菘早韭且窥园。

古人出能为官，归能种菜，他种韭。

6

韭菜出现在宋代的御宴。

幽兰居士《东京梦华录》所载《宰执亲王宗室百官入内上寿》中，先说到皇帝寿宴上的饮食："每分列环饼、油饼、枣塔为看盘，次列果子。唯大辽加之猪羊鸡鹅兔连骨熟肉为看盘，皆以小绳束之。""看盘"是摆样子的，只能看不能吃，能吃的是"果子"。然后说："又生葱韭蒜醋各一碟。"葱、韭、蒜、醋各一碟，是调料。御宴上群臣吃"果子"就韭菜。

宋代的御宴有韭和醋，这使我想到春节。北方人过春节，一定要吃饺子。我媳妇春节吃饺子，一定是韭菜鸡蛋馅儿的。韭菜择好洗净控干，切成极细小的丁；鸡蛋打好后拌点凉开水，这样炒出来不会老；炒鸡蛋的植物油要多一点。包韭菜鸡蛋饺子，几乎已成我家春节必不可少的仪式。

我们来说韭蛆。

现在提到春韭美味，往往会接下去说：可是农药可怕。这情形就好像说到河豚美味可是弄不好会要人命一样。春韭中过多的农药，都是因为韭蛆。韭蛆对韭菜来说是毁灭性的害虫。韭蛆可在一年中多次为害：一是雨水至清明，名"春蛆"；二是立夏前后，此时正值麦熟，故名"麦黄蛆"；三是高温多雨的大小暑之间，名"伏蛆"；四是白露至秋分，名"秋蛆"。危害程度上以春蛆和伏蛆最为严重。对付韭蛆，通常采用药剂防治法：浇灌农药到韭菜的根部。这些农药残留在韭菜的根部，或者通过根系进入韭菜的肌体。这无疑对人体是有害的。此外还有比较安全的方法：低温干燥法。韭蛆虽然在土壤中可以安全越冬，但如果暴露于低湿度的空气中，就会死掉。所谓低温干燥法，就是将韭根周围的表土掘开，使韭蛆暴露在零下4摄氏度的低温、百分之六十以下的低湿的环境下。这样过上两三个小时，韭蛆就拜拜了。这种方法只适用于早春，夏秋高温多雨，就不灵了。

  我们常说春韭美味，古人却不以为然。南朝齐梁时代的陶隐居所著《本草经集注》说："但此菜殊辛臭，虽煮食之便出犹奇熏灼，不如葱薤熟即无气，最是养性所忌也。"此菜指韭菜。葱和薤煮熟后辛辣味就没有了，韭菜不然。陶隐居认为韭菜是养生之大忌。韭菜的气味似乎没有陶隐居说得那么严重。或许我们的韭菜，已经经过改良。

  《陈藏器本草》说："（韭菜）叶及根生捣绞汁服，解药毒疗狂狗咬人欲发者。"狂犬病看来也是由来已久。古人认为，内服韭菜汁，可治狂犬病。这种方法最好还是别试；如果被狗咬了，去打狂犬疫苗，更保险。

  《千金方》说："治百虫入耳，捣韭汁灌耳中。"虫子跑进耳朵里，用韭菜捣汁灌耳朵。我小的时候，夏天天气热，常常是铺一张凉席，躺在院里的葡萄架下，透过葡萄架的缝隙，望到浩渺的夜空，数着星星入睡。那时候虫子钻进耳朵，是常有的事情，比如蚂蚁。现在住楼房，虫子很少了。古人与自然接触的机会更多，虫子容易钻进耳朵。

            2010年6月7日写于太原东山听风山房

黄金鸡

黄金鸡不是黄金，它是一道美食。

宋人提起黄金鸡，津津有味的样子，说它保持了鸡的原味，而且吃鸡必须饮酒。这当然是有原因的。唐代大诗人李白有诗句："堂上十分绿醑酒，盘中一味黄金鸡。"醑，美酒。黄金鸡配绿醑酒，是盛唐时代的美味。盛唐风尚影响数百年。

黄金鸡怎样做呢？我们先放下稍后再说。

宋朝政府于1058年下令，征集药物产地的实图，并由苏颂等人整理，于1061年编成《本草图经》20卷，另有目录1卷。《重修政和经史证类备用本草》（以下简称《证类本草》）则是宋代本草类著作的集大成者。《证类本草》卷十九引《本草图经》说："（鸡）今处处人家畜养甚多。"中国人养鸡的历史悠久，到了宋代，已经是家家养鸡。养鸡多，于是鸡进入诗人的视野。宋代诗人李觏有《惜鸡诗》，前几句是这样：

> 吾家有鸡母，乘春数子生。
> 生来逾六旬，互觉羽翼成。
> 其母且再卵，逐之使离散。

　　诗人家里有只母鸡，春天孵出几只小鸡来。小鸡出生两月，羽翼日渐丰满。小鸡既已长大，母鸡要将它们撵走。

　　孵化以前是鸡蛋，辨别鸡蛋有学问。雷公是传说中的上古医生，黄帝的大臣。《证类本草》卷十九引雷公说："鸡子凡急切要用，勿便敲损，恐得二十一日满，在内成形，空打损后无用。若要用，先于温汤中试之，若动，是成形也；若不动，即敲损。"打鸡蛋前，先将蛋放入温水中试一下。如果蛋在水中微微活动，说明蛋中的鸡雏已经成形，就不要打开了；相反如果不活动，说明蛋中未有鸡雏，就可以放心打开。古人的做法仁慈得很，但我觉得更多是经济上的考虑。因为蛋内鸡雏若已成形，打开了不仅毫无用处，而且还要损失一只鸡雏。

　　蛋内鸡雏如已成形，打开也并非无用处。20世纪90年代，我在东北某大学里念哲学。众所周知，哲学不好读，它太理性了。课堂上我满脑子的柏拉图、萨特、维特根斯坦，脑袋几乎要被格式化。课余时间，我特别留意当地美食。色香味刺激着我的感官，让我重返多彩的感性世界。或许正因为美食的中和，我的理性与感性大致趋于平衡。当地美食当中，记忆最深的是鸡汁豆腐串：将豆腐皮卷成卷、穿成串，然后在鸡汤里烫熟。这样制作的豆腐串，入口有鸡肉的味道。还有一种美食"烤毛蛋"。所谓"毛蛋"，就是鸡雏已成形但尚未破壳而出的鸡蛋形态。当地人将"毛蛋"打开，穿成串像烤羊肉串那样在火上烤熟，然后就着啤酒，边饮边吃，非常享受。

　　那首诗接下去的几句是：

众雏既不来，一子独恋恋。
恋恋不肯离，逐之终不移。
母行无险易，唧唧相追随。

别的小鸡都已散去，唯有一只不肯离开。小鸡依依不舍，怎么撵都没用。它追随着老母鸡，唧唧叫着，须臾不离左右。

现在是北方的春天，中午等公交的时候，我看到有人在卖鸡雏。我们都知道，城市里是不能养鸡的，那些鸡雏是孩子们的玩具。有位胖姑娘买了两只，等车的工夫，她将它们放在路边的草地里。这时节的草地，基本还是一片枯黄。一只小鸡叼起一颗烟蒂。烟蒂大概是哪位行人随手扔掉的，当然随手扔东西这个习惯不好。另一只小鸡急忙来抢。两只毛茸茸的鸡雏你争我抢，样子煞是可爱。这样的鸡雏是不可能追随母鸡的，因为他们都属机械孵化，它们的母亲是些冷冰冰的机器。

我小时候生活在乡村。乡村生活中有许多危险，比如蚰蜒，它有超多的腿和脚，密密麻麻，比载重车的轮子要多得多。蚰蜒喜欢在潮湿的地方活动，比如水渠或者草丛。夏天的时候，我们常常捉蚰蜒来玩，不用担心有什么危险，它唯一的反抗就是蜷成一团，然后伺机逃走。但要是进了耳朵，就是另一回事了。夏天我们会睡在室外，露天铺一张凉席，躺在凉席上仰望星空，天似穹庐，笼盖四野，星星很亮也很近。这时候蚰蜒就可能误入耳朵。《证类本草》卷十九引《葛氏方》说："蚰蜒入耳，小鸡一只去毛、足，以油煎令黄，箸穿作孔枕之。"取小鸡一只，去毛去足，油煎至黄，用筷子穿孔，然后把有孔的煎全鸡，当作枕头来枕，蚰蜒就出来啦。《证类本草》卷十九引《胜金方》则说："主百虫入耳不出，以鸡冠血滴入耳内，即出。"无论什么虫子进了耳朵,以鸡冠血滴耳,即出。

《惜鸡诗》往下是:

> 卵生亦云足,母伏窠中宿。
> 厥子苦无依,攀背如悲哭。
> 窠中母所安,忍渴复忘餐。

母鸡在孵新的小鸡,它夜以继日在窝里。小鸡爬上母鸡的背,唧唧叫着有如哭泣。坚守身下的鸡蛋,是母鸡的职责所在,它忍饥又挨饿。

我们已经说过,乡村生活会有许多危险。虫子会爬进耳朵,还会被马咬伤。《证类本草》卷十九引《葛氏方》说:"马咬人疮有毒肿疼痛,以冠血著疮中三下,牡马用雌,牝马用雄。"牝马,母马。马咬人疮口有毒,肿痛不已,以鸡冠血三滴滴入,即愈。母马咬的用公鸡血,公马咬的用母鸡血。这种治疗方法像做化学实验,必须是三滴,不能多也不能少。而且有个麻烦,必须先搞清马的性别。这对医生要求就比较高,他必须有能力鉴别马的性别。

母鸡卧在窝里,因为它在孵蛋。不孵蛋的鸡,晚间不在窝里。陶渊明有诗句"狗吠深巷中,鸡鸣桑树颠"。颠,通巅。这说明晋代的鸡,有栖息在树上的。我小的时候,家里有棵桃树,每年会结很多的桃子,个儿不是很大,但桃子尖上的嫩红,让人想到天上的仙桃。后来家里要盖新房,桃树刚好在地基上,不得不锯掉了。我怀念早春时节的桃之夭夭,更怀念秋天满树的桃子,它们鲜艳在我的记忆深处。桃树被锯掉之前,它的旁边是鸡的窝。不记得从什么时候开始,我家的鸡就放弃了它们的窝,傍晚会接二连三地,扑棱棱飞上桃树。桃树成了它们的家。晨光熹微中,我家的鸡也打鸣,当时的情景可以这样描述：鸡鸣桃树巅。

陆游《老学庵笔记》卷二说："淮南谚曰，'鸡寒上树，鸭寒下水。'验之皆不然。有一媪曰，'鸡寒上距，鸭寒下嘴耳。'上距谓缩一足，下嘴谓藏其喙于翼间。"鸭子的情况我不是很了解，因为我生活在中国的北方，见鸭子主要是在全聚德。但鸡的情况我就比较有发言权。从我切身的经验来判断，鸡上树不是为了取暖，而是为了避害。鸡的天敌有黄鼠狼，还有老鼠。那些年的夜里，我们常常会听到鸡窝里鸡绝望的嘶叫。这个时候母亲总是匆忙披衣下床，打着手电筒奔向鸡的窝。手电筒的光柱所及，总是一摊鸡血和一地鸡毛，而那只鸡早已倒毙地下。我觉得我家的鸡栖息树上，主要的原因就是，可以避开天敌的侵袭。天冷时鸡为什么要收起一只脚？我觉得是鸡的脚更怕冷，原因很简单：那个地方没有毛。

当代作家曹乃谦在中篇小说《雀跃校场》中，写到养鸡的经历。母亲要出远门去，临走前向"我"交代："……但你可得记住喂鸡。黑夜记住拿草帘堵鸡窝，鸡不受冻，明年春天就早早地给俺娃下蛋。"母亲走后，"我"去跟人学做饭，一连好几天，结果就忘了喂鸡。

> 我是在扫地的时候，看见了木箱下面的鸡食盆，这才想起了它们。我赶快跑出院，揭起堵在鸡窝门的草帘，有两只鸡掉在了木架下，死了。是冻死的，也是饿死的。还有一只在木架下卧着，我赶快把它捉回家，放在火炉旁。慢慢地，它苏醒过来，我给它跟前放了水碗，它探着头喝，我给它又倒了半碗面条，它都吃了。它活是活了，可好几天一直都没往起站，怕它在地下凉，我给它找了个我爹放炭的竹篓子，从半中腰给并排插进两根木条当架子，把它放在上面。我就让它跟我住在家里，我吃啥给它吃啥，吃的时候把它从篓子里捉出来，吃完又把它捉进去放

在木条上。有天放学回来,看见它不在篓子里了,自己飞出去了,飞在了扇火小板凳上卧着,可它的一只爪子给掉在板凳下。它的爪子是齐膝盖那儿给掉了下来,那一定是很疼很疼的,可是它却一声也不吭,就那么忍耐着。看见它这个样子,我真伤心,进后院跟慈法师父要了紫药水,给它抹在伤口上,又找了布条给做了包扎。从这以后,这只可怜的鸡就用那只没有冻掉的腿,一拐一拐地蹦着走。又活了两年,还要给下蛋。我特别地关照它,总是偷偷地给它喂我吃的饭。我放学一进院儿,它就朝我一拐一拐地蹦过来,欢迎我。我走哪儿它跟到哪儿,等着我喂它。我妈骂我说:"你不当呢。好好的饭都喂了鸡。"我说:"它是让我给把腿冻掉了,我对不起它。我宁愿少吃些,也要喂它。"一个是我们家不缺粮,再一个是我妈见我宁愿挨打也要喂它,后来就不管我了。

《雀跃校场》虽然是小说,但基本是作者的自传,主人公"我"就是作者本人,故事则是作者的亲身经历。作者生活在山西大同,那里的冬天特别寒冷。鸡的爪子被冻掉,而身体其他部分完好,这说明鸡的脚尤其怕冷。所以天冷的时候,它要收起一只脚,来个金鸡独立,替换着把脚藏进毛里取暖。

继续来说那首诗:

> 子于背上卧,不舍须臾间。
> 我时见之喜,异类能如此。
> 因欲观其终,其终谅何似。

小鸡卧背上片刻不离,诗人见了很是欢喜。异类如此实属罕见,他打算观察下去,看看结果究竟如何。

我觉得诗人此时的心理阴暗。因为就人而言,随着年龄的增长,对父母的感情在递减,鸡又能有什么出色表现。小时候的我曾经发誓,一定要让父母过上世界上最好的生活;可是现在的我只是一介书生,暴富似乎永无可能,我许诺的最好生活,恐怕永不可能实现。我在苟且偷生。想到这些我的心情很坏。

我们都知道,鸡的排泄物只有一种,通称鸡屎。鸡屎有妙用。《证类本草》卷十九引《经验后方》说:"治齿痛不可忍,取鸡屎白烧末,绵裹安痛处,咬立差。"牙痛难忍时,取鸡屎白烧作粉末,用丝绵包裹了,置于患处,咬下,即愈。又引《经验后方》说:"治蜈蚣咬人痛不止,烧鸡屎,酒和服之,佳。"被蜈蚣咬了,疼痛不止,烧鸡屎作粉末,以酒调和,服下。我说诗人心理阴暗,而我因为心情不好就想人家吃鸡屎,这说明我的心理也光明不到哪里去。

接着来说那首诗:

> 一朝大长成,乃知牝牡情。
> 膨脖娠有腹,渐见东西行。
> 行行求饮食,欲以助生息。

时光荏苒,小鸡长成大鸡。大鸡有大鸡的生活,它要求偶,要生子,要为生计奔波,它离开了老母鸡。

古人认为黄毛母鸡可以壮阳。《证类本草》卷十九引《孟诜》说:"黄雌鸡主腹中水癖水肿,以一只理如食法,和赤小豆一升同煮,候豆烂即出食之,其汁日二夜一,每服四合,补丈夫阳气,治冷气瘦著床者,渐渐食之良。"合,容量单位,一升的十分之一。黄毛母鸡一只,与赤小豆一升同煮,煮到豆烂即可捞出来吃,鸡汤每次服四合,白天两次,晚上一次。

小鸡成大鸡,大鸡又生蛋。鸡蛋可治疤痕。《证类本草》卷十九引《集验方》说:"治汤火烧疮,熟鸡子一十个,取黄炒取油,入十文腻粉搅匀,用鸡翎扫疮上,永除瘢痕。"文,铜钱一枚称一文。腻粉,脂粉。烫伤或者烧伤,皮肤上留下了疤痕,取熟鸡蛋十颗,去蛋白留蛋黄,炒取油,放入十文脂粉搅匀,用鸡翎毛扫在疤痕上,疤痕永消除。

那首诗往下是:

卵出子还多,养子何劳役。
朝啄荆草林,暮爪污泥深。
昔时随母意,今作爱雏心。

鸡生蛋蛋又生鸡,转眼小鸡变母鸡。朝啄草暮挖泥,养子辛苦得紧。昔日追随母亲的执着,如今化作爱护鸡雏的执着。

母鸡护着鸡雏,生命有多美好。可是,有人轻生,自古不绝。《证类本草》卷十九引《肘后方》说:"自缢死,安定心神徐缓解之,慎勿割绳断抱取;心下犹温者,刺鸡冠血滴口中即活,男雌女雄。"解救上吊的人,先要平心静气,动作要缓,不能突然割断绳索。刺鸡冠出血,滴血入口中,即活。上吊的是男人,用母鸡血;上吊的是女人,用公鸡血。人和鸡的性别要相反,这是古人用过的方法,灵不灵我就不知道了。万不得已时可以一试。

还来说那首诗:

雏生诚可爱,母老宁忍背。
物性乃不常,使人心叹慨。

> 物类本无知，无知孰责之。

小鸡固然可爱，老鸡如何能不管不顾。物性无常，催生感慨。动物无知，无知者无罪。

有一年我咳得特别厉害。白天咳得似乎要断气，晚间会在睡梦中咳醒。感觉再这么咳下去，心肝肺早晚都得咳出来。现在我知道，鸡可以治咳嗽。《证类本草》卷十九引《时后方》说："卒得嗽，乌鸡一枚治如食法，以好酒渍之半日，出鸡服酒。一云苦酒一斗煮白鸡，取三升分三服，食鸡，莫与盐食良。"乌鸡，毛色乌黑的鸡。《证类本草》卷十九引《本草衍义》说："丹雄鸡今言赤鸡者是也，盖以毛色言之。"当时区分鸡根据毛色。毛色乌黑的鸡一只，去毛去内脏，以好酒腌渍半日，取出鸡，饮酒。或者醋一斗、毛色雪白的鸡一只，以醋煮鸡至熟。取煮过鸡肉的醋三升，分三次服下，吃鸡肉，勿放盐，效果佳。

诗人发感慨：

> 斯鸡与从异，酷似有天资。
> 天资以仁孝，变更何太早。
> 况彼本无知，血毛安足道。

那只鸡似乎天性仁孝，可惜就是变化太快。彼既无知又非我族类，因此无足深责。

许多人都有这样的经历：吃东西吃坏了肚子，一个小时上五回卫生间，好像不把肠子拉出来就不肯罢休。遭遇这样的紧急，古人会用鸡来治疗。《证类本草》卷十九引《食医心镜》说："主脾胃气虚肠滑下痢以炙鸡散——黄雌鸡一只，治如食法，以炭炙之，槌了，以盐、醋刷之，又炙，令极熬熟干燥，空腹食之。"黄毛母鸡一只，去毛去内脏，清洗干净，以炭火烧烤，敲打过，刷盐刷醋，再烤，使极熟极干，空腹吃下。《证类本草》卷十九又引《食医心镜》说："又云主赤白痢食不下，肥雌鸡一只，治如常法，细研为臛，作面馄饨，空心食之。"臛，肉羹。肥母鸡一只，做熟，鸡肉弄碎做馅，包馄饨，空腹吃下。

再来说那首诗：

> 万物灵者有，孰不念其亲。
> 少艾与妻子，所以夺吾真。
> 五十慕父母，虞舜称稽古。

少艾，年轻漂亮的女子。慕，依恋，想念。稽古，研习古事。人为万物之灵，怎可不顾父母？夺去我孝心的，是爱情与妻儿，五十岁还能想念父母，古来罕见。

是什么夺去人的孝心呢？这是个值得深思的问题。我感觉渴，想大口大口喝水。这是心理因素所致。如果不是心理因素导致的口渴，可能就是疾病，古人有疗治的验方。《证类本草》卷十九引《食医心镜》说："又云主消渴伤中小便数黄，雌鸡一只，治如常，煮令熟，去鸡停冷，渴即饮之，肉亦可食，若和米及盐豉作粥，及以五味作羹，并得。"母鸡一只，整治干净，煮熟，取出鸡，等鸡汤凉了，渴即饮；鸡肉也可吃；鸡汤放米放盐煮粥，或调以五味作羹，都可以。

最后还是那首诗：

> 埋子得黄金，迩来唯郭巨。
> 古人往莫追，言之泪沾衣。

斯言足自警，题作惜鸡诗。

埋子以得黄金，近来唯有郭巨。古人已去不可追，说来使人泪沾衣。此言足以自警，故取名《惜鸡诗》。

我们都知道，埋儿奉母是二十四孝故事之一。故事说汉代人郭巨家贫，有子三岁，郭母常常把自己的食物分给孙子。郭巨对妻子说：家贫不能供养母亲，儿子还要分母亲的口粮，何不埋掉儿子？儿子可以再有，母亲不可再有。妻子不敢违抗。郭巨掘坑三尺余，忽见黄金一釜，上书：天赐孝子郭巨，官不得取，民不得夺。

由鸡想到了人，诗人感慨万端。《后汉书》卷九十八《茅容传》说：一日友人来家投宿。次日晨，客人见茅容杀鸡，以为要招待自己。可是等到做好，茅容将鸡送去敬奉母亲，而自己与客人一起，吃蔬菜。郭巨的做法有违人性，平常人做不到，相比较而言，茅容的做法容易实现。茅容是前贤，前贤值得效法。

我们来回答文章开头的问题。关于黄金鸡的做法，宋代的菜谱《山家清供》中有载："其法，燖鸡净洗，用麻油、盐水煮，入葱、椒，候熟擘钉。以元汁别供。或荐以酒，则'白酒初熟，黄鸡正肥'之乐得矣。"开水烫鸡，去毛去内脏，清洗干净，用麻油、盐水来煮，放入葱段、花椒等，熟后分作丁。这样煮出来的鸡，色泽如黄金，黄金鸡由此得名。黄金鸡的吃法，是鸡丁配酒。又说："有如新法川炒等制，非山家不屑为，恐非真味也。"宋代的鸡菜有新的做法，但《山家清供》作者认为，只有黄金鸡保持了鸡的原味。

鸡是人的食物，这是它的命运。想来蛮可悲的，可是也没办法，谁能和命运抗争。其实人也好不到哪里去，我们迟早是微生物的食物。李觏还写过一首诗，名字叫作《鸡》：

嗟尔羽虫类，昂然冠距粗。
徒为识昏晓，犹未免庖厨。
年少苦令斗，主人频见呼。
宁思避弋者，天外去鸿孤。

宋代市肆流行斗鸡。鸡除了被烹调，还要上阵厮杀，娱乐它的主人。解脱的办法只有一个，变作鸿雁飞上天去。可是它变得了吗？

捎带说一句，鸡老不好煮，古人有妙法。宋人陈元靓《事林广记·煮鸡鸭法》说："煮老鹅鸡鸭，取猪胰一具，切烂同烹，以盆盖定，不得揭开，约熟为度，则肉软而汁佳。"取猪胰一副，切烂与鸡同煮，用盆当锅盖，盖好至烂熟，肉软而汁佳。用盆作锅盖，其原理与我们今天的高压锅近似。此法不妨一试。

2011年4月24日写于太原东山听风山房

后记

此刻，我想到了杜牧焚诗。杜牧去世以后，外甥裴延翰为他编文集，裴延翰在《樊川文集》的序言中说："明年冬，迁中书舍人，始少得意，尽搜文章，阅千百纸，掷焚之，才属留者十二三。"杜牧临终整理自己所作诗文，百分之七八十，都丢到火里去了，毫不可惜，好像还有恨。我们现在读杜牧的文集，觉得字字珠玑，但杜牧自己，对很多都不满意。我在整理这个集子的时候，也有同样的感觉，但没有杜牧那样多。大概我的年龄还不够大，作品也不够多。不过，我还是下过一番功夫的：重读自己的旧作，删掉不满意的篇章，呈现给读者的，都是自认为的精华。杜牧把自己的诗文当柴烧，那些被烧毁的文字，是否真的消失了呢？《樊川文集》序中有交代："延翰自撮发，读书学文，率承导诱。伏念始初出仕入朝，三直太史笔，比四出守，其间余二十年，凡有撰制，大手短章，涂稿醉墨，硕夥纤屑，虽适僻阻，不远数千里，必获写示。以是在延翰久藏蓄者，甲乙签目，比校焚外，十多七八，得诗、赋、传、录、论、辩、碑、志、序、记、书、启、表、制，离为二十编，合为四百五十首，题曰《樊川文集》。"杜牧有个好学生，就是外甥裴延翰，谆谆教导二十年，每有诗文，不管外甥隔多远，都要抄录一份寄给他。我觉得杜牧此举有教导的成分，同时也有为将来编文集的考虑。杜牧要外甥给他编文集，可编出来的却不是他想要的样子。这件事情说明，作家要编集子还是自己动手得好。杜牧烧掉的那些诗，在外甥手里都有备份；我删掉的文章，在我的电脑里也有备份，但我不想读者读到它们：我想让读者看到我好的一面，这个我比杜牧强，我可以做到。

来说说我的写作。我的写作从散文开始。不是没有做过其他尝试，小说、诗歌、电影等等，在写作的初期，我都曾涉猎；但一番比较之后，觉得散文这种文体更适合自己的才性。我的散文写作，可以分为三个阶段。第一个阶段对我影响最大的是金圣叹。当时我还在测绘局画地图，偶尔从旧书摊上读到金圣叹的文章，文章的篇名记不起了，其中讲他惬意的那些时刻，比如盖了房子挂起画，自己坐在房子里，如此之类等等。这样的文章使我惊叹：原来文章可以这样有趣。所以"趣味"是我散文的一个特点，有人评价为"冷幽默"，寓诙谐于凝重的叙述当中，不是开怀大笑，而是会心一笑。这是我写散文的第一个阶段。大约十多年前，我流连"新散文"网站，既读帖也发帖，既是读者也是作者。当时的"新散文"网站,是一班写诗的朋友搞起来的,大概因为这个原因,"新散文"注重细节的呈现:时间慢下来,细节无限放大。受此影响,我的许多散文细节丰富。这是我写散文的第二个阶段。后来,我读到了韩石山先生的文章,他说散文作者应当先成为某方面的专家,然后其文可观。当时我恰好对宋代人物司马光感兴趣,所以就着手研究司马光,花了三年多的时间,写出一部《重说司马光》,韩先生欣然为之作序,由中国青年出版社出版,时间是在2010年。接着,我写了一批关于宋代吃喝的文章。这个阶段的散文注重知识性,可以给读者提供有趣的历史知识。这是我写散文的第三个阶段。

这个集子里的散文,时间跨度很大,现在翻读早期的作品,感觉很陌生,简直不敢相信是自己写的。现在再要我写这样的文章,我是肯定写不出来了。《史记·李将军列传》记载:"广出猎,见草中石,以为虎而射之,中石没镞,视之石也。因复更射之,终不能复入石矣。广所居郡,闻有虎,尝自射之。及居右北平,射虎,虎腾伤广,广亦竟射杀之。"李广去打猎,天黑光线差,错把草里的石头当成了大老虎,他张弓去射,箭头深入石头,外边只露出个小尾巴,等他发现后再去射,却怎么也射不进去了。李广再不能射进石头去,我也再写不出那样的文章。这样的情形,我想只能用如有神助来解释。这件事情说明,作家都是些捕光者,灵感就是那光,它在你的脑海闪现,倏忽即逝。有灵感的时候,你一定要抓住它,千万不能偷懒,若等到时过境迁,灵感熄灭后,好文章也就失之交臂了。

　　1997年我毕业于吉林大学哲学系，明年我就毕业二十年了。前两天老同学在微信群里交流说，届时大家集体回母校。此时回顾自己的二十年，从哲学进入文学，又从文学进入史学，现在我是一名文史研究者。我究竟是如何从哲学进入文学的呢？此时我想到，当年哲学系的几位名教授，都是富有文学气质的：孙师正聿讲课像散文，孟师宪忠能写新诗……我所以接近文学，可能是受他们的影响吧。

2016年4月20日写于太原南华门